Janette Oke

Maria

ZUR LIEBE BEFREIT

Schulte & Gerth

Die amerikanische Originalausgabe erschien im Verlag
Bethany House Publishers, Minneapolis, MN 55438,
unter dem Titel „The Measure Of A Heart".
© 1992 by Janette Oke
© der deutschen Ausgabe 1997, 2002 Gerth Medien, Asslar
Aus dem Amerikanischen übersetzt von Beate Peter

Best.-Nr. 815 773
ISBN 3-89437-773-9
1. Taschenbuchauflage 2002
Umschlaggestaltung: Bethany House/Michael Wenserit
Satz: Typostudio Rücker, Linden
Druck und Verarbeitung: Ebner Ulm
Printed in Germany

Maria

Die Strahlen der Spätnachmittagssonne fielen auf das dünne blaue Kattunkleid, das Maria trug. Sie hatte sich die Haube zurückgeschoben und die Zöpfe gelöst, die ihre Haare normalerweise gefangen hielten, um sich mit den Fingern durch die schweren, braunen Locken zu fahren, die ihrem Gesicht einen elfenhaften Ausdruck verliehen.

Doch weder der Sonnenwärme noch den Locken, die um ihr Gesicht spielten, schenkte sie Beachtung. Sie war mit den Gedanken weit weg und merkte nichts von den Geräuschen und Gerüchen um sie her. Barfuß schlenderte sie durch den Staub der zerfurchten Landstraße, die von den Einheimischen „Hauptstraße" genannt wurde. Und obwohl sie tief in Gedanken versunken war, suchten ihre lebendigen blauen Augen das Gras zu beiden Seiten der Straße nach den kleinen roten Farbtupfern ab, die reife wilde Erdbeeren versprachen.

Ihre abgetragenen Schulschuhe, die einzigen, die sie besaß, hatte sie an den ausgefransten Schnürsenkeln zusammengebunden und sich über die Schulter geworfen. Mit jedem Schritt baumelten sie leicht hin und her, doch auch das schien sie kaum zu merken. Die ergatterten Beeren legte sie behutsam in den rotlackierten metallenen Pausenbrotbehälter mit den eingekratzten Initialen „M. T.", die für „Maria Trent" standen.

Sie hätte die Erdbeeren genausogut in ihrem Mund verschwinden lassen können, doch selbst in ihrer Geistesabwesenheit sammelte sie sie automatisch für die kleinen Händepaare, die sich zu Hause danach ausstrecken würden.

Ernste Gedanken beschäftigten sie. Heute war ihr letzter Schultag. Ihr allerletzter Schultag! Und die Schule würde ihr fehlen. Sehr sogar.

Doch während dieser traurige Gedanke sie erfüllte und ihr den Hals zuschnüren wollte, war ihr zugleich klar, daß sie allen Grund hatte, sich glücklich zu schätzen. Die meisten Mädchen in ihrem Alter hatten ja schon längst mit der Schule aufhören müssen, weil sie zu Hause gebraucht wurden. Sie dagegen war schon sechzehn und hatte sich noch mit den jüngeren Kindern auf den Schulweg machen dürfen. Natürlich nicht jeden Tag. Sie hatte sogar fast ein ganzes Jahr aussetzen müssen, als ihre Mutter so krank gewesen war. Und auch während der Aussaat, der Ernte und zu anderen Zeiten hatte Mama sie zu Hause nicht entbehren können. Dennoch war sie häufig genug in der Schule gewesen, um mit ihren Klassenkameraden problemlos Schritt zu halten. Aber das war nun vorbei. Sie hatte das achte Schuljahr vollendet. Mehr gab es nicht für sie.

Unvermittelt wachte sie aus ihrer Tagträumerei auf und sah zum Nachmittagshimmel auf. Erschrocken stellte sie fest, wie weit die Sonne schon vorgerückt war. Liebe Güte, sie hatte ja gar nicht gemerkt, wie lange sie getrödelt hatte! Ihre Mutter fragte sich bestimmt schon längst, wo sie steckte.

Sie ließ eine Handvoll reifer Beeren in den Behälter rieseln. Sie mußte sich jetzt beeilen. Bevor die Sonne unterging und die Tür des Farmhauses die Dunkelheit des Frühlingsabends aussperrte, gab es noch eine Menge zu tun.

Sie war gern zur Schule gegangen und hätte Beträchtliches leisten können, wenn sich die Gelegenheit dazu geboten hätte. Das war ihr nicht bewußt, doch ihren Lehrern war es klar. Maria wußte nur das eine: Sie lernte für ihr Leben gern. Neuland zu erforschen war ein spannendes Abenteuer für sie, und ihr Puls pochte schneller, wenn sie auf den Seiten eines Buches fesselnde Entdeckungen machte. Bücher hatten ihren Horizont weiter, größer gemacht, und sie nahm die Welt um sich her und das, was sich jenseits davon abspielte, um so bewußter wahr.

Doch jetzt war das alles vorbei. Sie hatte das Ende des Weges erreicht. Den letzten Tag des achten Schuljahrs.

Endlich erreichte sie den Hof ihrer Eltern und hastete auf

das Haus zu. Mama war nach dem langen Tag bestimmt müde. Maria graute vor dem blassen Gesicht, dem erschöpften Blick, den gebeugten Schultern, die wieder einmal von einem Tag an der Waschbütte oder im Gemüsegarten zeugten. Ihre Mama arbeitete so hart, während Maria sich mit wilden Erdbeeren aufgehalten hatte.

Sie betrat die Küche und stellte ihren Pausenbrotbehälter auf dem kleinen Tisch neben der Tür ab. Ihre Mama stand am Küchenschrank, und ihre Schultern waren tatsächlich vor Erschöpfung gebeugt, doch als sie Maria hereinkommen hörte, drehte sie sich zu ihr um. Am liebsten hätte Maria den Blick gesenkt, um der Müdigkeit in den Augen ihrer Mutter auszuweichen, doch sie brachte es nicht fertig. Ein klares, blaues Augenpaar begegnete einem Paar rauchgrauer Augen. Maria sah die Erschöpfung darin, die sie erwartet hatte, doch sie sah auch, wie sich die grauen Augen spontan erhellten und vor Wärme und Eifer aufleuchteten.

„Na, hast du dein Abschlußzeugnis?" fragte ihre Mama, und die Begeisterung in ihrer Stimme breitete sich auch auf ihrem Gesicht aus.

Nun leuchteten auch Marias Augen. Sie nickte und griff in das Oberteil ihres Kleides, wo sie das Zeugnis sorgfältig verstaut hatte, um es nicht mit Beerenflecken zu verunzieren. Sie strich einen winzigen Knick im Papier glatt und reichte es ihrer Mutter.

„Achtes Schuljahr!" rief die Frau aus und starrte auf das kleine, doch ungeheuer wichtige Dokument. In ihren Augen glitzerte es verdächtig, während sie es gründlich betrachtete.

„Da steht, daß ich das achte Schuljahr mit höchster Auszeichnung vollendet habe", sagte Maria beinahe flüsternd – nicht aus Prahlerei, sondern weil ihre Mama nicht lesen konnte.

„Mit höchster Auszeichnung", wiederholte die Frau. „Ich bin so stolz auf dich!" Sie streckte eine schwielige Hand aus, um sie auf Marias Haare zu legen. „Kaum zu glauben, daß ich so eine gebildete Tochter hab'!" Nun kamen ihr doch noch die Tränen, und sie legte das Zeugnis auf den Tisch, fuhr sich mit der sackleinernen Schürze über die Augen und ging wieder zum Schrank.

„Tut mir leid, daß ich so spät komme", entschuldigte Maria sich. „Ich habe unterwegs wilde Erdbeeren gepflückt, und dabei habe ich die Zeit ganz vergessen."

„Schulabschluß ist schließlich nicht jeden Tag", meinte ihre Mutter freundlich und rollte das Nudelholz über den Tortenteig.

„Ich hab' die letzten Äpfel aus dem Keller geholt", fuhr sie fort. „Die verschrumpeln uns sonst nur. Mach sie bitte fertig, bevor du die Kartoffeln fürs Abendessen schälst. Die Jungs sind gerade bei der Stallarbeit. Pa ist auf dem Ostacker. Arbeitet bestimmt bis zur Dämmerung. Kann die Saat nicht schnell genug in die Erde kriegen, nachdem das Regenwetter ihn so lange aufgehalten hat. Ist allerdings schon weiter als die meisten Nachbarn. Mr. Rubens hat noch nicht mal die Hälfte geschafft, und der alte Hank hat ja kaum 'nen Anfang gemacht. Na ja, er hat ja auch nicht viel Hilfe. Bloß die Mädchen, und die sind nicht gerade fleißig zu nennen. Dabei sind sie seit dem sechsten Schuljahr so gut wie nie in der Schule gewesen."

Maria war an die Gesprächigkeit ihrer Mutter gewöhnt, an das bunte Allerlei von Dingen, die eigentlich gar nichts miteinander zu tun hatten und dennoch alle durch einen unsichtbaren Gedankenfaden miteinander verwoben waren. Sie wußte, wie nötig ihre Mutter jemanden brauchte, mit dem sie sich unterhalten konnte. Sie war ja durch die Berge von Arbeit ans Haus gebunden, und außerdem hatte sie zwei kleine Söhne am Rockzipfel hängen und eine Horde von lebhaften Schuljungen, die ihr die übrige Zeit ständig zur Küche herein- und herausgestürmt kamen. Ihr Mann war entweder auf den Feldern oder im Stall. Sie brauchte jemanden, mit dem sie reden konnte. Maria war ihre einzige Tochter; ihre einzige Gefährtin. Ein einziges Mädchen mit sechs jüngeren Brüdern. Kein Wunder, daß ihre Mutter ohne Punkt und Komma zu reden begann, sobald Maria aus der Schule kam.

„Ich muß mich umziehen", beeilte Maria sich zu sagen, als

ihre Mutter eine Pause machte, um Luft zu holen. Sie ging schnell in ihr Zimmer hinter der Küche. Es war winzig und schmucklos, aber sauber, und vor allen Dingen war es ihr eigenes Reich. Ihre kleine Zuflucht, ihr Heiligtum. Am liebsten wäre sie jetzt einfach hier geblieben, um es sich mit einem ihrer zerlesenen Bücher auf dem Bett gemütlich zu machen oder ... oder den Kopf im Kissen zu vergraben und sich in Ruhe auszuweinen.

Sie wußte selbst nicht, warum ihr nach Weinen zumute war, wo sie doch jetzt eine abgeschlossene Schulbildung vorweisen konnte. Trotzdem hätte sie am liebsten geweint.

Doch diesen Luxus gönnte sie sich nicht. Ihre Mutter brauchte sie in der Küche. Sie streifte sich das Kattunkleid ab und hängte es ordentlich an seinen Haken. Dann griff sie nach dem schlichten braunen Kittel, den sie bei der Hausarbeit trug. In dem unförmigen Ding schien ihre zierliche Gestalt völlig zu versinken. Sie konnte es nicht ausstehen. Sie kam sich wie ein kleines Kind darin vor, das sich verirrt hat.

Ich bin so klapperdürr, dachte sie wohl zum hundertsten Mal und verzog das Gesicht zu einer Grimasse, als sie sich in dem Spiegelstück an der Wand sah. *So klapperdürr und ... kein bißchen hübsch. Dieses kleine Kindergesicht,* urteilte sie über sich selbst, *diese hohlen Wangen, das winzige Kinn, die schmalen Lippen. Bloß meine Nase ist nicht zu klein geraten – ganz im Gegenteil. Wenn ich doch nur ein größeres Gesicht hätte – oder eine kleinere Nase! Dann würde alles irgendwie besser zusammenpassen. Und ich sehe vollkommen verloren aus in diesem ... diesem Sack von Kleid und mit diesen wildgewordenen Haaren.*

Maria strich sich die Haare aus dem Gesicht und wandte sich mutlos von dem Spiegel ab. Dann nahm sie ein Stück Schnur und band sich die Haare damit im Nacken zusammen.

Mit einem letzten, mißbilligenden Blick auf ihr Spiegelbild ging sie aus dem Zimmer und lief schnell in die Küche, um ihrer Mutter zu helfen.

Ihre Mutter redete schon los, als sie die Küche kaum betreten hatte.

„Wenn du mit den Äpfeln und dem Kartoffelschälen fertig bist, bring bitte die Milch und die Sahne zum Pastor. Mrs. Angus braucht sie vielleicht fürs Abendbrot."

Maria nickte und band sich schnell eine große Schürze über den braunen Kittel. Jetzt hatte sie einen weiteren Grund, sich mit dem Schälen zu beeilen. Sie ging nämlich furchtbar gern zum Pfarrhaus. Sie freute sich immer, wenn sie sich mit der netten Mrs. Angus oder ihrem Mann, dem Pastor, unterhalten konnte. Diese beiden waren so freundlich und so ... so gebildet – und es gab ja noch so viel, was Maria unbedingt lernen wollte.

Überraschung

Eilig machte Maria sich mit den Milcheimern auf den Weg. Sie war zwar längere Zeit nicht mehr im Pfarrhaus gewesen, doch viel Zeit für einen Besuch dort blieb ihr heute nicht. Die Kartoffeln für das Abendessen waren schon aufgesetzt, und den Apfelkuchen hatte sie schon in die Backröhre geschoben. Ihre Mama würde bald ihre Hilfe beim Tischdecken und Auftragen brauchen.

Diesmal würde sie sich nicht lange im Pfarrhaus aufhalten können. Trotzdem hatte sie sich das Abschlußzeugnis in die Schürzentasche gesteckt. Sie konnte es schließlich unmöglich vor dem Pastor und seiner Frau aus dem Oberteil ihres Kleides hervorgraben. Anderseits befürchtete sie, mit einem der schweren Eimer gegen das Zeugnis zu stoßen und das Papier zu zerknittern. Die Arme taten ihr weh, weil sie sich bemühte, mit leicht abgewinkelten Armen so schnell und zugleich so vorsichtig wie möglich zum Pfarrhaus zu laufen.

Mrs. Angus hatte ihr das Versprechen abgenommen, ihr das kostbare Zeugnis zu zeigen, sobald sie es ausgehändigt bekam. Es war Maria peinlich, mit dem Beweis ihrer schulischen Leistung in der Schürzentasche durch die Gegend zu laufen, doch anderseits wäre es ihr nie in den Sinn gekommen, ein Versprechen zu brechen.

So hastete sie mühsam weiter. Alle paar Minuten mußte sie stehenbleiben, um sich die schmerzenden Arme zu reiben. Endlich erreichte Maria den Bretterweg, der zur Hintertür des kleinen Pfarrhauses führte. Mit rotem Gesicht und außer Atem eilte sie über die klappernden Bretter, stellte den einen Eimer vorsichtig auf den Fußboden und klopfte mit einer schmerzenden Hand an die Tür. Dann tastete sie ihre Schürzentasche nach der kostbaren Bescheinigung ab und hoffte inständig, daß sie das Zeugnis nicht zerknittert hatte.

Sie stieß einen ungeduldigen Seufzer aus. Manchmal dauerte es ein paar Minuten, bis die Pastorsfrau die Tür öffnete. Sie hatte Rheuma in der Hüfte und ging mühsam an ihrem „Humpelstock", wie Marias kleiner Bruder Karl die Gehhilfe nannte. Jede Sekunde, die nutzlos an Maria vorbeitickte, war ihr zuwider.

Und dann hörte sie Schritte. Ihr Herz schlug schneller, und ein Lächeln erhellte ihre Augen. Mrs. Angus konnte es nicht sein, denn die Schritte, die da aus der Küche zu hören waren, kamen flink und behende näher, und das vertraute Pochen des Gehstocks fehlte.

Die Tür wurde geöffnet, und vor Maria stand ein volkommen fremder junger Mann. Marias Lächeln verschwand wie ausradiert, und sie blinzelte verwirrt mit den Augen.

„Ich ... Entschuldigung", stotterte sie und machte einen Schritt zurück. Doch der junge Mann lächelte und bedeutete ihr mit einer Handbewegung, in die Küche zu kommen.

Maria zögerte. Sie hatte diesen Mann noch nie gesehen. Er stammte mit Sicherheit nicht von hier.

„Du bist sicher das junge Trent-Mädchen", sagte er, noch immer lächelnd. „Mrs. Angus hat mir gesagt, daß du immer die Milch bringst." Wieder versuchte er, sie zum Hereinkommen zu animieren, doch Maria rührte sich nicht vom Fleck.

„Wo ist denn Mrs. Angus?" brachte sie hervor. Wenn ihr doch nur das Herz nicht auf einmal bis zum Hals schlagen würde! War am Ende etwas passiert? War Mrs. Angus krank? Wer war dieser Fremde?

„Pastor Angus und seine Frau sind für ein paar Wochen im Urlaub", erklärte der junge Mann ihr da auch schon. „Ich bin als Vertretung für den Sommer hergeschickt worden."

Maria sagte nichts, sondern hob nur die schweren Milcheimer wieder auf und trug sie auf steifen Beinen in die Küche. Sie wollte sie auf dem kleinen Tisch an der hinteren Wand abstellen, wo schon die sauberen, leeren Eimer auf sie warteten. Zu Besuch brauchte sie ja jetzt nicht mehr zu bleiben. Und das Zeugnis, das ihr jetzt so bleischwer in der Schürzentasche lag, hätte sie auch zu Hause lassen können.

Der junge Mann nahm ihr die Eimer ab. Seine Augenbrauen fuhren ein Stück in die Höhe. „Die sind aber schwer", bemerkte er, und Maria nickte wortlos.

„Du heißt doch Maria, nicht?" fragte er sie und hob die Eimer auf den Tisch.

„Ja", sagte Maria nur und kam sich dumm vor.

„Mrs. Angus war ganz besorgt. Sie hätte dich so gern vor der Abreise noch gesehen. Sie hat etwas von einer Schulbescheinigung gesagt, die du ihr zeigen wolltest."

„Das Zeugnis", gab Maria Auskunft. „Sie meinte mein Abschlußzeugnis vom achten Schuljahr."

Sie kam sich unendlich albern vor, vor diesem erwachsenen Mann dazustehen und von ihrem achten Schuljahr zu reden.

„Hast du es mitgebracht?" fragte er interessiert.

Maria zwang sich dazu, ihn anzusehen. „Ja", antwortete sie.

„Darf ich es mal sehen?" Er streckte seine Hand aus, und Maria griff in ihre Schürzentasche. Jetzt war sie heilfroh, das Zeugnis nicht in das Oberteil ihres Kleides gesteckt zu haben. Erleichtert stellte sie fest, daß es unterwegs keinen Schaden gelitten hatte. Sie war sich allerdings nicht so sicher, ob sie es einem völlig fremden Mann anvertrauen wollte. Ein wenig widerwillig ließ sie es los, als er es nahm. Er betrachtete es sorgfältig, und in seinem Blick lag Anerkennung.

„Mit höchster Auszeichnung", las er. „Alle Achtung! Da wird Mrs. Angus sich aber freuen."

Wieder begegnete Marias Blick seinem, und sie spürte, wie sie errötete.

„Ich schreibe ihnen jede Woche, um sie über die Dinge hier auf dem laufenden zu halten", erzählte er ihr. „Hast du etwas dagegen, wenn ich Mrs. Angus die Neuigkeit berichte?"

Endlich fand Maria die Sprache wieder. „Nein, nein. Wie lange werden die Angus' denn weg sein?" fragte sie.

„Nur über den Sommer." Er gab Maria das kostbare Zeugnis zurück, und sie steckte es hastig wieder in ihre Tasche. „Eine Enkelin von ihnen heiratet, und danach wollen die beiden etwas Urlaub machen. Bis mein Unterricht nach den Sommerferien wieder anfängt, sind sie wieder zurück."

Maria sah ihn aus großen Augen an. Er mußte doch schon mindestens zwanzig sein, und er ging immer noch zur Schule? Männer hatten es vielleicht gut!

Am liebsten hätte sie ihn nach seiner Schule gefragt, aber die Worte blieben ihr im Hals stecken. Sie hätte furchtbar gern gewußt, was er alles lernte und wie lange er noch zur Schule gehen würde. Ach, wenn sie doch nur selbst die Möglichkeit hätte, noch zur Schule zu gehen und weiterzulernen! Es gab so unendlich viel, was sie noch nicht wußte. Sie fragte sich, wie lange man wohl zur Schule gehen mußte, bis man alles gelernt hatte, was es zu lernen gab.

Die Gedanken wirbelten ihr durch den Kopf, und sie trat verlegen von einem Bein aufs andere. Dann fiel ihr Blick auf den Küchentisch, auf dem normalerweise immer eins von Mrs. Angus' blühenden Veilchen stand. Zu Marias Überraschung war der Tisch nun mit Büchern der unterschiedlichsten Größe und Dicke beladen. Der junge Mann schien ihr anzumerken, wie erstaunt sie war.

„Das sind Bibelkommentare", erklärte er ihr. „Ich muß auch in den Sommerferien fleißig pauken. Im Moment sitze ich gerade an der Sonntagspredigt."

Maria fiel keine geeignete Antwort ein.

„Hast du schon einmal einen Bibelkommentar gesehen?" fragte er und ging auf den Tisch zu.

„Nein", gab Maria zu und schüttelte stirnrunzelnd den Kopf.

„Das sind Bücher mit Erklärungen über die Bibel. Sie erläutern die Geschichten darin und geben einen Einblick in die damaligen Verhältnisse, damit man ein besseres Verständnis von dem bekommt, was in der Bibel steht."

Er nahm eins der Bücher vom Tisch und schlug es auf.

Maria sah, daß der enggedruckte Text mit Illustrationen versehen war. Sie sehnte sich danach, das Buch selbst in die Hände nehmen zu dürfen.

„Liest du gern biblische Geschichten?" fragte er sie.

„Sehr sogar", flüsterte sie.

„Mrs. Angus hat mir erzählt, daß du einen hellen Verstand hast und für dein Leben gern etwas Neues dazulernst. Deshalb wollte sie auch unbedingt dein Schulzeugnis sehen. Offensichtlich hatte sie recht!" Er warf ihr ein anerkennendes Lächeln zu. „Aber weißt du, das Wichtigste, das man sich je aneignen kann", fuhr er fort, „ist Gottes Wort. Deshalb gehe ich auch aufs Predigerseminar – um mehr über Gottes Wort zu lernen."

Maria spürte eine Welle des Neides in sich aufkommen, doch dann riß sie sich schnell zusammen. „Für mich ist das Lernen jetzt leider vorbei", brach es aus ihr hervor. „Ich bin mit der Schule fertig."

„Mit der Schule vielleicht schon, aber nicht mit dem Lernen. Man lernt schließlich nie aus", sagte der junge Mann und deutete mit einer Kopfbewegung auf die Bücherstapel. „Ich habe keineswegs vor, mit dem Lernen aufzuhören, sobald ich das Seminar absolviert habe. Ganz im Gegenteil: dann fängt das Lernen erst richtig an. Am Seminar lerne ich ja nur, wie man sich mehr Wissen aneignet."

Maria wurde ganz schwindelig. Gab es denn keine Grenzen für das, was man alles lernen konnte? Sie kam sich plötzlich winzig klein und entsetzlich unbedarft vor.

„Möchtest du dir vielleicht ein Buch ausleihen?" sagte der Mann unvermittelt zu ihr.

Maria konnte ihn nur wortlos anstarren. Hatte sie richtig gehört? Hatte er ihr tatsächlich angeboten, ihr eins dieser herrlichen Bücher zu leihen? Am liebsten hätte sie das Angebot mit Begeisterung angenommen, doch ihre Schüchternheit hinderte sie daran.

„Bitte, bediene dich nur", forderte er sie auf.

„Das ... das geht doch nicht", murmelte sie mühsam.

„Warum denn nicht? Hast du keine Zeit zum Lesen?"

„Doch. Mama gibt mir immer frei, wenn ich ein Buch habe. Meistens ... meistens muß ich das Buch sogar vorlesen – der ganzen Familie, aber ..."

„Dann brauchst du dringend ein Buch. Nicht unbedingt einen Kommentar, aber – na, laß uns mal sehen." Er ging zu einem Regal und ließ den Blick über die Titel schweifen.

Maria stand nur wortlos da. Sie hatte noch nie so viele Bücher auf einmal gesehen, außer in der Schule natürlich. Dieser junge Mann hatte es wirklich gut. Erstens durfte er noch zur Schule gehen, und zweitens hatte er so unzählig viele Bücher zur Verfügung, so viel Wissen.

Er hatte ein Buch ausgesucht und reichte es ihr.

„Hier, das ist ein gutes", sagte er. „Es gefällt dir bestimmt, und deiner Familie auch."

Doch Maria brachte es nicht fertig, die Hand nach dem Buch auszustrecken. Sie schüttelte noch einmal den Kopf und schluckte mühsam.

„Was, wenn es irgendwie beschädigt wird?" brachte sie schließlich hervor.

Er lächelte, und sein ganzes Gesicht leuchtete auf. „Mrs. Angus hätte sich ganz sicher nicht so lobend über dich geäußert, wenn du nachlässig wärst", antwortete er.

„Aber ...", setzte Maria zu einem weiteren Einwand an.

„Ja, ich weiß, selbst bei der größten Vorsicht kann einem ein Mißgeschick passieren. Aber dann kann man das Buch doch ersetzen. Bitte, nimm es mit. Lies es deiner Familie vor. Dazu sind Bücher schließlich da."

Nun konnte Maria nicht mehr widerstehen. Sie streckte die Hand nach dem Buch aus und schluckte noch einmal. Von dem Vertrauen, das er in sie setzte, war sie überwältigt.

„Ich gehe auch ganz bestimmt vorsichtig damit um", versprach sie feierlich, als sie das Buch entgegennahm.

„Ganz bestimmt." Wieder lächelte er.

Plötzlich merkte Maria, daß sie sich viel länger im Pfarrhaus aufgehalten hatte, als sie beabsichtigt hatte. Jetzt würde sie den ganzen Heimweg rennen müssen.

„Danke", murmelte sie. „Vielen Dank", sagte sie dann lauter, damit er sie auch bestimmt hörte. Vor lauter Freude geriet ihre Stimme ins Zittern, und sie drückte das Buch an sich.

„Wenn du es ausgelesen hast, kannst du dir ein anderes ausleihen", bot er ihr mit einem erneuten Lächeln an.

Sie erwiderte sein Lächeln schüchtern und wandte sich zum Gehen. Auf einmal hatte sie es ungeheuer eilig, und zwar nicht, weil sie zu Hause gebraucht wurde. Vor lauter Aufregung konnte sie ihre Füße kaum beherrschen. Es würde ihr überhaupt nicht schwerfallen, den ganzen Heimweg ohne Pause zu rennen.

※

„Stell dir vor, was passiert ist!" rief sie, als sie noch gar nicht richtig in der Küche war. „Stell dir nur vor, was passiert ist, Mama!"

Ihre Mutter wandte sich von der Anrichte ab, wo sie gerade ein selbstgebackenes Brot in dicke Scheiben schnitt. Mit großen Augen sah sie ihre Tochter an, von der sie ein so stürmisches Verhalten überhaupt nicht gewöhnt war.

„Ich habe ein Buch!" rief Maria begeistert.

„Ein Buch?"

„Er hat mir ein Buch geliehen. Er hat gesagt, wir sollen es zusammen lesen. Und wenn wir das hier ausgelesen haben, dann ... dann dürfen wir uns noch eins ausleihen!" Sie war derartig außer Atem, daß sie kaum sprechen konnte.

„Wovon redest du bloß, Kind?" fragte ihre Mutter verwirrt.

Maria hielt ihrer Mutter das Buch hin.

„Hiervon!" rief sie. „Er hat's mir mitgegeben."

„Wer denn? Wer ist dieser Er?"

Marias überstürzte Gedanken gerieten ins Stocken. Es gab ja so viel zu erzählen. Womit sollte sie nur anfangen?

„Der neue Pastor", antwortete sie, um einen Anfang zu machen.

„Was für ein neuer Pastor?"

„Na, der, der Pastor Angus vertreten soll."

Die Farmersfrau umklammerte erschrocken einen Schürzenzipfel. „Ach, du liebe Güte!" rief sie. „Den Angus' wird doch wohl nichts zugestoßen sein?"

„Nein, ihnen fehlt nichts", beruhigte Maria sie schnell. „Sie sind zur Hochzeit einer Enkelin gefahren, und danach wollen die beiden noch ein bißchen Urlaub machen. Sie haben sich den ganzen Sommer freigenommen. Zum Herbst sind sie wieder hier, hat er gesagt."

„Und wer ist dieser Er, von dem du dauernd redest?"

„Der neue Pastor. Eigentlich ist er ja noch gar kein richtiger Pastor. Er geht noch zur Schule, hat er gesagt, aber er ..."

„Zur Schule? Hat man uns etwa einen Grünschnabel geschickt?"

„Er ist kein Grünschnabel", stellte Maria klar. „Er ist ein erwachsener Mann."

„Aber zur Schule geht er noch?" Mrs. Trent strich ihre Schürze glatt. „Da ist er wohl nicht besonders helle, wenn er ein ausgewachsener Mann sein soll und immer noch ..."

„Er *ist* ein erwachsener Mann", fiel Maria ihr ungeduldig ins Wort, „und dumm ist er auf keinen Fall. Das konnte man gleich merken. Er geht auf eine besondere Schule – um mehr über Gottes Wort zu lernen. So hat er's mir erklärt. Kein Mensch kann alles lernen, was es zu lernen gibt, hat er gesagt. Die Schule nennt sich ... Sammenar oder so ähnlich."

„Ein Samowar ist 'ne Art Teekessel", belehrte ihre Mutter sie.

„Dann weiß ich's auch nicht – aber jedenfalls ist es eine Schule. Das hat er selbst gesagt."

Mrs. Trent drehte sich wieder zu ihrem Schneidebrett um. „Tu das Buch schnell weg und deck den Tisch. Gleich überfällt uns 'ne ganze Horde von hungrigen Jungs, und das Essen steht noch nicht auf dem Tisch."

Maria lief in ihr Zimmer und verstaute das kostbare Buch an einem sicheren Platz. Dann wusch sie sich hastig die Hände in dem Waschbecken in der Ecke. Sie gab sich keinen Illusionen hin: Ein Berg Arbeit wartete auf sie. Es würde mehrere Stunden dauern, bis das Geschirr wieder gespült und abgetrocknet im Regal stand. Sie konnte es kaum erwarten, das Buch aufzuschlagen und zu entdecken, was der junge Mann ihr da zu lesen gegeben hatte.

„Und wer ist nun dieser junge Bursche?" fragte ihre Mutter wieder. „Woher kommt er? Wie heißt er?"

„Das hat er mir nicht gesagt", gestand Maria, und ihre Mutter sah erstaunt auf. Wenn ihre Mutter die Milch im Pfarrhaus abgeliefert hätte, dann hätte sie vermutlich erheblich mehr über den Aushilfspastor in Erfahrung gebracht; soviel stand fest.

„Wie ist er denn so? Groß? Klein? Nett? Bärbeißig? Was ist er für 'n Mensch?" wollte ihre Mutter wissen.

„Also, er ist ... er ist sehr nett." Das stimmte mit Sicherheit. Immerhin hatte er ihr ein Buch geliehen, oder nicht? „Und er ist ungefähr so groß wie Papa." Sie hoffte, daß diese Feststellung einigermaßen den Tatsachen entsprach.

„Was macht er ansonsten für 'nen Eindruck?"

„Tja ... er hat sehr freundlich mit mir geredet, und –" Maria zermarterte sich das Gehirn. Sie konnte sich an nichts Außergewöhnliches erinnern. Plötzlich fiel ihr ein: „Ach ja, er ... er hat ein wirklich sympathisches Lächeln", antwortete sie und hoffte, damit erschöpfend Auskunft gegeben zu haben.

Doch ihre Mutter war noch längst nicht zufrieden. „Wie alt ist er?" wollte sie wissen.

Maria war über den ungewohnten Ausdruck in dem vertrauten Gesicht ihrer Mutter überrascht. Was für eine sonderbare Frage – sogar für ihre Mutter!

„Keine Ahnung", murmelte sie und stellte den nächsten Teller auf den Tisch. „Mitte zwanzig vielleicht." Sie zögerte und fragte sich, wo der rote Faden in den Gedanken ihrer Mutter versteckt sein mochte.

Sie sah nicht, wie ihre Mutter das Kinn hob und den Kopf schräglegte, während sie sie kurz ansah; dann nickte sie, und ein Lächeln spielte um ihre Mundwinkel.

Bücher

„Also, predigen kann er schon mal prima", stellte Mrs. Trent fest, während sie sich die Nadeln aus der Haube zog.

Ihr Mann nickte zustimmend und hob beide Hände, um den engen Sonntagskragen mit der Krawatte zu lockern.

Maria sagte nichts. Sie studierte noch immer den Einband des neuen Buches. Sie und ihre Familie waren zwar noch nicht ganz fertig mit dem letzten, doch der junge Mann hatte ihr trotzdem schon das nächste mitgegeben.

„Barker. Netter Name", meinte Mrs. Trent. „Wie mag er wohl mit Vornamen heißen?"

„Austin", wußte Marias vierzehnjähriger Bruder Adam zu berichten, der sich gerade eine rohe Möhre aus dem Kochtopf auf der Anrichte klaute.

„Pastor Austin Barker", sagte Mrs. Trent feierlich und nickte anerkennend.

Maria ging in ihr Zimmer, um ihr Sonntagskleid auszuziehen und ihre Haare aus den engen Flechten zu befreien.

„Adam! Bleib mir vom Essen weg, bis es gar ist", hörte sie ihre Mutter in der Küche schimpfen. „Wenn sich hier jeder so bedienen würde, bliebe nicht mehr viel zum Kochen übrig."

Während sie ihre Tür hinter sich zuzog, dachte Maria an die Predigt, die sie gerade gehört hatte. Sie war auf die Kante der Bank vorgerutscht und hatte voller Spannung zugehört. Wie konnte man sich nur so viel Wissen aneignen? Lernte man das alles, indem man noch weiter zur Schule ging?

Mr. Barker hatte die Wüste beschrieben, als sei er selbst einmal dagewesen. Und als er von Mose und der beschwerlichen Wanderung des Volkes gesprochen hatte, das aus der Sklaverei in Ägypten in die Freiheit entlassen worden war, hatte Maria die Nadelstiche des Wüstensandes und die ausgetrockneten Kehlen der Wanderer förmlich spüren können. Kein Wunder, daß sie um Wasser gebettelt hatten. Kein Wunder, daß sie mit ihrer Geduld am Ende gewesen waren. Und vielleicht auch kein Wunder, daß Gott seinerseits so geduldig mit ihnen umgegangen war.

Maria setzte sich auf ihr Bett und starrte auf das Buch in ihren Händen. Sie konnte es kaum erwarten, die wunderbaren Geheimnisse, die es barg, zu entdecken. Am liebsten hätte sie es sich auf ihrem Bett gemütlich gemacht und auf der Stelle mit dem Lesen angefangen. Aber ihre Mutter wartete darauf, daß sie ihr beim Kochen und Tischdecken half. Seufzend legte Maria das Buch beiseite und streifte ihr Sonntagskleid ab.

Sie nahm ihr blaues Kattunkleid vom Haken. Für die Schule brauchte sie es ja nicht mehr; also konnte sie es jetzt getrost zu Hause tragen, bevor sie aus ihm herauswuchs – falls sie überhaupt noch wachsen sollte. Seit ihrem dreizehnten Geburtstag war es mit dem Wachsen anscheinend vorbei gewesen. In der Gesellschaft gleichaltriger junger Mädchen kam sie sich immer wie ein Kind vor.

Als sie wieder in die Küche ging, scheuchte ihr Vater gerade ihre sechs Brüder nach draußen.

„Raus auf die Veranda mit euch", befahl er und zeigte auf die Tür.

Der vierjährige Karl beschwerte sich: „Aber ich hab' so'n Hunger!"

„Und deine Mama hat das Essen viel schneller auf dem Tisch, wenn sie nicht dauernd über einen von euch stolpert", konterte Mr. Trent und nahm den Jüngsten, den anderthalbjährigen Peter, schwungvoll auf den Arm.

Bald waren Maria und ihre Mutter allein in der Küche, und sofort fingen sie mit den Essensvorbereitungen an.

„Wie hat er dir denn gefallen?" wollte ihre Mutter unvermittelt wissen.

Marias Kopf fuhr in die Höhe. „Wer denn?" fragte sie.

„Der junge Pastor natürlich."

„Er ... er ist doch noch gar kein Pastor", widersprach Maria.

„Er hat noch zwei Schuljahre vor sich." Um diese beiden Jahre beneidete Maria ihn grenzenlos.

„Egal. Zwei Jahre vergehen schnell. In zwei Jahren bist zu schon achtzehn!"

Maria fragte sich flüchtig, was das mit dem Pastor zu tun hatte. Dann dachte sie an die zwei Monate, in denen der junge Mann hier am Ort predigen sollte. Zwei Monate. Nur zwei Monate, in denen es galt, das meiste aus seinen Bücherstapeln herauszuholen. So eine kurze Zeit – und so viel zu lesen!

Maria beeilte sich mit dem Tischdecken und hoffte, daß das Mittagessen und das Geschirrspülen möglichst schnell über die Bühne ging, damit sie sich auf ihren Lieblingsplatz am Bach zurückziehen und dort lesen konnte, bis sie für die Vorbereitungen zum Abendessen gebraucht wurde.

„Also? Wie hat er dir gefallen?"

Maria zwang ihre Gedanken zu ihrer Mutter zurück und versuchte sich zu erinnern, wovon sie gerade sprach. Ach ja, der junge Pastor.

„Er ... er kann gut predigen", stotterte sie. „Mir gefiel die Art, wie er die Geschichte erzählt hat."

Ihre Mutter nickte. „Ich finde auch, daß er tüchtig predigt", fuhr sie fort und schob noch mehr Brennholz in den Ofen, damit das Kochen schneller vonstatten ging. „Und aussehen tut er auch prima."

Maria nickte, obwohl sie das Aussehen des jungen Mannes kaum beachtet hatte.

„Eine hohe Stirn – man sagt, das läßt auf einen klugen Verstand schließen", wußte Marias Mutter. „Ein Paar aufrichtige, klare Augen hat er, und ein starkes Kinn. Ein weiches Kinn soll ja ein Zeichen für 'nen schwachen Charakter sein. Dichter Haarschopf – aber den bändigt er wirklich tipptopp. Gutaussehender junger Mann. Ich wüßte nicht, wann ich 'nen stattlicheren gesehen hätte."

Marias Gedanken lösten sich einen kurzen Moment lang von dem neuen Buch in ihrem Zimmer. Ja, wahrscheinlich hatte ihre Mutter recht. Sie hatte nicht weiter darüber nachgedacht, wie Mr. Barker aussah.

„Tja, da werden wohl sämtliche Mütter weit und breit ein besonderes Auge auf ihn werfen", redete ihre Mutter weiter. Maria hob den Kopf. Warum in aller Welt sollten die Mütter aus der Umgebung ein besonderes Auge auf den jungen Mann werfen wollen?

„Alle werden sie ihre Töchter mit ihm verheiraten wollen", fuhr ihre Mutter fort. „Bald wird er sich vor Einladungen zum Mittagessen und Abendessen und Familienfeiern kaum noch retten können."

Das ist ja albern, dachte Maria.

„Wart's nur ab", redete Mrs. Trent weiter. „Ich gehe jede Wette ein, daß sämtliche Mädchen im heiratsfähigen Alter nächsten Sonntag in 'nem neuen Sonntagskleid erscheinen."

„Das ist doch albern", sprach Maria aus, was sie dachte.

„Ja", seufzte Mrs. Trent, „wahrscheinlich hast du recht." Maria merkte nichts von dem Seitenblick, den sie auf ihre Tochter warf. Es stand wohl fest, daß die Trents nicht im Rennen lagen. Maria schien sich nicht in geringster Weise für den jungen Mann zu interessieren – abgesehen von seinen Büchern.

Na, wenigstens brauchen wir keine Angst zu haben, Maria zu verlieren. Bloß gut. Ich wüßte gar nicht, was ich ohne Maria täte. Andererseits ... Wieder seufzte sie.

✻

Wie sich herausstellte, hatte Mrs. Trent recht gehabt, was die Mütter und Töchter aus der Umgebung betraf. So viele neue Hauben und Kleider wie an dem Sonntag, als der junge Aushilfspastor seine zweite Predigt hielt, hatte sie noch nie auf einmal gesehen. Einige Mädchen hatten sich sogar die Haare mit größter Sorgfalt hochgesteckt, anstatt sie wie sonst einfach in Zöpfe zu flechten. Maria starrte ihre langjährigen Freundinnen fassungslos an, doch diese lächelten nur unschuldig zurück.

Maria selbst machte sich nicht viel daraus, doch sie fragte

sich, was der junge Mann wohl von dem ganzen Zirkus halten mochte.

Nach der Predigt, die ebenso fesselnd wie die vom vergangenen Sonntag war und diesmal von Joseph als jungem Mann handelte, wartete Maria mit den Büchern in der Hand auf Mr. Barker. Sie hatte beide ausgelesen. Das eine hatte sie allen Familienmitgliedern vorgelesen, und das andere hatte sie abends im Bett allein verschlungen. Es war eine fesselnde Beschreibung der Welt, in der die Menschen zu biblischen Zeiten gelebt hatten, und sie hatte Unmengen über die damalige Kultur gelernt.

Jetzt wartete sie darauf, die Bücher gegen ein neues einzutauschen, aber der junge Mann war gerade von mehreren Gottesdienstbesuchern umlagert, die sich mit ihm unterhalten wollten. Sie konnte ihn unmöglich unterbrechen.

„Warte ruhig, bis du dein Buch bekommst", hatte ihre Mutter gesagt. „Wir machen uns schon mal auf den Heimweg, und ich stell' das Essen auf den Herd."

Maria wartete voller Ungeduld, denn jede verlorene Minute ging auf das Konto ihres freien Nachmittags, den sie zum Lesen nutzen wollte.

Endlich ging die letzte Familie nach Hause. Der junge Mann wandte sich von den Stufen vor der Kirchentür ab und ging durch den Gemeindesaal nach vorn. Er bemerkte Maria erst, als diese sich räusperte.

„Ach, Maria. Ich wußte ja gar nicht, daß du auch mit mir sprechen wolltest", entschuldigte er sich schnell.

„Das eigentlich nicht", stotterte Maria. „Ich ... ich wollte Ihnen bloß diese beiden Bücher zurückbringen und ... und ein neues ausleihen – natürlich nur, wenn ich darf."

Er sah auf die beiden Bücher, die sie ihm entgegenstreckte.

„Hat dir das hier nicht gefallen?" fragte er und zeigte auf das dickere der beiden Bücher, die er ihr geliehen hatte.

„Oh doch, sehr sogar. Am liebsten würde ich es immer wieder von vorn lesen ... wenn ich Zeit dazu hätte. Aber ich möchte auch die anderen lesen, und ... und da ..."

„Hast du es etwa schon ausgelesen?"

Maria nickte.

„Das ganze Buch?" Seine Augenbrauen fuhren vor Überraschung in die Höhe.

Wieder nickte sie.

Einen Moment lang schien er sich zu fragen, ob sie die Wahrheit gesagt hatte.

„Das ist ja wirklich beachtlich", sagte er dann anerkennend. „Hast du denn alles verstanden?"

„Ich ... ich denke schon. Wenigstens das meiste. Diese eine Stelle, wo es um die Menschwerdung geht, die war ziemlich schwierig. Ich meine, wie das da erklärt wird. Ich weiß zwar, daß Maria die Mutter von Jesus war, und Gott war durch den Heiligen Geist sein Vater, aber ein paar von den Begriffen, die in dem Buch vorkamen, habe ich nicht ganz verstanden. Ich ... also, ich weiß nicht ... Ich fand das Ganze ziemlich schwierig zu verstehen, aber ... aber einfach zu glauben."

„Das nenne ich wahres Gottvertrauen", sagte er lächelnd zu ihr. „Manchmal ist es viel leichter, einfach nur zu glauben, ohne zu meinen, alles bis ins Letzte begreifen zu müssen – oder alles auf einmal. Gottes Wege sind so viel höher als die Wege der Menschen, daß wir manche Dinge mit unseren begrenzten Gehirnen nicht unbedingt verstehen können. Wir müssen manche Dinge einfach aus seiner Hand annehmen."

Maria nickte. Bestimmt hatte er recht, obwohl sie nicht genau wußte, was er im einzelnen meinte.

„Du möchtest dir also ein neues Buch abholen, ja?" fragte er sie gerade.

„Gern ... wenn ich darf", antwortete sie.

„Komm mit", lud er sie ein. „Such dir selbst eins aus."

Maria hätte ihre Wahl gern genüßlich und in aller Ruhe getroffen, doch sie wußte, daß ihre Mutter sie bei den Vorbereitungen zum Sonntagsessen brauchte. Sie überflog die Buchtitel und hatte sich schnell für ein neues Buch entschieden.

„Willst du das etwa deiner Familie vorlesen?" fragte er überrascht.

Sie schüttelte den Kopf.

„Ich ... ich glaube kaum, daß die Kleinsten das verstehen würden", gestand sie.

Er lächelte. „Das glaube ich auch nicht", gab er ihr recht. „Nimm lieber noch eins aus dem obersten Regalfach mit. Dieses hier vielleicht: *Geschichten, die Jesus erzählte*. Das wird ihnen doch sicher gefallen, oder nicht?"

„Ja, bestimmt", hauchte Maria und nahm das Buch entgegen. Um ein Haar hätte sie in ihrer Lernbegierde eine eigensüchtige Wahl getroffen. Aber jetzt hatte sie ein Buch zum Schmökern, wenn sie allein war, und eins, das sie der Familie vorlesen konnte.

Sie bedankte sich von Herzen bei Mr. Barker und verabschiedete sich.

„Maria", rief er ihr nach, als sie gerade gehen wollte, „was weißt du über die Sturgeons? Ich bin bei ihnen zum Essen eingeladen."

Maria drehte sich zu ihm um. „Sie wohnen auf der Hauptstraße, im dritten Haus links, wenn man..."

„Wo sie wohnen, weiß ich schon", unterbrach er sie sanft. „Ich hätte nur gern etwas mehr über sie persönlich gewußt."

Maria wußte nicht, was sie sagen sollte. Sie fuhr sich mit der Zungenspitze über die Lippen und überlegte kurz. Was könnte ihn wohl an den Sturgeons interessieren?

„Also ... sie haben vier Töchter", begann sie, doch bevor sie weitersprechen konnte, nickte er auch schon resigniert.

„So etwas Ähnliches habe ich mir beinahe gedacht", sagte er, und plötzlich sah er furchtbar müde aus. Vielleicht hatte er ja zu lange über seinen Büchern am Küchentisch gesessen und zu hart an der Vorbereitung für seine Sonntagspredigt gearbeitet.

Ein kurzer Sommer

Während der Sommerwochen hörte Maria viele bewegende Predigten und schöpfte tief aus der Wissensquelle der Bücher, die sie sich regelmäßig bei dem jungen Aushilfspastor ausleihen durfte. Jeden Sonntag hatte sie ein paar Fragen über die Bücher, die sie zuletzt gelesen hatte, und er staunte nicht selten über ihre schnelle Auffassungsgabe und ihren Lerneifer.

„Was bedeutet Heiligung?" fragte sie ihn eines Sonntags. An einem anderen wollte sie wissen: „Wie denken Sie eigentlich über Vorbestimmung?", und wieder an einem anderen Sonntag: „Was glauben Sie: Kommt Jesus wohl vor, während oder nach der Trübsalszeit wieder?"

Manchmal wußte er kaum, wie er ihre Fragen beantworten sollte, aber was er sagte, war stets ehrlich und unumwunden. Wenn er einen bestimmten Punkt selbst noch nicht vollkommen verstanden hatte, dann sagte er ihr das in aller Aufrichtigkeit und fragte sie, ob sie schon zu irgendwelchen Schlüssen gelangt sei. Maria war von Natur aus nicht sehr mitteilsam, und er mußte sie ein wenig aus ihrer Reserve herauslocken.

Es gab noch so viele Dinge, über die sie nichts wußte. Sie war dankbar für all die Bücher, aus denen sie etwas dazulernen konnte, auch wenn die verschiedenen Autoren oft unterschiedlicher Meinung waren, was die Auslegung einer Bibelstelle betraf. Trotzdem konnte man viel aus dem Vergleich lernen.

Doch Maria befürchtete voller Panik, den großen Bücherberg nicht bis zum Ende des Sommers bewältigen zu können. Bald würde der Aushilfspastor mit seinen Büchern wieder in die Stadt zurückkehren, wo seine Schule war. Der Gedanke behagte ihr überhaupt nicht. Andererseits freute sie sich natürlich auf die Rückkehr der Familie Angus. Vielleicht konnte sie sogar mit ihnen über einiges sprechen, was sie während der Sommermonate gelernt hatte.

Maria bedauerte heftiger denn je, nicht als Junge zur Welt gekommen zu sein. Wenn sie ein Junge gewesen wäre, dann hätte sie sich bestimmt dazu entschlossen, Pastor zu werden. Dann hätte sie ihr ganzes Leben lang weiterlernen dürfen.

„Je mehr wir uns mit Gott befassen und über ihn lernen wollen, desto mehr offenbart er über sich", hatte Mr. Barker einmal zu ihr gesagt. „So kommt unser Wachstum im Glauben zustande. Man muß im Licht der Bibel leben, aber das kann man doch nur, wenn man auch weiß, was in Gottes Wort steht und was es bedeutet, nicht wahr?"

Er hatte ihr mehrere Bibelstellen aufgeschrieben, die sie zu Hause nachschlagen sollte. Sie hatte die Verse gefunden. Einige davon hatte sie sogar auswendig gelernt, weil sie ihr besonders wichtig erschienen waren, und diese Verse sagte sie sich in Gedanken wieder auf, wenn sie ein neues Buch zur Hand nahm.

„Befleißige dich, vor Gott dich zu erzeigen als ein rechtschaffener und unsträflicher Arbeiter", lautete einer ihrer Lieblingsverse. Sie war von Herzen gern bereit, sich mit ihrem ganzen Fleiß auf die Bücher zu stürzen, aus denen sie so viel über Gottes Wort lernte.

Maria merkte nichts von den neidischen Blicken, die Sonntag für Sonntag in ihre Richtung geworfen wurden, wenn sie auf den jungen Prediger wartete. Ältere und hübschere Mädchen als sie wünschten sich sehnlichst, mit der gleichen Aufmerksamkeit bedacht zu werden, wie sie sie von Austin Barker erhielt. Doch weder Maria noch der junge Seminarstudent waren sich dessen bewußt. Ihr Interesse galt einzig und allein dem Wissen, das sie sich mit Feuereifer aneigneten.

∗

„Das ist mein letzter Sonntag hier", sagte Austin zögernd. „Unsere Gespräche werden mir fehlen. Du hast mich mit deinen Fragen manchmal ganz schön ins Schwitzen gebracht."

Maria sah überrascht auf. Sie begriff nicht, was er mit dieser Bemerkung gemeint haben könnte.

„Du hast mir teilweise wirklich knifflige Fragen gestellt", erklärte er ihr. „Ich habe nicht selten stundenlang meine Bücher gewälzt, bis ich eine halbwegs befriedigende Antwort gefunden hatte."

„Oh, das ... das habe ich nicht gewußt", entschuldigte sie sich. „Es tut mir leid."

Er brach in ein belustigtes Lachen aus. „Nicht doch", beschwichtigte er; „so war's ganz und gar nicht gemeint. Ich habe doch von deinen Fragen nur profitiert. Jetzt habe ich das Gefühl, das neue Semester mit einem gewissen Studienvorsprung anfangen zu können. Dieser Sommer war wirklich ein Gewinn für mich. Ich ... ich fühle mich reich beschenkt, daß ich Pastor Angus vertreten durfte."

Am liebsten hätte Maria ihn gefragt, wann er abreisen würde, aber das wäre sicher zu vorlaut gewesen. „Wann kommen Mr. und Mrs. Angus denn wieder?" fragte sie statt dessen.

„Am Mittwoch. Ich reise dann gleich am nächsten Morgen ab. Die Kurse fangen morgen in einer Woche wieder an."

Maria nickte. Jetzt wußte sie also Bescheid. Er und seine Bücher sollten sie bald verlassen. Da würde sie wohl kaum die beiden Bücher, die sie in den Händen hielt, gegen neue eintauschen können. Die Zeit reichte nicht mehr aus, um sie durchzulesen.

„Danke. Vielen Dank, daß Sie mir Ihre Bücher geliehen haben", sagte sie und reichte ihm die beiden Bücher.

„Gern geschehen", sagte er. „Warte nur, bis ich den anderen Studenten am Seminar erzähle, daß ein junges Mädchen mich dazu gebracht hat, den ganzen Sommer lang fleißiger denn je zu pauken. Die werden mir kein Wort glauben!"

Maria lächelte schüchtern. Sie wußte nicht, ob das ein Kompliment oder nur ein Witz sein sollte.

„Du wirst mir fehlen, Maria", sagte er schlicht und aufrichtig. „Ich würde bestimmt mehr aus meinen Seminarkursen herausholen, wenn du neben mir säßest und mich zum Lernen antreiben würdest."

Maria spürte, wie sie rot wurde. Doch da wechselte er auch schon das Thema und fragte sie zu ihrer großen Überraschung: „Soll ich dir ab und zu ein neues Buch schicken?"

„Aber ... aber das geht doch nicht", stotterte sie.

„Warum nicht? Ich könnte dir ab und zu eins per Post schicken – oder ich gebe es einfach Pastor Angus mit, wenn er in der Stadt ist. Er kommt öfters zu Konferenzen oder Pastorentagungen. Nimm dir am besten gleich ein Buch mit, und dann schickst du es mir über Pastor Angus zurück."

„Oh, aber ich ..."

„Kein Aber", widersprach er. „Pastor Angus hat bestimmt nichts dagegen, als Postbote zu fungieren. Gib es ihm mit, wenn du es ausgelesen hast, und dann schicke ich dir etwas anderes zu lesen."

„Wenn das nicht zu viele Umstände macht", flüsterte Maria überwältigt. Sie konnte ihr Glück kaum fassen.

„Überhaupt nicht. Ich tue es gern", versicherte er ihr.

Maria beeilte sich beim Aussuchen eines neuen Buches und drehte sich dann zu ihm um. Sie fand keine Worte, um ihre tiefe Dankbarkeit auszudrücken.

Er reichte ihr zum Abschied die Hand. „Auf Wiedersehen, Maria", sagte er einfach. „Ich lasse von mir hören."

✶

Der Herbst und Winter waren eine arbeitsreiche Zeit für Maria. Sie half dabei, den Garten abzuernten, das Obst und Gemüse einzukochen, die Erntemannschaft zu verpflegen und die Wintervorräte einzukellern. Die Abende verbrachte sie oft damit, Strümpfe zu stopfen oder neue zu stricken. Dann war ihre Mutter mehrere Wochen lang ans Bett gefesselt. Der Arzt sprach von einer Rippenfellentzündung. Maria machte sich Sorgen, aber sie bestritt den Haushalt während dieser Zeit ganz allein.

Zum Lesen hatte sie längst nicht so viel Zeit, wie sie es sich wünschte. Die Wintertage waren jetzt viel kürzer, und selbst an den langen Winterabenden hatte sie oft viel Arbeit.

Maria nutzte jede freie Minute zum Lesen. Wie er versprochen hatte, schickte Austin Barker ihr gelegentlich neue Bücher. Mit den Büchern kamen oft kurze Briefe, in denen er ihr von seinen Seminarkursen berichtete. Manchmal stellte er ihr darin auch Fragen: Wie dachte sie über dieses Kapitel? Welchen Standpunkt hielt sie in jener Frage für den richtigen? Wie interpretierte sie folgende Bibelstelle? Maria bemühte sich immer, eine möglichst durchdachte Antwort zu geben, aber sie kam sich viel zu unbedarft vor, um derartig wichtige Fragen mit einem Seminarstudenten zu erörtern.

Maria gab die geborgten Bücher gewissenhaft zurück, sobald ein neues eintraf. Sie wollte auf keinen Fall die Großzügigkeit des jungen Mannes ausnutzen.

Es wurde Frühling. Maria hörte den Schrei des Regenpfeifers, das Lied des Rotkehlchens. Bald war es wieder an der Zeit, den Küchengarten anzulegen. Maria liebte den Frühling, auch wenn er harte Arbeit mit sich brachte. Daran war sie ja gewöhnt. Maria wunderte sich ohnehin, daß man ihr eine solche Nachsicht entgegenbrachte. Kein anderes Mädchen in ihrem Alter hatte die Gelegenheit zum Lesen und Lernen. Maria war ihrer Mutter unendlich dankbar – und ihrem Vater auch, denn er duldete diese Regelung. Sie nahm sich vor, sich täglich nur eine Stunde zum Lesen gönnen – abends, nachdem ihre Alltagspflichten erledigt waren. Und bei den Arbeiten, die sie zu versehen hatte, würde sie sich doppelte Mühe geben.

✻

Maria arbeitete tüchtig in der Küche, im Garten und am Waschbrett. An manchen Abenden war sie viel zu erschöpft, um auch nur die eine Stunde lang zu lesen. Doch diesen Verlust versuchte sie, an anderen Abenden wieder wettzumachen.

Die Jungen wurden größer. Auch Adam hatte inzwischen das achte Schuljahr und damit seine gesamte Schulzeit abgeschlossen. Er verrichtete jetzt das Arbeitspensum eines erwachsenen Mannes an der Seite seines Vaters.

Horace, der nächstälteste, hatte Adams frühere Aufgaben übernommen. Auch die übrigen Jungen waren jeweils eine Stelle aufgerückt und hatten nun zusätzliche Arbeiten zu versehen. Selbst der kleine Peter, der inzwischen drei Jahre alt war, mußte mithelfen.

Mrs. Trent sah in Maria eine immer größere Stütze, nicht nur als Hilfe im Haushalt, sondern auch als Gefährtin. Bei der Arbeit redete sie viel über dies und jenes und vollzog dabei einen Gedankensprung nach dem anderen. Maria, die oft mit ihren eigenen Gedanken beschäftigt war, mußte sich bewußt konzentrieren, um ihr zu folgen.

„Der junge Prediger kommt diesen Sommer nicht wieder. Mrs. Angus hat's mir erzählt. So 'n Pech für sie. Sie tut sich immer schwerer mit ihrer Hüfte. Aber Urlaub wird sie dieses Jahr wohl nicht machen können. Hat keine Enkelin, die dieses Jahr heiratet. Schade. Die Ärmste sieht aus, als brauchte sie dringend 'n bißchen Erholung. Sie arbeitet einfach zuviel. Ich hab' zu Mrs. Sedan gesagt, daß es nicht angeht, daß die Gemeinde so viel von ihr erwartet. Eigentlich gehört hier 'ne jüngere Pastorsfrau hin. Das würde dann natürlich auch 'nen jüngeren Pastor bedeuten. Was mag Mr. Barker wohl vorhaben, wenn er mit dem Seminar fertig ist?"

Maria zuckte die Achseln. „Davon schreibt er nichts in seinen Briefen."

„Was schreibt er denn meistens so?"

„Er erzählt, wie er mit seinen Kursen vorankommt. Wir ... wir tauschen uns über Bücher aus. Über Bibelauslegungen. Über das, was wir von bestimmten Lehrmeinungen halten", antwortete Maria wahrheitsgemäß.

Mrs. Trent schien das Gesagte für entweder zu kompliziert oder zu uninteressant zu halten, um weiter darauf einzugehen.

„Ist das jetzt sein letztes Jahr?"

Maria nickte.

„Dann muß er doch auf der Suche nach 'ner Pastorenstelle fürs Frühjahr sein, oder nicht?"

„Wahrscheinlich schon", sagte Maria. „Darüber hat er nichts geschrieben."

„Was meinst du: Ob er wohl hierher zurückkommen würde?" überlegte Mrs. Trent. „Er konnte prima predigen. Ach, bestimmt sucht er sich eine große Gemeinde in der Stadt. Vielleicht ist ja auch schon eine auf der Ausschau nach ihm. Sogar die Jungs haben immer artig zugehört, wenn er gepredigt hat. Sind nicht halb so unruhig wie sonst auf ihren Plätzen herumgerutscht. Der arme Pastor Angus. Er ist 'n ehrwürdiger Gottesmann – aber ab und zu verliert er total den Faden, wenn er predigt."

Maria dachte über das nach, was ihre Mutter vorhin gesagt hatte. Es stimmte tatsächlich: sogar die kleineren Kinder hatten während Mr. Barkers Predigten einigermaßen stillgesessen.

„Also, 'nen Versuch wär' die Sache wenigstens wert", meinte Mrs. Trent. „Wer nicht wagt, der nicht gewinnt. Frag ihn doch einfach mal, was er vorhat, wenn du ihm das nächste Mal schreibst."

Doch Maria würde sich hüten, sich in die Angelegenheiten des jungen Predigers einzumischen. Wenn er ihr seine Zukunftspläne mitteilen wollte, dann würde er das schon von sich aus tun, wenn er die Zeit dazu für gekommen hielt.

✻

Bald wurde es zum zweiten Mal nach Marias Schulabschluß wieder Frühling. Das Leben floß gleichmäßig dahin, voller Arbeit, die sich nur mit den Jahreszeiten veränderte.

Maria brachte nach wie vor die Milch zum Pfarrhaus und freute sich jedesmal auf eine kurze Unterhaltung mit Pastor Angus und seiner Frau.

Bei einem dieser Besuche erwartete sie die größte Überraschung ihres Lebens.

„Wir fahren zur Abschlußfeier ins Seminar", erzählte Mrs.

Angus ihr. „Und Mr. Barker hat uns gebeten, dich dazu mitzubringen."

„Mich?" rief Maria verdutzt.

„Er hat gemeint, es sei vielleicht interessant für dich, so eine Feier einmal mitzuerleben."

„Also, da ... da muß ich erst Papa und Mama fragen, ob ich darf", stotterte Maria. Sie verspürte Begeisterung und Beklommenheit zugleich. Einerseits wäre so eine Abschlußfeier ein einzigartiges Erlebnis für sie. Es wäre hochinteressant, sich auf dem Gelände eines Predigerseminars umzusehen – auch wenn es nur für ein paar Stunden war. Und sie würde furchtbar gern einmal einen winzigen Teil der großen, weiten Welt zu sehen bekommen. Andererseits würde sie sich dort sicher furchtbar fehl am Platze fühlen. Sie wußte ja nicht einmal, wie man sich in solchen gehobenen Kreisen benahm, was man sagte und wie man es sagte. Was man tat. Was man trug. Sie hatte außerdem kein einziges Kleidungsstück, das für eine solche Gelegenheit angebracht wäre.

„Ich ... ich glaube nicht, daß ..." wollte sie ablehnen.

„Mr. Barker schreibt einen Brief an deine Eltern und bittet sie um Erlaubnis", fuhr die nette Mrs. Angus fort.

Auch das noch! dachte Maria. *Womöglich sagt Mama Ja. Sie denkt bestimmt, daß ich nichts lieber täte, als die Einladung anzunehmen. Aber ...* Maria sah an ihrem abgetragenen Baumwollkleid herunter. Viel gewachsen war sie zwar nicht in den letzten paar Jahren, aber das Kleid war eindeutig zu kurz und zu eng. Was sollte sie nur anziehen?

Doch da redete Mrs. Angus schon weiter. „Als ich letztes Mal bei meiner Tochter zu Besuch war, hat sie mir ein paar Kisten mit Kleidung mitgegeben, die ihren Töchtern gehört hatte. Sie hat gemeint, falls ich jemanden kenne, der sie gebrauchen kann ..." Die Frau unterbrach sich und sah Maria an. „Wenn es dir nichts ausmacht, gebrauchte Kleidung zu tragen, könnten wir die Kisten einmal aufmachen und nachsehen, ob etwas Passendes für dich dabei ist."

Maria nickte eifrig. Es würde ihr nicht das geringste ausmachen, gebrauchte Kleidung zu tragen. Sie hatte ja im ganzen Leben noch nie ein nagelneues Kleid besessen. Ihre Mutter hatte ihr immer Kleider aus abgelegten Sachen von irgendwelchen Tanten genäht.

Sie schluckte mühsam und nickte noch einmal.

„Ja, ich würde gern mitfahren – das heißt, falls Papa und Mama das erlauben und wenn Sie ... wenn es Ihnen und Ihrem Mann keine Umstände macht, mich mitzunehmen – und wenn wir etwas Passendes in den Kisten finden", setzte sie hinzu, doch die Vorfreude in ihren Augen vermischte sich mit Besorgnis.

Reisevorbereitungen

In den nächsten Tagen hatte Maria das Gefühl, mitten in einen Wirbelsturm der Gefühle geraten zu sein: himmelhoch jauchzend, im nächsten Moment zu Tode betrübt, voller Vorfreude und dann wieder voller Zweifel und Ängste.

Die Kleiderkisten enthielten viele brauchbare Stücke. Maria war viel kleiner und schmaler als Mrs. Angus' Enkelinnen, doch sie war geschickt im Nähen, und mit der Hilfe von ihrer Mutter und Mrs. Angus entstanden mehrere nette, wenn auch schlichte Kleider. Maria war erleichtert und dankbar dafür, daß sie zumindest diese Sorge jetzt los war.

Doch wenn sie daran dachte, so vielen Fremden zu begegnen, so vielen gebildeten Leuten, dann wurde ihr angst und bange. Wenn sie sich doch nur mit den Anstandsregeln für eine solche Gelegenheit auskennen würde! Sie kam sich so unbedarft vor, so hinterwäldlerisch, aber sie war zu schüchtern, um mit der freundlichen Mrs. Angus über ihre mangelnden Kenntnisse der Etikette zu sprechen.

Manchmal brach ihr der kalte Schweiß aus, wenn sie an das bevorstehende Ereignis dachte, und dann war sie immer fest entschlossen, unter irgendeinem Vorwand abzusagen.

Doch dann dachte sie wieder an die Abschlußfeier. Es würde ein so großartiges Erlebnis sein, daran teilzunehmen, und wenn Pastor Barker nach vorn schritt, um sein Zeugnis in Empfang zu nehmen, dann würde sie sich riesig mit ihm freuen. Sie fragte sich, ob das Zeugnis wohl so ähnlich wie ihr Abschlußzeugnis aussehen würde, doch im nächsten Moment schämte sie sich auch schon für diesen Gedanken. Seins würde sicher viel schöner und bedeutender sein.

Nein, beschloß sie, die Feier konnte sie sich unmöglich

entgehen lassen. Sie würde eben Augen und Ohren offenhalten müssen, um zu beobachten, wie die anderen Leute sich benahmen. Vielleicht würde sie ja keine allzu großen Schnitzer machen. Sie nahm sich vor, einfach im Hintergrund des Geschehens zu bleiben und sich möglichst unauffällig zu verhalten. Sie wollte die Angus' und Mr. Barker schließlich auf keinen Fall blamieren.

Maria merkte ihrer Mutter an, wie begeistert sie über die Einladung war. Sie schien eine Art Einführung in die Gesellschaft, ein Debüt für Maria darin zu sehen. Mrs. Trent schienen Marias Sorgen und Ängste vollkommen fremd zu sein. Sie erwartete anscheinend mit der größten Selbstverständlichkeit, daß ihre Tochter einen beachtlichen Eindruck auf die Leute machen würde, die sie kennenlernen sollte. In ihren Augen war Maria ein zierliches, hübsches, stilles und bescheidenes Mädchen. Mehr konnte man schließlich nicht von einer jungen Frau erwarten, oder? Mrs. Trent stürzte sich mit Feuereifer in die Vorbereitungen. Emsig nähte sie Säume, befestigte Spitzen, setzte Abnäher und bügelte, bis ihr die Schweißperlen auf der Stirn standen.

„Menschenskind, du brauchst ja auch neue Schuhe!" fiel Mrs. Trent eines Tages ein, als sie gerade ein Spitzentaschentuch flickte.

„Aber Mama, ich ..."

„Ich hab' gerade letztens ein Paar in der Stadt gesehen. Die würden haargenau zu den Kleidern passen."

„Aber Mama ..."

„Zähl schnell das Eiergeld in dem Einmachglas. Sieh mal nach, ob's für neue Schuhe reicht."

„Aber Mama ..."

„Kommt nicht in Frage, daß meine Tochter uns mit kaputten Schuhen an den Füßen blamiert. So 'ne Schande bringst du mir nicht über die Familie!"

Maria legte den neuen Rock, dessen Saum sie gerade festheftete, beiseite und stand auf. *Wofür hatte ihre Mutter das Eiergeld wohl ursprünglich gespart,* fragte sie sich, während sie zu dem Schrank ging.

Das Geld reichte nicht ganz für ein Paar Schuhe.

„Ach, dann verkaufe ich halt ein paar Hennen", überlegte Mrs. Trent. „Hatte sowieso vor, 'n Dutzend loszuwerden. Es wird sonst zu teuer, sie alle durch den Winter zu füttern."

Es ist doch erst Frühling, wollte Maria widersprechen, doch sie behielt es lieber für sich.

„Sag deinem Papa, daß wir in die Stadt fahren müssen. Und sag ihm auch, daß wir 'ne Kiste für die Hennen brauchen." Doch als Maria zur Tür ging, rief ihre Mutter sie zurück. „Ach, laß nur. Ich brauch' sowieso 'n bißchen frische Luft. Ich sag' ihm schon selbst Bescheid. Zieh du dich in der Zeit um." An der Küchentür blieb sie stehen und drehte sich kurz zu Maria um. „Und kauf dir auch 'n Paar von diesen modernen, schicken Strümpfen, ja?"

Widerwillig ging Maria in ihr kleines Zimmer. Es war ihr furchtbar unangenehm, daß ihre Familie ihretwegen soviel Zeit, Kraft und Geld verschwendete. Das hatte sie doch überhaupt nicht verdient! Und was würde sie nach der Reise in die Großstadt mit all den feinen Sachen anfangen? Dabei kam es Maria nicht einmal in den Sinn, daß die jungen Mädchen aus der Nachbarschaft ganz ähnliche Kleidung trugen.

Sie zog sich um, löste ihre Zöpfe und steckte sich die langen Haare auf. Mrs. Angus hatte ihr gezeigt, wie man eine Hochsteckfrisur machte, und ihre Mama hatte darauf bestanden, daß sie sich in dieser Kunst übte. So sah sie erheblich älter aus als mit den Zöpfen – ungefähr so alt, wie sie in Wirklichkeit war. Allerdings ließ die hohe Steckfrisur aber ihr Gesicht noch kleiner erscheinen, als es ohnehin schon war, und ihre blauen Augen umso vorherrschender. Was die Frisur allerdings nicht bewirkte, war eine optische Verkleinerung ihrer Nase – sehr zu Marias Leidwesen.

Bevor sie ihr Zimmer verließ, nahm sie sich schnell ein Buch. Wenn sie schon die lange Fahrt in die Stadt machte, dann wollte sie die Zeit wenigstens sinnvoll ausnutzen. Sie könnte ihrem Vater unterwegs ja vorlesen. Er unterhielt sich fast ebenso gern wie sie über neu erworbene Bibelkenntnisse.

※

Erst am späten Nachmittag kamen sie aus der Stadt zurück. Maria hatte ihre neuen Schuhe den ganzen Heimweg lang nicht aus den Händen gelegt.

Ihre Mutter war im Hof. Maria fragte sich insgeheim, ob das ein Zufall war oder ob sie mit brennender Ungeduld auf die Rückkehr der Einkäufer gewartet hatte.

„Und, hast du sie gekauft?" wollte Mrs. Trent wissen, sobald das Gespann zum Stehen gekommen war.

Maria hob ihr kleines Bündel hoch und nickte mit leuchtenden Augen.

„Bring sie schnell ins Haus", sagte ihre Mutter augenzwinkernd und deutete mit einer Kopfbewegung auf die Tür.

Aus allen Richtungen kamen ihre Brüder gelaufen. Alle schien nur das eine zu interessieren: „Hast du sie gekauft? Hast du sie gekauft, Maria?"

Dann wurde aus dem Fragenhagel die Aufforderung: „Zieh sie an! Komm schon, zieh sie an, Maria. Zeig sie uns doch mal!"

„Ja, mach das", sagte auch Mrs. Trent. „Zieh sie an, die Strümpfe auch, am besten mit dem taubenblauen Kleid und der Rüschenbluse, die du zu der Abschlußfeier tragen willst. Lauf schnell ins Haus!"

Maria ging mit vor Aufregung pochendem Herzen in ihr Zimmer. Sie streifte ihr Kleid ab und nahm die hübsche Bluse mit dem reich verzierten Spitzenkragen und den Spitzenmanschetten vom Haken. Sie hätte sich nie träumen lassen, daß sie einmal ein so kostbares Stück ihr eigen nennen würde. Auch jetzt konnte sie es noch kaum fassen. Sie zog die Bluse an und knöpfte sie sorgfältig zu. Dann schlüpfte sie in den eleganten blaugrauen Rock. Mit zitternden Händen befestigte sie die Haken in den Ösen. Sie zog sich die Jacke über die Bluse und zupfte sich die Kragenaufschläge vor dem Spiegel zurecht. Dabei stellte sie fest, wie gerötet ihr Gesicht war.

Mit größter Vorsicht streifte sie sich die neuen Strümpfe an. Sie wollte sie auf keinen Fall beschädigen.

Als letztes kamen die Schuhe an die Reihe. Maria warf einen resignierten Blick auf ihr altes Schuhpaar. Vollkommen abgetragen war es. Dann steckte sie einen ihrer zierlichen Füße in einen nagelneuen Lederschuh. Er schien sie geradezu anzuglänzen, und sie hielt ehrfürchtig die Luft an. Schnell zog sie den anderen Schuh an und richtete sich auf. Dann atmete sie tief ein und ging zu der Tür, die ihr Zimmer von der Küche trennte.

Ein wahres Beifallsgeheul begrüßte sie. Alle waren sie da: Mama mit Karl, der sich an ihre Röcke drängte. Papa mit dem kleinen Peter auf dem Arm. Adam. Horace. Will und Alfred. Alle waren sie da. Alle klatschten und jubelten sie ihr voller Begeisterung zu.

Tränen brannten in Marias Augen. Ihr Blick fiel auf die geflickten Latzhosen, auf die braunen, nackten Füße ihrer Brüder und auf die ausgeblichene Schürze über dem ebenso ausgeblichenen Kleid ihrer Mutter, und das Herz lief ihr schier über vor Rührung. Am liebsten wäre sie in ihr Zimmer zurückgelaufen, um zu weinen. Es war ungerecht. Einfach ungerecht, daß sie so viel hatte und die anderen so wenig. Aber da standen sie allesamt und klatschten ihr selbstlos Beifall. Freuten sich mit ihr über diesen Reichtum. Strahlten vor Begeisterung über ihre neue Garderobe. Was für eine wunderbare Familie sie hatte! Wenn sie jetzt in Tränen ausbrach, würde sie sie enttäuschen.

Maria zwang sich zu einem Lächeln und machte die Runde, wobei sie zuerst den einen neu beschuhten Fuß zeigte und dann den anderen.

„Ich werd' verrückt!" rief Adam.

„Du siehst ja wie 'ne Prinzessin aus!" rief Karl.

Will und Horace klatschten in die Hände und stießen Pfiffe aus, und Marias Mutter schimpfte sie nicht einmal aus. Sogar der kleine Peter fing an, sich in den Armen seines Vaters zu winden.

„Runter! Runter!" verlangte er, und als sein Vater ihn auf den Fußboden setzte, rannte er auf Maria zu, bückte sich und streckte eine pummelige Hand aus, um das glänzende

Leder zu befühlen. Dann sah er zu Maria auf und strahlte sie an.

Marias Blick fiel auf die Zehen, die aus den Löchern in Peters abgetragenen Schuhen hervorlugten. Peter war der einzige ihrer Brüder, der nicht barfuß lief. „Seine Füße sind noch nicht abgehärtet genug", sagte ihre Mama immer, und deshalb trug Peter wenigstens zu Anfang des Sommers Schuhe. Doch die Schuhe waren schon von allen anderen Kindern vor ihm getragen worden, und als Peter sie zu guter Letzt geerbt hatte, war nicht mehr viel von ihnen übrig gewesen. Der Anblick schnürte Maria beinahe die Kehle zu, und sie wußte nicht, wie lange sie das Weinen noch unterdrücken können würde.

Endlich entließ ihre Familie sie aus der Küche, und jeder machte sich wieder an seine Arbeit, die noch vor dem Abendessen getan werden mußte. Maria ging in ihr Zimmer zurück und zog die feinen Kleidungsstücke behutsam wieder aus. Sie kam sich wie Aschenputtel nach dem Tanz vor: Der Zauber war vorbei, und nun hieß es wieder Lumpen und Asche tragen. Ein unterdrücktes Schluchzen schmerzte ihr im Hals. Sie warf einen Blick auf die schönen Sachen. Die Schuhe waren wunderhübsch und hatten noch keine einzige Schramme. Und die Bluse und das Kostüm waren so gut wie nagelneu. Man sah ihnen überhaupt nicht an, daß sie aus abgelegten Kleidungsstücken genäht worden waren.

Doch Maria konnte ihre Schuldgefühle einfach nicht abschütteln. Sie wünschte sich aus tiefster Seele, die feinen Sachen nie bekommen zu haben. Sie unterstrichen ja nur, wie arm der Rest der Familie war. Ach, wenn sie doch alle nur nicht so ... so großzügig, so ... wohlmeinend gewesen wären! In ihren geflickten, ausgeblichenen Baumwollkleidern fiel es ihr nicht schwer, ihren Platz im Leben einzunehmen, aber in den feinen Sachen, den neuen Schuhen, der eleganten Bluse war sie ganz verwirrt. Sie hatte das Gefühl, der Welt darin Unwahrheiten über sich vorzuspiegeln; als wollte sie jemand sein, der sie in Wirklichkeit gar nicht war! Maria fragte sich verzweifelt, ob Gott, der sie schließlich am besten kannte, ihre „Verkleidung" womöglich zutiefst mißbillige.

Einen kurzen Moment lang kapitulierte sie vor ihren Ängsten. *Ich fahre einfach nicht mit,* sagte sie sich. *Ich bleibe hier.*

Doch im nächsten Moment sah Maria auch schon die Enttäuschung in den Augen ihrer Mutter vor sich.

Also schön, dann fahre ich halt doch mit, gab sie nach. *Aber nur in meinen alten Kleidern.*

Was hatte Mama gesagt? Es ginge nicht, daß ihre Tochter der ganzen Familie Schande machen würde. Aber war es nicht genauso eine Schande, jemand sein zu wollen, der man in Wirklichkeit gar nicht war? Sah Gott nicht eher das Herz als die äußere Erscheinung an?

Dann erhellte Marias Gesicht sich. Sie würde die feinen Sachen ihrer Mama zuliebe tragen und dabei innerlich die richtige Einstellung wahren.

Aber das würde unsagbar schwierig sein, wenn ... wenn die Leute sie für jemanden aus ihren eigenen Kreisen hielten. Wenn sie glaubten, sie hielte sich für ebenbürtig. Wenn sie nach ihrer äußeren Erscheinung beurteilt wurde.

Trotz aller Vorsätze mußte Maria sich die Tränen aus dem Gesicht wischen, bevor sie in die Küche zurückging.

Maria und die Angus' reisten mit der Eisenbahn. Etwas Herrlicheres hatte Maria noch nie erlebt. Sie hatte sich auf die Stunden im Zug gefreut, weil sie geglaubt hatte, die kostbare Zeit mit Lesen verbringen zu können, doch ihr Blick wanderte immer wieder zum Fenster. Es gab so unendlich viel zu sehen. Maria nahm begierig alles auf, was sie sah und hörte, und das Gefühl von Freiheit, das sie zum ersten Mal verspürte, war beinahe berauschend.

Für Maria ging die Fahrt viel zu schnell zu Ende. Sie hätte noch stundenlang im Zug bleiben mögen, doch da nahmen die Angus' schon ihr Handgepäck aus den Ablagen und machten sich zum Aussteigen bereit.

„Wir werden von den Wilbys abgeholt. Bei ihnen übernachten wir auch", sagte Mrs. Angus.

Das wußte Maria eigentlich längst, doch sie nickte höflich. Mrs. Angus wiederholte sich öfters; sie war überhaupt etwas vergeßlich geworden.

„Mr. Barker kann leider nicht zum Bahnhof kommen, weil er zu den Proben für die Abschlußfeier muß", fuhr Mrs. Angus fort. Auch das war Maria nicht neu. Aber warum mußte man eigentlich für eine Abschlußfeier proben? Gab es etwa unterschiedliche Methoden, das Ende eines Studiums zu feiern?

„Ach, da sind die Wilbys ja schon – da vorn auf dem Bahnsteig!"

Kaum hatte Mrs. Angus ihre Freunde entdeckt, als Marias Herz auch schon wie wild zu pochen begann. Jetzt ging es also los: das Neue, das Fremde, die Begegnung mit einer Welt, die ihr so völlig unbekannt war.

✳

Maria brachte den ersten Abend ohne größere Blamagen hinter sich. Niemand ahnte etwas von ihren inneren Qualen. Niemand merkte ihr an, wie eingeschüchtert sie sich von ihrer ungewohnten Umgebung fühlte.

Sie hatte sich vorgenommen, das Verhalten der Menschen um sie her genauestens zu beobachten und sich ein Beispiel daran zu nehmen. Im Grunde genommen tat sie nun nichts anderes, als die Bedürfnisse ihrer Mitmenschen mit offenen Augen und offenem Herzen wahrzunehmen, doch dies geschah vollkommen unbewußt. Ihre Hilfsbereitschaft war das Ergebnis der Selbstlosigkeit, zu der ihre Eltern sie erzogen hatten und die sie seit Jahren praktizierte; sie wurzelte in ihrer tiefen Gottesbeziehung und ihrer Achtung vor anderen Menschen. Ihr Handeln war so selbstverständlich für sie wie das Atmen. Ohne bewußt darüber nachzudenken, erwies sie kleine Hilfsdienste und hatte immer ein fröhliches Wort parat. Sie nahm anderen kleine Handgriffe ab und ließ sich insgesamt von ihrer natürlichen Höflichkeit und Rücksicht leiten.

So erklärte es sich, daß die Wilbys genau das in Maria

sahen, was Pastor Angus und seine Frau schon seit Jahren in ihr gesehen hatten: ein zierliches, aber keineswegs zerbrechliches Wesen mit guten Manieren, gepflegtem Äußeren und einem aufgeschlossenen, ehrlichen Gesicht. Eine höfliche, rücksichtsvolle junge Frau voller Freundlichkeit und Einfühlungsvermögen, die von ganzem Herzen an Gott glaubte und ihren Mitmenschen mit liebevoller Hochachtung begegnete.

Die Abschlußfeier

„Die Verleihung der Urkunden findet um zehn Uhr statt", sagte Mrs. Angus. „Anschließend ist dann ein Empfang zu Ehren der Absolventen und ihrer Gäste. Mein Mann und ich sind von Berufs wegen hier – er soll bei dem Empfang ein offizielles Grußwort sprechen –, und du nimmst als Pastor Barkers Gast teil."

Plötzlich kam Maria ein erschreckender Gedanke. „Heißt das, daß ich nicht neben Ihnen sitzen kann?" fragte sie.

„Bei der Feier sitzt du natürlich neben uns. Bei dem Empfang kann es sein, daß wir an getrennten Tischen sitzen müssen. Ich weiß nicht, wie die Sitzordnung aussieht, aber bis dahin ist Familie Barker ja bei dir. Du wirst schon nicht mutterseelenallein dasitzen."

Panische Angst packte Maria. *Familie Barker.* Sie hatte immer nur an Austin Barker gedacht. In seiner Gesellschaft würde sie sich bestimmt nicht allzu unwohl fühlen. Aber seine Familie? Wie viele Barkers gab es wohl? Würde sie etwa mit einer ganzen Sippe Fremder an einem Tisch sitzen müssen?

„Nur seine Eltern konnten kommen", beantwortete Mrs. Angus ihre unausgesprochenen Fragen. „Er hat drei verheiratete Schwestern und einen verheirateten Bruder. Austin ist der Jüngste in seiner Familie. Zwei der Mädchen sind Missionarinnen, und sein Bruder lehrt an einem Predigerseminar."

Wenn diese Worte in der Absicht gesprochen worden waren, Maria Mut zu machen, so bewirkten sie das Gegenteil. In der Gegenwart von so hochgestellten Leuten würde sie sich bestimmt am liebsten in irgendein Mauseloch verkriechen. Austins Eltern mußten ganz außergewöhnliche Menschen sein, wenn sie so gebildete und wichtige Kinder großgezogen hatten. Maria würde sich neben ihnen entsetzlich klein und fehl am Platz fühlen. Einen Moment lang erwog sie, sich in ihr Zimmer zu flüchten. Aber ihre Mutter würde furchtbar enttäuscht sein. Sie brannte ja förmlich auf einen ausführlichen Bericht der Ereignisse, wenn Maria nach Hause kam. Nein, es gab kein Zurück mehr. Sie holte tief Luft und folgte Mrs. Angus in den gedrängt vollen Gemeindesaal.

Die Feier war lang und wunderschön. Maria genoß jede Minute. Ihre Augen verfolgten jede Bewegung, und ihre Ohren nahmen jedes Geräusch wahr. Zu Hause würde sie alles haarklein berichten müssen. Doch trotz der geballten Aufmerksamkeit, mit der sie die Feier beobachtete, würde sie nie im Leben alles so schön schildern können, wie es war.

Zu guter Letzt wurden die Urkunden in alphabetischer Reihenfolge ausgegeben. Austin war der vierte, der nach vorn gerufen wurde.

„Austin Tyler Barker, kraft der Vollmacht meines Amtes ..." begann der Mann in der langen Amtsrobe, und Maria sah voller Freude zu, wie der junge Pastor seine hart erarbeitete Urkunde in Empfang nahm. Dann fügte der Mann in dem langen Gewand noch ein paar Worte hinzu, die Maria nicht verstand: *„Magna cum laude."*

Maria wiederholte den rätselhaften Zusatz immer wieder in Gedanken. Sie wollte ihn auf keinen Fall vergessen, damit sie Austin später fragen konnte, was er zu bedeuten hatte. Sie hoffte inständig, daß dies keine öffentliche Erniedrigung für ihn darstellte. Der Mann auf dem Podium hatte ihn bei den drei Studenten vor Mr. Barker nicht erwähnt.

Im weiteren Verlauf der Urkundenverleihung hörte Maria einen ähnlichen Begriff. Zwei anderen Seminarsabsolventen händigte der Mann auf dem Podium ihre Urkunden mit dem Zusatz *„Cum laude"* aus.

Maria hielt die Anspannung kaum aus. Am liebsten hätte sie sich zu Mrs. Angus hinübergelehnt und sie nach der Bedeutung der rätselhaften Worte gefragt, doch sie wußte, daß es sich nicht gehörte, in der Kirche zu tuscheln. So wahrte sie also die Beherrschung und schwieg.

Endlich standen alle auf, und die jungen Männer in ihren Gewändern schritten durch den langen Mittelgang. Maria hielt es nicht mehr aus. Sie drehte sich zu Mrs. Angus um und flüsterte so leise, wie sie konnte: „Was bedeutet denn ‚Magna cum laude'?"

„Mit großem Lob", antwortete Mrs. Angus, und Marias Herz machte einen Satz. Ihr Mr. Barker war anscheinend der einzige aus seinem Jahrgang, der diese hohe Auszeichnung erlangt hatte.

※

Maria wußte kaum, wo ihr der Kopf stand. Einerseits konnte sie es kaum erwarten, Austin Barker wiederzusehen. Vor zwei Jahren hatte sie ihn das letzte Mal gesehen, und jetzt war sie furchtbar nervös. Sie hatte vollkommen vergessen, wie gut er aussah – falls ihr das überhaupt je aufgefallen war. Ihr Interesse hatte größtenteils seinen Büchern gegolten, nicht ihm selbst. Aber als er dort auf dem Podium seine Anerkennung für vier Jahre harter Arbeit entgegengenommen hatte, war sein gutes Aussehen Maria das erste Mal so richtig aufgefallen.

Außerdem befanden sie sich hier in einer anderen Umgebung, einer Umgebung, mit der er vertraut war, während Maria eine Außenseiterin war. Bestimmt würde sie sich vollkommen ungeschickt benehmen. Sie hoffte inständig, daß sie sich jedenfalls vor seinen Eltern nicht unsterblich blamieren würde.

Wieder wäre Maria am liebsten im Erdboden versunken, doch die Menschenmenge schob sie auf die Türen zu. Bald würde sie den Barkers vorgestellt werden. Es gab kein Entrinnen. Vor Nervosität war Maria ganz flau im Magen.

Mrs. Angus umfaßte Marias behandschuhte Finger. „Wir sorgen dafür, daß du die Eltern von Mr. Barker findest, bevor wir gehen", sagte sie in Marias Ohr. „Mr. Barker kommt sicherlich auch gleich."

Das Gedränge war so groß, daß Maria befürchtete, nicht lebend aus dem Saal zu kommen. Sie war noch nie in einer solchen Menschenmenge gewesen. Ihr war, als könne sie kaum atmen, und sie sehnte sich nach frischer Luft. Sie fragte sich, wie Mrs. Angus in dieser Masse von Menschenleibern mit ihrem Gehstock zurechtkam, doch sie schien keine allzu großen Schwierigkeiten zu haben. Maria nahm die ältere Frau beim Arm, um sie zusätzlich etwas zu stützen.

Pastor Angus steuerte auf eine Seitentür zu. „Das ist der Treffpunkt, den ich mit Pastor Barker ausgemacht habe", sagte er zu seiner Frau.

Sie erreichten die Tür. Austin Barker wartete schon dort. Er schüttelte zuerst Pastor Angus und dann dessen Frau erfreut die Hand und winkte bescheiden ab, als die beiden ihm überschwenglich zu seiner herausragenden Leistung gratulierten. Dann erblickte er Maria. Sie sah ihm seine Überraschung deutlich an.

„Maria?" sagte er. Es klang fragend und beinahe ungläubig.

Maria sank das Herz. Sie hatte ihn irgendwie enttäuscht oder in Verlegenheit gebracht, das schien ihr ganz offensichtlich. Am liebsten wäre sie weggelaufen oder im Boden versunken. Sie zwang sich dazu, den Kopf zu heben, damit sie seine Augen sehen konnte.

Doch es war nicht Enttäuschung oder Verlegenheit, die sie darin sah. Sie sah Verwirrung. Überraschung. Freude. Maria glaubte, diese Ausdrücke in rascher Folge in seinem Blick zu sehen. Dann lächelte er.

„Du hast dich verändert", sagte er nur.

Maria spürte, wie ihr Gesicht heiß wurde. Er hatte ihre Verkleidung durchschaut. Er wußte genau, daß es ihr nicht zustand, in nagelneuen Schuhen und einer spitzenbesetzten Bluse herumzulaufen. Er wußte, daß sie als jemand auftrat, der sie in Wirklichkeit gar nicht war. Vielleicht schämte er sich ihretwegen.

Sie sah ihm fest in die Augen und versuchte, ihm mit ihrem Blick begreiflich zu machen, daß sie nur um ihrer Familie willen in dieser Kleidung gekommen war. Daß sie wieder einfach nur sie selbst sein würde, sobald sie zur Farm zurückgekehrt war.

Doch da fing Mrs. Angus an zu reden. „Unsere kleine Maria ist erwachsen geworden", sagte sie, und in ihrer Stimme lagen Stolz und Anerkennung.

„Allerdings!" gab Austin Barker ihr recht, doch vollkommen schien ihm seine Stimme dabei nicht zu gehorchen.

„Wir müssen uns beeilen. Unsere Kutsche wartet", sagte Pastor Angus, und Maria zitterte innerlich.

Ich fahre gern mit den beiden mit, wenn Ihnen das lieber wäre, hätte sie dem jungen Pastor am liebsten angeboten. *Oder ich gehe zu Fuß zu den Wilbys zurück. Ich finde den Weg bestimmt.*

Doch sie brachte kein Wort heraus. Zudem sah er sie noch immer sonderbar an; dann nahm er sie beim Arm.

„Komm", sagte er, „meine Eltern warten auf uns."

Maria blieb nichts anderes übrig, als sich durch das Gedränge zum Ausgang führen zu lassen. Keiner von beiden sagte etwas, bis Maria dem Ehepaar Barker vorgestellt wurde.

Mrs. Barker sah zwischen ihrem Sohn und der zierlichen jungen Frau an seiner Seite hin und her; dann lächelte sie und kam einen Schritt näher.

„Maria", sagte sie und reichte ihr die Hand, „wie nett, dich endlich kennenzulernen! Wir haben schon so viel von dir gehört." Sie schüttelte Maria herzlich die Hand. Dann warf sie ihrem Sohn einen Blick zu und fuhr fort: „Wir hatten irgendwie immer angenommen, du seist noch ein Kind, meine Liebe, aber jetzt stelle ich fest, daß wir dich eigentlich mit ‚Miss Trent' anreden müßten."

Austin Barker trat von einem Fuß auf den anderen. „Tja ... zwei Jahre machen eine Menge aus", murmelte er.

Maria stand verwirrt da. Sie wußte nicht, was sie sagen sollte.

„Sollen wir lieber Miss Trent sagen?" fragte Austins Mutter sie.

Maria brachte mühsam ein Lächeln zustande. Sie wußte

49

nicht, worauf die Frage abzielte. Sie war doch Maria. Warum sollte sich das jetzt auf einmal ändern?

„Sagen Sie ruhig Maria zu mir", antwortete sie.

Aus dem Händeschütteln wurde eine herzliche Umarmung. „Wie schön!" sagte Mrs. Barker.

Sie schien sich aufrichtig darüber zu freuen, und Austin stellte Maria seinem Vater vor.

*

Später wurde Maria vielen von Austins Kommilitonen vorgestellt. Die vielsagenden Blicke, das neckende Grinsen und die Rippenstöße entgingen ihr dabei nicht, doch sie wußte nicht, was das alles zu bedeuten hatte.

Machen die sich etwa über mich lustig? fragte sie sich. Andererseits machten die jungen Männer allesamt einen so netten, höflichen Eindruck, daß sie das einfach nicht glauben konnte.

Nein. Die Scherze waren eher auf Austin gemünzt. Aus irgendeinem Grund zogen seine Freunde ihn durch den Kakao. Maria suchte vergeblich nach einer Erklärung dafür, und schließlich ging sie einfach darüber hinweg. Sie kannte sich halt einfach nicht mit den Umgangsformen in dieser fremden Umgebung aus.

„Darf ich dich zu den Wilbys zurückbringen?" fragte Austin sie.

Es war ein langer, anstrengender Tag gewesen. Maria war abgekämpfter als an Tagen, an denen sie einen Riesenberg Wäsche am Waschbrett erledigt hatte, und obendrein taten ihr die Füße in den neuen Schuhen weh.

Sie nickte und hoffte dabei inständig, daß sie nicht zu Fuß gehen mußten.

„Ich habe mir ein Gespann geliehen", erklärte Austin ihr. „Wenn du nichts dagegen hast, könnten wir damit noch ein bißchen spazierenfahren. Das wäre die einzige Gelegenheit, mich ein bißchen mit dir zu unterhalten."

Maria nickte wieder. Sie war unsagbar dankbar dafür, daß sie ihre Füße schonen konnte.

Keiner der beiden sagte etwas, bis sie den Stadtrand hinter sich gelassen hatten und von der Stille der unbebauten Landschaft umgeben waren. Es war Austin, der das Schweigen brach, zuerst zögernd, als wisse er nicht recht, wie er anfangen sollte, um sich dann einen Ruck zu geben: „Ich ... du ... Also, du hast bestimmt gemerkt, wie überrascht ich war, als du heute auf einmal vor mir standest."

Maria nickte nur.

„Tja, weißt du, ich habe dich immer für ... für ein Mädchen gehalten, ein ... ein Kind. Und ... und meine Eltern auch, weil ich immer von dir als der ‚kleinen Maria' gesprochen habe. Aber jetzt ... jetzt sehe ich, was für ein Irrtum das war. Du bist längst kein Kind mehr, Maria."

Maria wußte nicht, was sie sagen sollte. Es tat ihr leid, daß er so enttäuscht von ihr war.

„Und ... und bei deiner schnellen Auffassungsgabe hast du bestimmt gemerkt, wie überrascht und amüsiert meine Mitstudenten waren."

„Ja", mußte Maria zugeben.

„Tja, also, ehrlich gesagt ... die Zielscheibe ihrer Witze war ich. Zwei Jahre lang habe ich ihnen von dieser begabten, lernbegierigen Schülerin erzählt, der ich gewissermaßen Fernunterricht gegeben habe, und dann taucht sie auf einmal auf und ist eine hübsche junge Dame. Kein Wunder, daß meine Kameraden das Frotzeln nicht sein lassen konnten. Sie konnten ja mit eigenen Augen sehen, daß es kein großes Opfer meinerseits war, dir zu schreiben und Bücher zu schicken. Wahrscheinlich zweifeln sie jetzt an meinen Motiven. War es dein hübsches Aussehen oder dein Verstand, der es mir angetan hatte? Keiner von ihnen hätte etwas dagegen, dich zur Schülerin zu haben."

Marias Kopf fuhr in die Höhe, und sie sah Austin forschend an. Hatte er etwa im Ernst gesprochen? Den Eindruck hatte sie zumindest. Maria war vollkommen verwirrt.

„Also, ich wollte dir jedenfalls sagen", fuhr Austin kleinlaut fort, „daß ich dich nach wie vor bewundere – deinen wachen Verstand, deine Wißbegier, dein Interesse an geistlichen Dingen. Ich habe viel von dir gelernt, Maria. Durch dich habe ich fast soviel wie aus den Lehrbüchern an Wissen gewonnen. Dafür möchte ich dir danken, und ... und wenn du keine Einwände hast, würde ich den Briefwechsel gern fortsetzen, auch wenn du jetzt ... auch wenn jetzt alles anders ist."

Maria strich sich mit einer behandschuhten Hand den graublauen Rock glatt. Sie senkte den Blick auf ihren Schoß. „Gern", antwortete sie mit zitternder Stimme, obwohl sie nicht recht wußte, was jetzt alles anders sein sollte und warum.

Sie spürte, wie Austin nervös auf dem Sitz neben ihr herumrutschte, doch sie sah nicht auf. „Ich ... ich weiß noch nicht, wo ich meinen Dienst antreten werde. Diese Woche bekommen wir unsere Gemeinden zugeteilt. Es gibt da mindestens drei Möglichkeiten."

Marias Augen weiteten sich. Fast dreißig junge Männer hatten sich auf dem Podium ihre Urkunde abgeholt, aber nur drei Stellen waren zu vergeben?

„Was wird denn aus all den anderen?" entfuhr es ihr.

„Aus welchen anderen?" fragte Austin.

„Aus denen, die keine Stelle bekommen. Wollen sie denn nicht alle Pastor werden?"

„Doch, natürlich. Aber die Studenten kommen aus unterschiedlichen Gemeindebünden. Nach der Ausbildung werden sie von ihren eigenen Bünden als Pastor eingesetzt. Die Stellen werden landesweit vergeben. Aus unserer Vereinigung waren wir nur zu fünft. Und Pastor Angus würde gern in den Ruhestand gehen – falls sich ein Nachfolger findet."

Maria erschrak. Sie hatte die Angus' so ins Herz geschlossen. Andererseits war ihr natürlich klar, daß sie sich den Ruhestand redlich verdient hatten.

„Die meisten Gemeinden nehmen natürlich am liebsten einen Pastor, der verheiratet ist", fuhr Austin fort, und Maria nickte. Bestimmt würde sich die Gemeinde in ihrem Heimatort schwertun, einen Junggesellen im Pfarrhaus einzuquartieren.

„Bis auf mich und einen anderen Studienkollegen sind alle verheiratet. Wahrscheinlich werden wir beiden damit beauftragt, irgendwo als Missionar eine Gemeinde zu gründen. Unser Bezirk möchte gern neue Siedlungen mit dem christlichen Glauben erreichen. Leicht wird das nicht werden. Und sogar für diese Arbeit würde man am liebsten Ehepaare einsetzen. Man hofft, in den nächsten zehn Jahren fünf neue Gemeinden aufzubauen. Ein ziemlich hohes Ziel, das die Bezirksleiter sich da gesteckt haben. Aber überall werden dringend neue Gemeinden gebraucht."

Maria hatte noch nie erlebt, daß er so viel von sich erzählte. Sie signalisierte ihm mit einem Kopfnicken, wie interessiert sie ihm zuhörte.

„Eigentlich würde ich nichts lieber tun, als eine Gemeinde aufzubauen", fuhr er fort und fügte eilig hinzu: „Aber diese Entscheidung überlasse ich natürlich Gott – und den Bezirksleitern. Ich bin bereit, jeden Auftrag anzunehmen, den ich bekomme."

Maria dachte an das „Magna cum laude". Bestimmt würde man ihm eine Stelle in einer Großstadtgemeinde zuweisen, wo er seine offensichtliche Begabung am besten einsetzen konnte.

Allmählich wurde es dunkel um sie her. Er schien es im selben Moment wie sie zu bemerken.

„Jetzt wird's aber höchste Zeit, daß ich dich zurückbringe", sagte er, „sonst denken alle am Ende, ich hätte dich entführt."

Maria schmunzelte. *Ein Pastor, der jemanden entführt? Die Vorstellung war zu komisch!*

„Morgen fährst du wieder zurück, nicht?"

„Ja, morgen früh", antwortete Maria. „Vielleicht komme ich ja morgen endlich zum Lesen", sagte sie dann. „Ich hatte mir eigentlich vorgenommen, die herrlichen freien Stunden auf dem Hinweg zum Lesen zu nutzen, aber daraus ist einfach nichts geworden. Die ganze Zeit gab es soviel Neues und

Interessantes zu sehen, daß ich mich auf nichts anderes konzentrieren konnte."

„Was denn zum Beispiel?" erkundigte er sich.

„Eine Frau mit einem riesigen Bündel", erzählte Maria und streckte ihre behandschuhten Hände in die Luft, um ihm eine Vorstellung von der Größe zu geben. „Es sah wie ein Wäschebündel aus, aber kaum war die Frau eingestiegen, als das Bündel auch schon anfing, sich zu bewegen. Und dann machte es die sonderbarsten Geräusche – tief und kehlig klang es. Die Frau wurde ganz nervös und versuchte, das Bündel zum Schweigen zu bringen, und dann wollte sie es unter ihren Sitz schieben, aber es rührte sich einfach nicht vom Fleck – und dann kam ein Kopf daraus zum Vorschein. Es war ein Truthahn, ein lebendiger, ausgewachsener Truthahn! Sie hatte ihn ins Zugabteil geschmuggelt."

Austin warf den Kopf zurück und lachte aus vollem Halse. „Hat man es ihr durchgehen lassen?" fragte er.

„Nein. Sie mußte am nächsten Bahnhof aussteigen", sagte Maria. „Sie hat mir irgendwie leid getan. Was kann so ein alter Truthahn denn schon anrichten?"

Lachend fuhren sie weiter.

Umwälzende Veränderungen

Das Leben hatte sich verändert. Maria hatte damit gerechnet, daß nach ihrer Rückkehr alles wieder seinen gewohnten Gang gehen würde, doch das einst so vertraute Dasein war ihr irgendwie fremd geworden. Sie fühlte sich zu Hause nicht mehr heimisch.

Ihre Eltern und Brüder verlangten einen ausführlichen Bericht von allem, was sie erlebt hatte, und Maria schilderte ihnen ihre Erlebnisse mit lebhaften Worten. Die Veränderung, die in ihr stattgefunden hatte, konnte sie dagegen nicht beschreiben. Sie konnte sie nicht einmal selbst begreifen.

Äußerlich gesehen war sie dieselbe Maria von vorher. In ihren geflickten Kleidern schwang sie die Heugabel und nahm die Wäsche aus der dampfenden Lauge. Sie fügte sich nach wie vor den Anordnungen ihrer Eltern und tat ihre Arbeit. Sie war gleich zur Stelle, als einer ihrer kleinen Brüder sich den Fuß verstaucht hatte, und sie half ihrem ältesten Bruder, das Heu auf den Heuboden zu laden. Aber mit einem Teil ihrer Gedanken war sie ständig weit weg und lebte in einer anderen Welt, einer Welt, deren Existenz sie nun nicht mehr ignorieren konnte, weil sie sie mit eigenen Augen gesehen hatte.

Aber es war nicht „ihre" Welt. Es war die Welt von Pastor Angus und seiner Frau. Die Welt der Wilbys. Die Welt von Austin Barker und den anderen jungen Männern, die nun bald ihre erste Pfarrstelle antreten sollten. Jedesmal, wenn sie an diese neue, andere Welt dachte, verspürte Maria einen Anflug von Traurigkeit.

Sie war noch nicht lange wieder zu Hause, als sie einen Brief von Pastor Barker bekam. Er hatte eine Stelle zugewiesen bekommen. Die Worte auf dem Briefbogen steckten voller Enthusiasmus. Pastor Barker sollte in einer Kleinstadt names Carlhaven eine Gemeinde gründen. Maria verließ ihr Zimmer und ging in die Küche, um ihren Vater zu fragen, wo Carlhaven sei. Carlhaven, so erfuhr sie von ihm, war ein kleiner Ort, der etwa vierzig Meilen entfernt lag, doch vierzig Meilen stellten eine große Entfernung für Maria dar.

„Früher, als mein Papa ein kleiner Junge war, hieß das Nest Carl's Haven", erzählte ihr Vater. „Ein gewisser Carl Pearson hatte die Siedlung gegründet. Über die Jahre hat sich der Name geändert. Als die Leute schließlich ein Ortsschild an den Bahnhof nagelten, haben sie das S ausgelassen und einfach ein Wort draus gemacht."

Maria hörte interessiert zu. Ob Pastor Barker das alles wohl schon wußte? Sie beschloß, es ihm bei nächster Gelegenheit zu schreiben. Dann ging sie in ihr Zimmer zurück, um den Brief fertig zu lesen.

„Ich soll meine Stelle sofort antreten", schrieb Austin begeistert. „Ich bin schon riesig gespannt, wie es mit der Gemeindegründung klappen wird. Werden mir die Leute zuhören? Werden sie mir mit Interesse oder Abneigung begegnen? Kann ich auf ihre Bedürfnisse eingehen und ihnen Gottes Liebe nahebringen?"

Maria begann, jeden Abend für Austin und seine junge Gemeinde zu beten.

✳

Das Ehepaar Angus setzte sich tatsächlich zur Ruhe. Ein neues Pastorenehepaar übernahm die Führung der Kirchengemeinde. Für Pastor Claus und seine Frau war es die erste Pfarrstelle. Die beiden brachten viel Enthusiasmus und neue Ideen mit, und Maria freute sich immer, wenn sie Milch zum Pfarrhaus zu bringen hatte, so sehr ihr Pastor Angus und seine Frau auch fehlten.

Sie war gerade von einer dieser Milchlieferungen zurückgekehrt, als ihr Vater aus der Stadt nach Hause kam und ihr einen Brief reichte. Maria hatte gerade vor kurzem einen

Brief von Austin Barker bekommen und konnte sich nicht vorstellen, daß er ihr in so kurzer Folge wieder geschrieben haben sollte. An der Handschrift auf dem Umschlag sah sie auf den ersten Blick, daß dieser Brief nicht von ihm war. Die Adresse des Absenders war ihr fremd, doch darüber stand der Name Barker.

Maria zog die Stirn kraus und öffnete den Umschlag. Hatte sich jemand womöglich einen Scherz erlaubt? Immerhin kannte sie Austin Barkers Handschrift nach den Jahren des Briefwechsels haargenau.

Doch der Brief war einfach mit „Austins Mutter" unterschrieben. Die Falten auf Marias Stirn vertieften sich. Sie hoffte inständig, daß Austin nichts Schlimmes zugestoßen war, und las:

Liebe Maria,
es war uns eine solche Freude, Dich endlich persönlich kennenzulernen, nachdem wir so viel über Dich gehört hatten. Ich muß zugeben, daß ich etwas überrascht war, denn unser Sohn hatte immer von einem jungen Mädchen gesprochen – aber wie er selbst sagte, machen zwei Jahre viel aus. Ich muß sagen, ich war angenehm überrascht, daß Du bereits eine junge Dame bist, und dazu eine überaus sympathische und anmutige. Wir möchten den Kontakt zu Dir gern weiterhin aufrechterhalten.

Wie Du Dir sicherlich denken kannst, sind Mütter von Natur aus um das Wohl ihrer Sprößlinge besorgt, besonders, wenn es sich um den Jüngsten handelt, und Austin ist nun einmal mein „Nesthäkchen". Dennoch danke ich Gott dafür, daß er ihn in seinen Dienst berufen hat. Ich weiß, daß viele schwere Tage vor ihm liegen, doch ich vertraue aus ganzem Herzen darauf, daß Gott ihn auf seinen Wegen führen wird.

Ich bedaure nur, daß so viele Meilen zwischen uns liegen. Es wäre viel schöner für meinen Mann und mich gewesen, wenn Gott Austin an einen Posten in unserer Nähe anstatt fast tausend Meilen von uns entfernt berufen hätte. Obendrein ist Austin kein großer Briefeschreiber. Vielleicht ist diese Bitte vermessen, aber es wäre uns eine solche Erleichterung, wenn Du uns ab und zu schreiben könntest, um uns über die wesentlichen Ereignisse in Austins Leben auf dem laufenden zu halten – und selbstverständlich auch in Deinem.

Wir haben uns wirklich riesig gefreut, Dich kennenzulernen. Wir hatten Dich schon vor Monaten aufgrund von Austins Erzählungen ins Herz geschlossen. Möge Gott Dich segnen und Dich auf Deinem Lebensweg weiterhin führen.

Alles Liebe und Gute,
Austins Mutter

Die Falten auf Marias Stirn wurden immer tiefer. Welch ein sonderbarer Brief! Warum ging Mrs. Barker davon aus, daß Maria besser über ihren Sohn informiert sein würde als sie selbst? Es stimmte zwar, daß Austin und sie noch in Briefwechsel standen, doch Maria rechnete damit, daß seine Arbeit bald immer mehr von seiner Zeit verschlingen würde; über kurz oder lang würde er dann überhaupt nicht mehr dazu kommen, einem jungen Mädchen zu schreiben, das sich für Theologie interessierte.

Ach, es war alles furchtbar rätselhaft.

Dennoch nahm Maria sich vor, von jetzt an nicht nur den Angus', sondern auch dem Ehepaar Barker in regelmäßigen Abständen zu schreiben.

※

Überraschenderweise bekam Maria während der nächsten Monate nicht etwa seltener, sondern häufiger Post von Austin. Maria erwartete jeden Brief mit Spannung, so anschaulich schilderte der junge Pastor seine Arbeit an dem neuen Ort. Maria betete ernsthaft für alle, deren Namen in den Briefen erwähnt wurden. Mit Entsetzen las sie, daß das Gebäude, das die junge Gemeinde als Treffpunkt kaufen wollte, in Flammen aufgegangen war, so daß man sich nach einem anderen Gebäude umsehen mußte. Sie war traurig, als sie von dem

Tod eines älteren Mannes aus der Gemeinde las, der treu für Austin gebetet hatte.

Auf unerklärliche Weise war Austins Pfarramt auch ihre Aufgabe geworden. Sie teilte die Freuden und Enttäuschungen mit ihm. Sie jubelte und litt mit ihm. Sie hatte noch nie im Leben so intensiv gebetet, auch wenn vierzig Meilen zwischen ihnen lagen.

Ich würde Dich gern wiedersehen, schrieb Austin ihr eines Tages, und ihr Herz fing an, schneller zu schlagen. *Ich will versuchen, mir ein Gespann zu leihen. Mit dem Zug würde die Fahrt viel zu lange dauern, weil es keine direkte Verbindung gibt. Ich müßte in Cabot umsteigen und auf einer anderen Linie weiterfahren. Das würde nicht nur viel Zeit, sondern auch viel Geld kosten. Deshalb halte ich es für das beste, mit einem Gespann zu kommen. Wann würde es Dir passen? Ich würde gern möglichst bald kommen.*

Maria beantwortete seinen Brief umgehend und schrieb dem jungen Pastor, er sei jederzeit willkommen. Er kam noch in derselben Woche. Maria war nicht darauf gefaßt, und es war ihr peinlich, daß er sie in ihrem ausgeblichenen Baumwollkleid beim Hühnerfüttern antraf.

Doch das schien ihn keineswegs zu stören. Er kam mit einem Lächeln auf sie zu und schüttelte ihr die Hand.

„Wie geht's dir?" erkundigte er sich, und sie gab ihm ein schüchternes Lächeln zur Antwort.

„So siehst du eher wie das kleine Mädchen aus, an das ich mich von früher erinnere", spaßte er und zupfte sanft an einem ihrer Zöpfe.

Sie nickte nur. Ihre feinen Kleidungsstücke hingen unter einem alten Bettlaken als Staubschutz an ihren Haken.

„Ich sehe bestimmt furchtbar verlottert aus", brachte sie schließlich hervor.

„Ganz und gar nicht", antwortete er leise. „Du siehst einfach ... einfach ganz ..."

Doch Maria wollte sein Urteil nicht hören. Sie unterbrach ihn, indem sie sich schnell zum Haus umdrehte. „Kommen Sie doch herein. Ich koche einen Kaffee. Mama hat gerade frisches Brot aus dem Ofen genommen. Ich weiß noch genau, wie gut Ihnen Mamas frisches Brot geschmeckt hat, wenn ich einen Laib davon mit der Milch am Pfarrhaus abgegeben habe."

Er folgte ihr.

„Bringst du noch immer die Milch ins Pfarrhaus?" erkundigte er sich, als sie auf das Haus zugingen.

„Ja, wenn ich die Zeit dazu habe. Ich freue mich immer, wenn ich einen kleinen Spaziergang machen kann. Aber manchmal bringt auch einer von den Jungs die Milch."

„Hast du heute abend Milch abzuliefern?"

Sie sah ihn an. Warum fragte er sie das? „Ja", sagte sie. „Ich wollte gleich nach dem Abendessen gehen. Aber ich kann auch gern hierbleiben und meinen Bruder schicken ..."

„Kommt nicht in Frage. Geh nur. Ich ... ich würde eigentlich gern mitgehen, wenn du nichts dagegen hast."

„Nein, gehen Sie ruhig mit", erklärte Maria sich einverstanden. Austin kannte den neuen Pastor und seine Frau vom Predigerseminar her. Es war nur verständlich, wenn er sie bei dieser Gelegenheit besuchen wollte. Vielleicht war dies überhaupt der Grund seines Kommens.

In der Küche wurde Pastor Barker herzlich von Marias Mutter begrüßt.

„Wie schön, Sie wiederzusehen!" rief sie und schüttelte ihm erfreut die Hand. „Wie kommen Sie denn mit ihrer Gemeindegründung voran? Wir beten jeden Tag für Sie."

Austin dankte ihr aufrichtig und erzählte kurz von seinem neuen Wohnort, seiner Gemeinde und den Einwohnern seines Pfarrbezirks.

Maria kochte Kaffee und stellte frisches Brot und Marmelade auf den Tisch, doch bei der Arbeit hörte sie dem Bericht aufmerksam zu. Es war hochinteressant, die neusten Neuigkeiten von Austin persönlich zu erfahren.

„Du, ich glaube, ich gehe zu deinem Vater aufs Feld und komme mit ihm zurück", sagte Austin, als das Abendessen immer näher rückte.

Maria nickte. Vermutlich fanden Männer es schrecklich

langweilig, in der Küche herumzusitzen, während die Frauen das Essen kochten.

„Er ist auf dem Westacker", antwortete sie, und Austin nahm seinen Hut und ging nach draußen.

„Er ist wirklich ein feiner Kerl", meinte ihre Mutter, als er die Küche verlassen hatte. Maria nickte. Er war tatsächlich ein selten netter Mensch, aber ihm fehlte eine Frau, die ihm mit Rat und Tat zur Seite stehen konnte. Es war nicht leicht, ganz allein eine Gemeinde aufzubauen. Maria hatte Gott im stillen gebeten, Austin die richtige Frau zu geben. Eine Frau, die ihm helfen konnte. Eine Frau, die einen Teil seiner Last trug.

Dabei war sie sich natürlich vollkommen darüber im klaren gewesen, daß er kaum noch Zeit haben würde, ihr zu schreiben, wenn er erst verheiratet war. Er würde ihr fehlen – sehr sogar. Doch das wollte sie gern in Kauf nehmen, wenn seine Arbeit dadurch besser gedieh. Maria würde eine Zeitlang traurig sein, aber das würde sie nicht davon abhalten, nach wie vor für ihn zu beten.

Er nahm ihr die beiden Eimer ab, als sie sich auf den Weg zum Pfarrhaus machten. Es war ein sonderbares Gefühl für Maria, mit leeren Händen loszugehen. Sie wußte nicht recht, was sie mit ihnen anfangen sollte, und steckte sie einfach in die Schürzentaschen. Eigentlich hatte sie die Schürze zu Hause abbinden wollen, doch das hatte sie im letzten Moment vergessen. Wenigstens war es ihre neuste Schürze, und darunter trug sie ein hübsches blaues Baumwollkleid. Vor dem Abendessen hatte sie sich schnell umgezogen, und die Zöpfe hatte sie sich auch gelöst, um sich die Haare hochzustecken. So sah sie etwas erwachsener aus, fand sie, obwohl das nichts an ihren übergroßen Augen und ihrer zu langen Nase änderte.

Ob Austin ihre Meinung teilte, verriet er ihr nicht. Er hatte nur gelächelt, als er mit ihrem Pa vom Feld ins Haus gekommen war und sie beim Tischdecken angetroffen hatte.

„Vermißt du das Ehepaar Angus sehr?" fragte er sie jetzt.

„Ja", gab sie zu. „Damit will ich nicht behaupten, daß ich den neuen Pastor nicht mag – ganz im Gegenteil. Ich hatte mich nur einfach so sehr ..." Sie unterbrach sich und sagte dann: „Die Angus' kenne ich schon, seitdem ich ganz klein war. Für mich sind sie ein lebendiges Beispiel dafür, wie ein Pastorenehepaar sein sollte."

Er nickte. „Und mit dem neuen Pastor", sagte er, „ist es wie ... wie eine frisch geschlossene Ehe. Man muß sich erst aneinander gewöhnen."

Maria lachte. „Das stimmt. Alles ist noch so neu", gab sie ihm recht. „Aber was die Ehe betrifft, kann ich nicht mitreden, weil mir die Erfahrung auf dem Gebiet fehlt."

„Das würde ich gern ändern."

Marias Kopf fuhr ruckartig in die Höhe. Sie sah ihn fragend, forschend an. Was hatte er da gerade gesagt?

Er blieb stehen und stellte die beiden Eimer ab. Dann streckte er ihr die Hände entgegen.

„Ach, Maria", sagte er, und seine Stimme klang etwas rauh, „ich habe hin und her überlegt und gebetet und gefragt ... aber jetzt ist mir alles glasklar. Niemand versteht mich so gut wie du. Niemand hat ein solches Herz für meine Gemeindearbeit. Ich weiß, du bist noch jung. Aber ... aber Gott zeigt mir immer wieder, wie ... wie vollkommen du bist."

„Aber Pastor Barker", widersprach Maria energisch und wurde zusehends blaß, „Ich bin alles andere als vollkommen." In Gedanken sah sie eine lange Liste von Fehlern vor sich, mit denen sie behaftet war.

Doch er nahm sie bei der Hand und zog sie näher.

„Für mich und für das, was Gott mir aufgetragen hat, bist du ganz eindeutig vollkommen", beharrte er, doch Maria schüttelte den Kopf.

„Nein, ganz und gar nicht. Ich bin überhaupt nicht vollkommen ... egal, für was."

„Dann passen wir ja glänzend zueinander", lachte er leise. „Ich bin nämlich auch nicht vollkommen."

Doch Maria war nicht zu Witzen aufgelegt. In ihrem Kopf

überstürzten sich die Gedanken. Was hatte er sich so lange überlegt? Worauf wollte er hinaus?

„Ich ... ich habe deinen Vater schon gefragt", sagte er, und der Ernst von vorhin kehrte in sein Gesicht und seine Stimme zurück.

„Meinen Vater?" meinte Maria verständnislos.

„Ja. Deshalb bin ich ja zu ihm aufs Feld gegangen."

Maria spürte, wie sie von einer Schockwelle durchflutet wurde. Sie fand keine Worte, um sich zu erkundigen, was ihr Vater geantwortet hatte.

„Er hat uns seinen Segen gegeben", fuhr Austin fort und umfaßte auch ihre andere Hand. „Jetzt fehlt mir nur noch dein Jawort. Willst du meine Frau werden, Maria? Willst du mir in meiner Arbeit – in meinem ganzen Leben zur Seite stehen?"

Maria war wie betäubt. Sie hatte dafür gebetet, daß Austin eine Frau fand. In ihren kühnsten Träumen wäre sie nicht darauf gekommen, daß sie diese Frau sein würde. Sie hätte nie im Leben geahnt, daß seine Wahl auf sie fallen könnte. Sie wurde doch zu Hause gebraucht! Ein anderes Dasein konnte sie sich gar nicht vorstellen. Aber ihr Vater hatte seinen Segen zu dieser Verbindung gegeben. Bedeutete das etwa, daß sie jetzt die Freiheit hatte, von zu Hause fortzugehen? Bedeutete es, daß Gott etwas anderes mit ihr vorhatte? Sie wußte nicht, was sie sagen sollte. Wie sie ihm antworten sollte.

Ein Gefühl der völligen Hilflosigkeit überrollte sie. Sie dachte an die gute Mrs. Angus. Maria würde sich niemals mit ihr messen können. Sie würde die Rolle einer Pastorenfrau niemals zufriedenstellend bewältigen können. Sie war klein und zu unauffällig. Sie hatte keine nennenswerten Fähigkeiten oder Talente. Nein. Nein, das war unmöglich. Wie konnte sie es nur auch nur eine Sekunde lang in Erwägung ziehen?

„Das ... das geht nicht", brachte sie hervor. „Ich ... ich ..."

„Bitte, Maria", sagte Austin eindringlich. „Bitte. Ich bin hergekommen, weil ich gehofft habe, du würdest ja sagen. Ich liebe dich, Maria. Ich liebe dich schon länger, als ich zugeben mag. Zu Anfang habe ich nicht einmal selbst gemerkt, daß meine brillante Schülerin mir das Herz gestohlen hatte."

„Was würden denn deine ... Ihre ... deine Eltern dazu sagen?" fragte Maria beklommen und unsicher, wie sie ihn nun anreden sollte, doch Austin ging einfach gar nicht auf dieses Problem ein.

„Meine Mutter wird einen Freudentanz aufführen. Ich habe das Gefühl, daß sie schon lange geahnt hat, was in mir vorging – bevor es mir selbst richtig klar war." Er legte den Kopf schräg und lächelte wieder. „Es sollte mich auch nicht wundern, wenn sie in letzter Zeit besonders fleißig gebetet hat. Und meinem Vater hast du auch gut gefallen. Sie werden sich beide riesig freuen, wenn du ja sagst."

Es war völlig undenkbar. Austin würde unsagbar enttäuscht sein, wenn er entdeckte, wie unzulänglich sie in Wirklichkeit war.

„Ich ... ich habe nicht das Zeug zu einer guten Pastorenfrau", bekannte Maria verzweifelt. „Mir fehlen die nötigen Vorkenntnisse."

„Und ich bin noch kein erfahrener Pastor", antwortete Austin mit einem leisen Lachen, während er sie sanft näher zog. „Wir haben beide noch manches zu lernen, und das können wir gemeinsam tun."

„Aber du weißt ja nicht, wie unbedarft ich bin", wehrte Maria sich und machte einen Schritt zurück. „Ich glaube nicht, daß ich ... daß ich je genug lernen kann. Ich ..." Sie schüttelte den Kopf und sah ihn um Verständnis flehend an.

„Ich liebe dich, Maria", wiederholte er, „und ich habe viel gebetet – und wenn ich Gottes Willen richtig deute, dann möchte er, daß ich dir zumindest einen Heiratsantrag mache."

Maria schüttelte überwältigt den Kopf. Aus geweiteten Augen sah sie den Mann an, der da vor ihr stand, und versuchte zu schlucken. Sein Gesicht war so ernst. Er hatte gebetet. In ihrem Kopf überstürzten sich die Gedanken noch immer, doch sie sah mit festem, aufrichtigen Blick zu Austin auf und nickte langsam.

Sie fühlte sich entsetzlich unfähig, aber wenn er sie allen

Ernstes zur Seite haben wollte, wenn es tatsächlich Gottes Wille war, daß sie Austins Frau wurde, dann wollte sie sich ganz sicher nicht dagegen sperren. Sie würde ihr Bestes tun – für den Gott, den sie liebte, und für den Mann, den sie ... ja, den sie ebenfalls liebte.

Zu zweit

Sie heirateten in Marias Heimatgemeinde. Pfarrer Angus war mit der Trauung beauftragt worden, und Austins Eltern machten die eintausend Meilen lange Reise, um bei der Hochzeit ihres Jüngsten dabeisein zu können.

„Wir freuen uns ja so, daß du jetzt wirklich ‚unsere' Maria bist", rief Mrs. Barker und schloß Maria in ihre Arme. Maria fühlte sich in aller Herzlichkeit aufgenommen, aber auch ausgesprochen beklommen. Wie sollte sie, das einfache Mädchen aus einer Farmersfamilie, den Erwartungen ihrer Schwiegereltern je gerecht werden? Sie würde sich alle Mühe geben. Sie würde ihr Bestes tun, doch sie war sich insgeheim völlig sicher, daß sie der Rolle einer Pastorenfrau im Grunde genommen nicht gewachsen war.

Das frischgebackene Ehepaar Barker machte sich bald nach der Hochzeit auf den Weg in die neue Heimat. Der Abschied von ihrem Elternhaus erschien Maria so unwirklich wie ein Traum. Sie konnte es kaum fassen, daß sie nicht da sein würde, um den kleinen Peter heute abend ins Bett zu bringen und die Milch zum Pfarrhaus zu tragen. Um morgen die Frühstückspfannkuchen zu backen und die Hühner zu füttern. Wer würde wohl ihre vielen Pflichten übernehmen? Allein würde ihre Mutter die Arbeit doch gar nicht bewältigen können. Wer würde ihr helfen? Quälende Selbstvorwürfe nagten jedesmal an ihr, wenn sie an ihre Mutter dachte.

Die vierzig Meilen legten sie mit Pferd und Wagen zurück. Unterwegs übernachteten sie in einem kleinen Ort. Austin entschuldigte sich bei Maria für das einfache Quartier, doch das war in ihren Augen vollkommen unnötig. Es war die erste Nacht ihres Lebens, die sie in einem Gasthaus verbrachte, und sie hatte nicht das geringste an dem Zimmer auszusetzen. Zum ersten Mal im Leben aß sie auch im Speiseraum eines Gasthauses. Angesichts der Speisekarte, aus der sie sich die ganze Mahlzeit zusammenstellen sollte, kapitulierte sie.

„Such du mir doch bitte etwas aus", flüsterte sie ihrem frischgebackenen Ehemann zu. „Die Auswahl ist mir einfach zu riesig."

Er lachte und bestellte Rinderbraten für beide. Zum Nachtisch gönnten sie sich sogar noch ein Stück Apfelkuchen. Maria stand übersättigt von ihrem Platz auf. Sie hatte ihren Teller bis auf den letzten Bissen geleert, weil sie es nicht übers Herz brachte, Lebensmittel zu verschwenden.

Am nächsten Morgen standen sie früh auf und fuhren weiter zu ihrem Pfarrhaus. Auch für dieses entschuldigte Austin sich im voraus.

„Es ist bloß ein einfaches, kleines Haus mit drei winzigen Zimmern", warnte er sie vor. „In der Küche verschlingt der Herd die Hälfte des Platzes. Das Wohnzimmer muß als gute Stube, Aufenthaltsraum und Studierzimmer zugleich herhalten, und im Schlafzimmer gibt es keinen Kleiderschrank."

Maria war nicht im geringsten besorgt. Das Haus würde sich schon irgendwie gemütlich herrichten lassen. Sie dachte an Mrs. Angus und deren Veilchen. Wenn sie doch nur ein paar Ableger davon hätte, mit denen sie ihr erstes gemeinsames Heim verschönern könnte!

Als sie das Pfarrhaus erreicht hatten, sah Maria, wie recht Austin gehabt hatte. Die Zimmer waren tatsächlich winzig. Maria fragte sich, wo sie ihre wenigen Habseligkeiten unterbringen sollte.

Sie nahm ihre neue Haube ab, ein weiteres Geschenk, das mit dem Eiergeld ihrer Mutter erstanden worden war, und streifte ihre Reisekleidung ab. Die Kleidung, die sie zu Austins Abschlußfeier getragen hatte, hängte sie an die Wandhaken und breitete das alte Bettlaken als Staubschutz darüber. In einem neueren Baumwollkleid nahm sie dann ihre Aufgaben als Ehefrau des örtlichen Pastors in Angriff. In Gedanken sah sie ihr Vorbild und ihre Mentorin, die tüchtige und sachverständige Mrs. Angus, vor sich. Maria wußte nur zu gut, daß sie sich niemals mit dieser würde messen können, doch sie war fest entschlossen, ihr Bestes zu tun.

※

Die kleine Kirchengemeinde hielt ihre Gottesdienste im Schulhaus ab. An ihrem ersten gemeinsamen Sonntag stellte Austin den anderen seine Frau vor.

„Ich freue mich sehr, Ihnen meine Frau, Mrs. Maria Barker, vorzustellen", sagte er und bat Maria, zur Begrüßung aufzustehen.

Maria spürte, wie ihr die Röte ins Gesicht stieg, als sie sich langsam von ihrem Platz auf der vordersten Bankreihe erhob und sich zu der versammelten Gemeinde umdrehte. Das war also Austins Herde. Ihre eigene Gemeinde. Sie lächelte schüchtern und nahm die herzliche Begrüßung dankbar entgegen. Dann setzte sie sich wieder und bemühte sich, Herr über ihre Nervosität zu werden, bevor sie den Anwesenden am Ausgang einzeln die Hand schütteln mußte.

Ein Blick auf ihren Mann erfüllte sie mit Stolz. Er war ein ausgesprochen gutaussehender Mann, ein bewundernswerter Mensch. Maria konnte es noch immer nicht richtig fassen, daß sie jetzt seine Frau war.

Und dann wanderten ihre Gedanken weiter, und sie wand sich beklommen auf ihrem Platz auf der Bank. *Sie fragen sich jetzt bestimmt alle, warum er ausgerechnet mich geheiratet hat. Ich werde es ihnen jedenfalls nicht erklären können. Es ist mir ja selbst ein Rätsel*, dachte sie.

※

Sie gewöhnten sich schnell an ihr neues Dasein als Mann und Frau. Maria richtete das kleine Haus so gemütlich her, wie es im Rahmen ihrer bescheidenen Mittel möglich war, und Austin gewann in seiner Tätigkeit als Pastor an Selbstvertrauen. Wenn Hausbesuche zu machen waren, spannten sie ihre Stute vor den neuen Einspänner und fuhren gemeinsam los. Soweit Maria sich erinnern konnte, hatte Mrs. Angus ihren Mann immer zu den Hausbesuchen begleitet.

Den Freitag hatte Austin sich für den letzten Schliff an seiner Sonntagspredigt vorbehalten. Dazu mußte er seine Bibel und Bücher auf dem Küchentisch ausbreiten. Maria wußte dann immer nicht, woher sie den Platz zum Brotbacken nehmen sollte.

Ich muß halt meine Backtage verlegen, sagte sie sich. *Anstatt dienstags und freitags werde ich wohl von jetzt an montags und donnerstags backen. Aber wie soll ich das Backen und die Wäsche am selben Tag bewältigen?* Ihre Mutter und sie hatten immer montags gewaschen. Sie überlegte hin und her.

Ach, schließlich ist es keine staatliche Vorschrift, daß man montags zu waschen hat, sagte sie sich dann. Von jetzt an wasche ich einfach dienstags.

Aber ganz wohl war ihr dabei nicht. Angenommen, ihre Wäsche flatterte montags morgens nicht schneeweiß an der Leine. Was würden die Leute im Ort bloß denken? Ob sie sie womöglich für eine schlampige Hausfrau halten würden?

Nachdem Maria eine Weile über das ganze Problem nachgedacht hatte, kam sie zu dem Schluß, daß Austins Predigt wichtiger als ihr Waschtag war. Die Wäsche würde sie von jetzt an dienstags erledigen. Punktum.

Mittwochs wurden Hausbesuche gemacht. Die Samstage wurden zum Aufräumen und für die Vorbereitungen zum Sonntagsgottesdienst genutzt. Damit war die Woche im wesentlichen eingeteilt. Austin und Maria machten allerdings sehr bald die Entdeckung, daß ihr Wochenplan ständig abgeändert werden mußte, weil seitens der Familien in der Umgebung manche Bitte an sie herangetragen wurde.

Auf die Abende freute Maria sich immer ganz besonders. Wenn die Arbeit des Tages getan war, zündeten sie die Lampen an, und Austin vertiefte sich in eins der Bücher aus seinem Regal. Maria stand es frei, sich ebenfalls eins zu nehmen, was sie auch häufig tat. Wenn sie etwas zu nähen oder flicken hatte, las Austin ihr vor. Meist folgte dann ein angeregter Gedankenaustausch über das Gelesene. Nicht selten machten sie die Feststellung, daß einer von ihnen – und manchmal sogar beide – am Ende der Unterhaltung einen etwas anderen Standpunkt als zu Anfang vertrat.

„Du bist mir eine riesige Hilfe, Maria", sagte Austin oft zu ihr. „Du bringst mich zum Denken."

Maria konnte immer nur den Kopf schütteln. Austin war schließlich der Studierte im Haus.

Doch Austin regte sie unaufhörlich dazu an, sich mit seinen Büchern zu beschäftigen; sie sollte sich ausreichend Zeit dazu nehmen, in seinen zahlreichen Büchern „nach Gold zu graben", sagte er ihr immer wieder. Letzten Endes profitierte er selbst davon, daß sie seiner Anregung folgte. Jeder äußerte seine Gedanken und Einwände zu neuen Ideen für die Gemeindearbeit, bis beide das Gefühl hatten, eine biblisch vertretbare Position entwickelt zu haben.

Austin bat Maria auch um ihre Meinung über seine Sonntagspredigten, sowohl im voraus als auch im nachhinein. Sie las die Manuskripte gründlich und kritisch, nicht etwa, um sie in der Luft zu zerreißen, sondern um sie auf Herz und Nieren zu prüfen: Waren die Übergänge fließend und nachvollziehbar? War der Inhalt anspruchsvoll, ohne ins Unverständliche abzugleiten? Konnte auch der ungebildetste Zuhörer dem Gedankengang folgen?

„Du kennst meine Gedanken und Ziele", sagte Austin zu ihr. „Du weißt so gut wie ich selbst, worauf ich hinauswill. Sag mir: Drücke ich mich verständlich aus?"

Maria empfand es als unverdiente Ehre, mit einer solchen Aufgabe betraut zu werden. Eigentlich war sie doch viel zu unwissend dafür.

※

Die kleine Gemeinde kam weiterhin im Schulhaus zu den Gottesdiensten zusammen, doch Maria wußte, wie sehr Austin sich ein richtiges Kirchengebäude wünschte.

„Ohne ein eigenes Gebäude werden wir uns nie als echte Kirchengemeinde verstehen", sagte er oft zu Maria.

Eines Abends, als Maria beim Schein der Kerosinlampe Strümpfe stopfte, sprach er wieder von der Notwendigkeit eines eigenen Gebäudes. Er hatte am Küchentisch in seinen Büchern gelesen, doch jetzt war er aufgestanden und ging zwischen Marias Stuhl und dem Fenster hin und her. Sie merkte ihm an, wie unruhig er war, doch sie wartete darauf, daß er ihr von seinen Gedanken erzählte. Eine Zeitlang wanderte ihre Stopfnadel unentwegt durch die Maschen des Strumpfes.

„Wir brauchen eine Kirche", sagte er dann endlich und fuhr sich mit der Hand durch den dichten, dunklen Schopf.

Maria zögerte. Dann sagte sie leise: „Wir *haben* eine Kirche, Austin."

Er sah sie an und lächelte dann ein wenig verlegen, als sie fortfuhr: „Natürlich wäre es schön, wenn wir ein eigenes Gebäude hätten."

Austin nickte und sagte: „Aber wir sind nur so wenige. Wir werden nie die Mittel dazu aufbringen."

„Denk an die Brote und Fische bei der Speisung der Fünftausend", sagte Maria.

Austin lachte leise.

„Ja, die Brote und Fische. Eigentlich hatte ich nicht vor, sie mit Nahrung zu versorgen, Maria. Höchstens mit einem eigenen Gebäude für die Zusammenkünfte."

„Das ist doch auch Nahrung", beharrte Maria ernst. „Du weißt doch, was Jesus zu Petrus gesagt hat: ‚Weide meine Schafe.' Was du vermitteln willst, ist im Grunde genommen doch geistliche Nahrung – und das ist viel wichtiger als eßbare Nahrung."

Austins Lachen verstummte, und auch sein Gesicht wurde ernst.

„Du bist wirklich ein Geschenk Gottes für mich, Maria, weißt du?", und er beugte sich vor, um ihr einen Kuß auf die Stirn zu geben.

Maria errötete sanft und stopfte weiter an dem Socken.

Austin fing wieder an, im Zimmer auf und ab zu gehen, und versank tief in Gedanken.

„Und wie kommen wir nun zu den Broten und Fischen?" fragte er unvermittelt und blieb vor ihr stehen.

In der kurzen Zeit, seitdem sie verheiratet waren, hatte Maria beobachtet, daß Geduld nicht gerade Austins stärkste Seite war. Sie merkte ihm auch jetzt an, wie angespannt er innerlich war, und sie bewunderte das an ihm, denn sie kannte das Motiv dahinter. Sie wußte, wie sehr er darauf brannte, möglichst nutzbringend zu arbeiten. Sie wußte, wie schwer es ihm fiel, auf etwas zu warten, was seine Gemeinde weiterbringen könnte. Ach, wenn sie doch eine Patentlösung gewußt hätte! Doch sie stopfte ruhig und unentwegt weiter, während sie über seine Frage nachdachte.

Schließlich hob sie den Blick.„Was die Brote und Fische betrifft – die wurden Jesus doch gebracht", sagte sie in aller Gelassenheit.

„Und was bedeutet das in unserem Fall?"

„Manchmal wurde den Leuten auch aufgetragen, sich auf den Weg zu machen und zu handeln."

„Und wir?" fragte Austin und zuckte ungeduldig mit den Achseln. „Sollen wir nun irgend etwas unternehmen, oder sollen wir einfach abwarten ..."

„Das ist uns noch unklar, nicht?" sagte Maria ruhig.

„Dann müssen wir wohl zuallererst einmal ..."

„... beten", ergänzte Maria. „Um Gottes Führung beten und unsere kleine Gemeinde zum Mitbeten auffordern."

Einen Moment lang vertieften sich die Falten auf Austins Stirn. Er ging wieder auf und ab. Maria legte den fertigen Strumpf beiseite und nahm sich den nächsten.

„Du meinst also, wir sollten mit der Gemeinde darüber sprechen?" fragte er.

Maria nickte.

„Glaubst du, daß sie einsehen, wie nötig wir eine Kirche brauchen?"

„Es ist doch ihre Kirche."

Austin ging ein paar Schritte weiter und drehte sich dann

zu ihr um. Langsam breitete sich ein Lächeln auf seinem Gesicht aus. Er fuhr sich wieder mit der Hand durch die Haare und rieb sich den Nacken.

„Ich habe wohl gedacht, es sei meine, nicht?"

„Hast du das?" fragte Maria und sah ihn aus großen Augen an.

„Das hast du doch bestimmt gemerkt", sagte er und berührte ihre Wange, doch seine Stimme klang wieder heiterer.

„Eigentlich stimmt das, was ich gerade gesagt habe, gar nicht", gab Maria zu. „Die Kirche wird gar nicht der Gemeinde gehören, sondern Gott."

Austin nickte.„Also", sagte er schließlich, „wenn er eine Kirche für notwendig erachtet, dann wird er uns auch die Brote und Fische dazu beschaffen. Stimmt's?"

Maria lächelte.„Vielleicht wird er uns bitten, mitzuhelfen – ein bißchen jedenfalls", antwortete sie. „Den Jungen hat er damals das Material beitragen lassen – und die Jünger mußten ebenfalls die Hemdsärmel hochkrempeln."

Wieder nickte Austin. Die Anspannung war aus seinem Gesicht gewichen. Er durchquerte die kleine Entfernung zwischen ihnen und kniete sich neben ihren Stuhl, um ihre Hand, die den Wollstrumpf festhielt, zu umfassen.

„Das wird eine richtige Geduldsprobe für mich werden", gab er zu. „Im Warten war ich noch nie besonders gut."

„Ja, das ist mir auch schon aufgefallen", spaßte Maria und umschlang seine Hand mit ihren Fingern.

Austin schmunzelte und fuhr dann in einem ernsteren Ton fort: „Versprich mir, daß du mich bremst, falls das nötig wird. Ich brauche dich, Maria. Ich brauche deine innere Kraft, deine ... deine klare Sicht der Dinge und deine Geduld."

Maria legte die Nadel mit dem Wollfaden aus der Hand und fuhr mit ihren Fingern durch seine Haare. Sie begriff zwar nicht, wozu ihr tüchtiger und kluger Austin ihren kleinen Vorrat an Kraft brauchte, aber sie nahm sich vor, ihr Bestes zu tun, um ihm zu helfen.

※

Obwohl sie in ihrem neuen Dasein als Austins Frau überglücklich war, vermißte Maria ihre Familie sogar noch ärger, als sie befürchtet hatte. Ständig war sie in Gedanken in der Farmküche, wo ihre Mutter bestimmt gerade am Bügelbrett stand oder an dem heißen Herd schwitzte. Wie mochte sie wohl mit den Bergen von Arbeit zurechtkommen? Früher hatten sie zu zweit vom Morgengrauen bis zur Abenddämmerung alle Hände voll zu tun gehabt, und selbst dann gerieten sie oft in Rückstand.

Sie hoffte, daß ihre Brüder ihr ab und zu helfen konnten, aber ihr Papa brauchte Adam und Horace bei der Feldarbeit. Will und Alfred waren für die Stallarbeit zuständig. Und Karl und Peter waren noch zu jung für schwerere Arbeiten.

Manchmal fühlte Maria sich von ihren Schuldgefühlen und ihrer Sorge fast erdrückt. Sie hatte ihre Mutter ja regelrecht im Stich gelassen! Man sollte doch seinen Vater und seine Mutter ehren, oder etwa nicht?

Andererseits hatten ihre Eltern sie beide darin bestärkt, Austins Heiratsantrag anzunehmen. Sie schienen außerordentlich stolz darauf zu sein, daß ihre Tochter einen Geistlichen heiratete.

Ach, es war einfach furchtbar verwirrend.

Doch selbst in ihren größten Zweifeln war ihr eines glasklar: Wenn sie zu Hause geblieben wäre, wenn sie Austins Antrag nicht angenommen hätte, dann wäre sie jetzt der unglücklichste Mensch der Welt. Sie konnte sich ein Leben ohne ihn gar nicht mehr vorstellen. Sie liebte ihn mit jeder Faser ihres Herzens. Sie wollte nichts lieber tun, als ihm zur Seite zu stehen, für ihn dazusein, ihm zu helfen und Freud und Leid mit ihm zu teilen. Dennoch fühlte sie sich noch immer jeden Augenblick lang entsetzlich unzulänglich.

Von einer Pastorenfrau wurde bestimmt mehr erwartet, als sie je leisten konnte. Alle waren so nett, so freundlich zu ihr. Aber sie hatten ja auch noch keine richtige Kirche, keine Orgel und keine Sonntagsschulräume. Wenn ein eigenes Gebäude erst existierte, wenn die ersten richtigen Gottesdienste stattfanden, dann würde man von der Pastorenfrau mehr

Beteiligung erwarten. Vielleicht würde man sie bitten, Orgel zu spielen, die Sonntagsschulkinder zu unterrichten oder eine Frauengruppe zu leiten.

Maria konnte keine einzige Note spielen. Sie hatte noch nie die Tasten einer Orgel berührt. Sie hatte noch nie eine Sonntagsschulstunde gehalten und bezweifelte, daß sie dazu imstande war. Und ihre Erfahrung mit Frauengruppen beschränkte sich auf die wenigen Male, bei denen sie als Kind von ihrer Mutter mitgenommen worden war und mit ein paar Gleichaltrigen in der Ecke einer Stube gesessen hatte, während die Frauen ihre Gebetsanliegen vorgebracht hatten. Nein, Maria würde Austin bei seiner Gemeindearbeit nicht viel an Mithilfe bieten können, und eine richtige Kirche würde ihren Mangel an Fähigkeiten nur um so krasser hervorheben.

Hausbesuche

Am nächsten Sonntag nach seiner Predigt weihte Austin die Gottesdienstbesucher in seinen Traum von einer eigenen Kirche ein.

„Wir brauchen kein elegantes, kostspieliges Gebäude", erläuterte er ihnen, „sondern eins, in dem wir Gott anbeten können. Ein Haus, in dem wir Sonntagsschulstunden und Gebetsversammlungen halten können. Ein Haus, das unsere Kinder als Gotteshaus empfinden, nicht als die Schule. Ein Haus, in das man sich aus der Hektik des Alltags flüchten kann, um seine Probleme vor Gott zu bringen. Ein Ort, wo wir als Gotteskinder seine Gegenwart erleben können."

Er machte eine Pause und sah seine kleine Gemeinde an.

„Wir müssen Gott um seine Führung bitten", fuhr er fort. Er sah Maria an, und ihre Blicke begegneten sich.

„Dabei wollen wir natürlich nichts überstürzen. Wir wollen auf keinen Fall ohne Gottes Zustimmung zur Tat schreiten. Das wäre ohnehin nicht möglich. Dazu haben wir ja gar nicht die Mittel. Wir brauchen Gottes Hilfe. Ich möchte jeden in unserer kleinen Gemeinschaft hier bitten, um Gottes Führung und Wegweisung zu beten – und vielleicht auch um das eine oder andere Wunder." Austin hielt inne und sah sich mit einem Lächeln unter seinen Gemeindemitgliedern um. „Ohne Wunder werden wir nämlich überhaupt nichts erreichen."

Maria hatte das Gefühl, daß sein Aufruf die Herzen der Zuhörer erreicht hatte, und weil sie ihren Mann so gut kannte, wußte sie auch, wie aufrichtig und eindringlich seine Worte gemeint waren.

Nach der Zusammenkunft schien niemand gleich nach Hause gehen zu wollen. Maria hörte überall angeregte Gespräche. Austins Idee war mit Begeisterung aufgenommen worden, aber die kleine Gruppe von Gottesdienstbesuchern schien ebenso ratlos wie Austin und sie selbst zu sein, was die Lösung des Problems betraf. Trotz aller Begeisterung verließen sie das Schulhaus, ohne einen gangbaren Weg gefunden zu haben.

In Gedanken versunken, ging Maria über den Bretterbürgersteig nach Hause. Austin hatte sich ein paar Minuten für sich allein ausgebeten. Maria wußte, daß er darauf brannte, gleich mit dem Bitten um Gottes Führung anzufangen.

✶

Das Abendessen, wieder einmal ein Eintopf, kochte schon auf der hinteren Herdplatte. Viel mehr gab es nicht vorzubereiten. Maria sehnte sich danach, ab und zu ein Huhn braten zu können – oder ein Stück Rindfleisch. Doch dann schalt sie sich auch schon wegen ihrer Undankbarkeit. Sie hatte eigentlich allen Grund zur Zufriedenheit. Das Gemüse stammte aus dem Gemischtwarenladen am Ort. Viel Auswahl hatte man dort nicht, und zu mehr als Eintopf reichten die Einnahmen aus der spärlichen Kollekte nun einmal nicht. Trotzdem hatten sie beide noch nie Hunger leiden müssen.

Hilf mir doch, dankbarer zu sein, Vater, betete sie schuldbewußt.

Dennoch fragte sie sich im stillen, ob Austin die Suppen und Eintöpfe manchmal auch so leid war wie sie.

Wenn ich doch nur einen Garten hätte, seufzte sie in Gedanken. *Ich könnte dann unser eigenes Gemüse anbauen. Dann könnten wir das Kollektengeld für etwas anderes ausgeben ... vielleicht ein Stück Fleisch oder ...*

„Hallo da drüben!" Ein Ruf von der anderen Straßenseite her riß sie aus ihren Tagträumen.

Die alte Mrs. Paxton wedelte mit ihrem Gehstock in der Luft umher, um Marias Aufmerksamkeit zu gewinnen. Mrs. Paxton gehörte nicht zu der kleinen Gruppe derer, die sonntags die Gottesdienste im Schulhaus besuchten. Sie war eine unwirsche, sauertöpfische Frau mit einer spitzen Zunge und einem angriffslustigen Stock. Beides ließ sie die Nachbarskinder und die Dorfhunde deutlich spüren, wenn diese ihr in die Quere kamen.

Maria ging zu ihr hinüber, weil sie sich sagte, daß ihr das Überqueren der zerfurchten Straße leichter fiel als der älteren Frau.

„'ne Kirche wollt ihr also bauen, hört man", bellte sie Maria entgegen, bevor diese die Bürgersteigkante erreicht hatte.

Maria nickte, und ihr Lächeln verlor etwas von seinem Strahlen. Die Neuigkeit schien sich ja wie ein Lauffeuer zu verbreiten.

„Wir haben angefangen, dafür zu beten", sagte sie gefaßt.

„Seid euch wohl zu gut für's Schulhaus, was?" Es klang wie eine Anklage.

Maria wünschte sich, sie wäre erst gar nicht über die Straße gegangen.

„Nein, überhaupt nicht", antwortete sie so höflich, wie sie nur konnte. „Wir meinen nur, daß es besser für die Gemeinde – vor allem für die Kinder – ist, wenn wir ein eigenes Gebäude haben, wo wir ... wo wir Sonntagsschule halten können und ..."

„Ich bin als Kind auch in die Sonntagsschule gegangen", zischte die Frau. „Hat mir überhaupt nichts genützt."

„Das tut mir leid", flüsterte Maria.

„Leid? Was tut Ihnen leid? Daß diese Bibelmärchen, die in der Sonntagsschule erzählt werden, nichts als Luftschlösser sind? Daß diese ... dieses Hirngespinst über einen Gott bloß 'ne riesige Schwindelei ist? Den gibt's ja genausowenig, wie's gute Feen gibt. Dieses ganze Getue um 'ne Kirche ist doch bloß dazu da, damit der Pastor sich auf Kosten anderer die Taschen vollstopfen kann."

Maria dachte an den wässrigen Eintopf, der wieder einmal auf ihrem Herd stand, und rang um ihre Beherrschung. Vollgestopfte Taschen? Von wegen! Trotzdem gelang ihr ein Lächeln.

„Es tut mir wirklich leid, daß Sie so enttäuscht sind", begann sie wieder und sah dabei fest in das zornige, verbitterte Gesicht der Frau. Zu Marias eigener Verwunderung war aus ihrem Aufbegehren plötzlich Mitleid geworden. Ihre anteilnehmenden Worte schienen den Zorn der Frau jedoch nur zu schüren. Mrs. Paxton hob den Stock, und für den Bruchteil einer Sekunde befürchtete Maria, mit seiner ganzen Wucht getroffen zu werden.

Doch der Stock senkte sich wieder und landete krachend auf dem Boden.

„Gott hat mir alles weggenommen", spuckte die alte Frau aus. „Alles. Meinen Mann. Meine Kinder. Alles."

Einen Moment lang herrschte ein betretenes Schweigen.

„Das ist aber ein Ding der Unmöglichkeit", sagte Maria dann sanft, aber bestimmt.

„'n Ding der Unmöglichkeit? Gleich werden Sie noch behaupten, daß der liebe Gott so was Schlimmes nie passieren lassen würde. Daß ..."

„Nein", widersprach Maria mit einem Kopfschütteln. „Nein, das meinte ich überhaupt nicht. Ich meine, wenn es gar keinen Gott gibt, wie Sie eben gesagt haben, wie kann er dann an all Ihrem Kummer schuld sein?"

Maria hielt dem wütenden Blick der Frau stand. An dem immer röter werdenden Gesicht und dem heftigen Zittern konnte sie ihr anmerken, wie aufgebracht sie war. Der Stock in ihrer Hand ging ein Stück in die Höhe und schlug dann wieder auf dem Boden auf. Ohne ein weiteres Wort kehrte sie Maria den Rücken und humpelte so schnell, wie ihre betagten Beine sie trugen, durch ihr Gartentor. Maria sah ihr nicht einmal nach. Sie schloß die Augen fest und biß sich auf die Unterlippe.

Ach, Vater, betete sie betroffen, *habe ich etwas Falsches gesagt? Ich wollte ihr doch nur helfen, aber jetzt ... jetzt habe ich alles verpatzt. Verzeih mir, Vater. Zeig mir doch, was ich tun soll!*

Maria hörte, wie das Gartentor krachend zugeschlagen wurde. Dann pochte der Stock auf dem Bretterpfad weiter.

Mit einem schweren, schuldbewußten Herzen ging Maria wieder auf die andere Straßenseite zurück. Bald würde Austin zum Essen nach Hause kommen. Dann würde sie den Eintopf auftischen und ihm von ihrer Begegnung mit Mrs. Paxton berichten müssen.

※

Die einzige Abwechslung des eintönigen Speiseplans stellten die Tage dar, an denen Hausbesuche zu machen waren. Jeden Mittwoch und immer, wenn er an sonstigen Tagen zu einer Familie gerufen wurde, spannte Austin die Stute an, und sie machten sich auf den Weg. In der Regel wurden sie zum Essen eingeladen. Dabei ergab es sich nicht selten, daß sie am selben Tag bei einer Familie zu Mittag und bei einer anderen zu Abend aßen. Wenn ihr Hausbesuch zwischen die Mahlzeiten fiel, wurde ihnen Tee und Kuchen angeboten.

Maria freute sich immer auf diese Gelegenheiten, und zwar mehr um Austins willen als um ihretwegen. Sie beneidete die Farmersfrauen regelrecht um die frischen Eier und die Milch, mit denen sie kochen konnten. Wenn sie doch nur selbst solche Herrlichkeiten zur Verfügung gehabt hätte!

Eines Tages kam Austin strahlend in die Küche. „Stell dir vor, was passiert ist", sagte er zu Maria. „Im Gemischtwarenladen habe ich einen Mann kennengelernt, der vor kurzem in unsere Gegend gezogen ist. Mr. Smith hat mich als den neuen Pastor vorgestellt. Anfangs machte der Mann irgendwie einen verschlossenen Eindruck, aber dann haben wir uns über das Wetter und die Ernte unterhalten, und als ich gerade gehen wollte, hat er gesagt: ‚Wissen Sie, Herr Pastor, Ihre Kirche interessiert mich zwar nicht, aber meine Frau würde sich riesig über Besuch freuen. Hätten Sie Lust, nächste Woche mit Ihrer Frau zum Abendessen zu kommen?' Ich war fast sprachlos, sag' ich dir!"

„Austin", rief Maria und umfaßte seinen Arm, „das ist ja wunderbar!"

Bisher waren alle Versuche, Leute aus der Umgebung zum

Gottesdienst einzuladen, erfolglos geblieben. Maria konnte sich vorstellen, wie sehr Austin an dieser neuen Bekanntschaft lag.

„Wir haben uns auf kommenden Donnerstag geeinigt", fuhr Austin fort, und der Eifer sprühte ihm aus den Augen.

Das wäre also am Backtag, überlegte die praktisch denkende Maria. *Naja, dann muß ich halt früher aufstehen, damit ich das Brot rechtzeitig fertig habe.*

Beide sahen dem Tag mit einer gewissen Nervosität entgegen. Es ging schließlich darum, diesen Leuten das Gefühl zu geben, in aller Herzlichkeit am Ort aufgenommen zu werden, und ein Interesse am christlichen Glauben in ihnen zu wecken. Am Donnerstag fing Maria früh mit dem Backen an, und um ein Uhr war das Brot für die nächsten Tage fertig. Dann zog sie sich für die Fahrt um. Familie Laves wohnte ein gutes Stück außerhalb des Ortes. Für die Fahrt dorthin würden sie über eine Stunde brauchen.

Austin kam aus dem Schlafzimmer in die Küche. Er trug seinen sorgfältig gebürsteten Sonntagsanzug und eine adrett gebundene Krawatte.

„Weißt du, ich habe mir überlegt", sagte Maria und ging in ihrem einfachen Hauskleid auf ihn zu, „daß wir diesmal vielleicht ... vielleicht einfach als Nachbarn gehen sollten, weil er doch ausdrücklich gesagt hat, daß ihm nichts an der Kirche liege."

Austin hörte einen Moment lang auf, an seinen Manschettenknöpfen zu nesteln.

„Wie meinst du das?" fragte er, und bevor sie antworten konnte, setzte er hinzu: „Am besten ziehst du dich schnell um. Wir müssen doch gleich losfahren."

„Genau das hab' ich doch gemeint", sagte Maria. „Ich bin schon umgezogen."

Austin musterte verwirrt ihr Baumwollkleid.

„Dieses eine Mal will ich etwas Neues probieren. Anstatt so fein gekleidet in die Farmküche zu gehen, daß ich nicht einmal beim Auftischen helfen kann, weil ich Angst vor Fettspritzern habe, will ich diesmal in Alltagssachen gehen."

Austin machte ein skeptisches Gesicht, doch Maria ließ sich nicht beirren.

„Und ich meine eigentlich, daß du ruhig einen von deinen älteren Anzügen tragen solltest, oder sogar eine Arbeitshose, damit du dem Mann vielleicht ein bißchen im Stall helfen kannst, wenn ich mich mit seiner Frau unterhalte."

Maria verstummte und wartete Austins Antwort ab. Er sah sie an, als hätte sie soeben den Verstand verloren.

„Aber ein Pastor hat doch auf eine gepflegte Erscheinung zu achten. Eine würdevolle Erscheinung. Man erwartet einen gewissen Standard von mir. Schließlich sind wir Botschafter des Herrn. Am Seminar ist uns beigebracht worden ..."

„Ach, es war ja nur so eine Idee von mir", gab Maria klein bei. „Ich ziehe mir schnell ein anderes Kleid an, während du den Einspänner holst."

Doch Austin starrte sie einen Moment lang an, und die Zweifel wichen aus seinem Gesicht.

„Einen Versuch ist es vielleicht wert", sagte er dann. „Bis jetzt haben wir ja nur Fehlschläge erlebt. Wir haben fast jede Familie im ganzen Umkreis besucht, und keine einzige hat sich einladen lassen." Er nickte und wiederholte: „Ja, einen Versuch ist es bestimmt wert."

Eilig zog er sich um. „Ist das besser?" fragte er, als er wieder in die Küche kam.

Maria stellte lächelnd fest, daß er seinen Sonntagsanzug gegen ein kariertes Flanellhemd und eine geflickten Arbeitshose eingetauscht hatte.

Plötzlich kamen ihr Zweifel. Womöglich waren sie im Begriff, einen großen Fehler zu machen. Sie wickelte eins der frischgebackenen Brote in ein blütenweißes Geschirrtuch und betete dabei im stillen, daß sie Austin nicht alles verderben würde. Ach, wenn sie doch nur mehr Talent zur Pastorenfrau hätte!

※

Trotz Marias Bedenken war der Besuch bei Familie Laves ein voller Erfolg. Maria überreichte Mrs. Laves das frische Brot und half ihr in der Küche bei den Vorbereitungen zum Abendessen. Austin ging mit dem Farmer in den Stall, als sei dies das Natürlichste der Welt. Dabei unterhielten sich die beiden Männer wie zwei alte Freunde über die Viehwirtschaft. Maria sah vom Küchenfenster aus, wie Austin die Schweine fütterte und mit der Heugabel hantierte. Sie lächelte und betete im stillen um Weisheit für sich und ihren Mann.

Charles und Mandy Laves hatten vier kleine Kinder. Maria freundete sich auf der Stelle mit ihnen an. Die drei Jungen weckten eine Sehnsucht nach ihren Brüdern in ihr, und das kleine Mädchen war so zutraulich, daß man es einfach sofort ins Herz schließen mußte.

Das Essen verlief in bester Geselligkeit. Die Kinder waren wohlerzogen, und die Erwachsenen unterhielten sich angeregt miteinander. Nachdem Maria Mandy noch beim Geschirrspülen geholfen hatte, meinte Austin, es sei nun höchste Zeit für die Rückfahrt. Einen Teil der Strecke würden sie ohnehin im Mondlicht zurücklegen müssen.

Die kleine Gemeinde, zu deren Zusammenkünften die Parkers ihre neuen Bekannten so gern eingeladen hätten, war mit keinem Wort erwähnt worden.

„Ach, einen Moment noch", sagte Mrs. Laves und ging eilig durch ihre Küche. „Nehmen Sie sich doch was von der frischen Milch mit. Und auch ein paar Eier. Charles, hol schnell ein paar Eier aus dem Milchschrank!"

Maria spürte, wie ihr Tränen in den Augen brannten.

„Wenn wir das nächste Mal in die Stadt kommen, holen wir den Eimer ab und bringen Ihnen neue Milch", versprach die Frau, und Maria befürchtete, gleich vor den Tränen kapitulieren zu müssen.

„Vielen herzlichen Dank", murmelte sie aufrichtig und nahm die Lebensmittel entgegen.

„Nette Leute, nicht?" meinte Maria auf der Rückfahrt. Die Eier hielt sie sorgfältig auf dem Schoß, um zu vermeiden, daß auch nur ein einziges davon zu Bruch ging.

„Ja, finde ich auch", nickte Austin.

„Sie wollen uns bald wieder einladen", fuhr Maria fort.

„War es wohl falsch, daß wir nicht von unserem Glauben und der Gemeinde gesprochen haben?" fragte Austin besorgt.

„Ich weiß nicht", sagte Maria leise und schüttelte den Kopf. Austin war immerhin derjenige, der sich mit solchen Dingen auskannte. „Wenn ... wenn Gott gewollt hätte, daß du etwas sagst, dann hätte er dir das auch deutlich gemacht. Schließlich hast du dich ja nicht mit Absicht darüber ausgeschwiegen, etwa weil du dich schämtest, oder aus Gleichgültigkeit."

„Sonst haben wir immer von vornherein klipp und klar gesagt, auf welchem Standpunkt wir stehen", sagte Austin. „Hoffentlich habe ich diesmal keinen großen Fehler gemacht. Ich habe Gott ja eigentlich mit keinem einzigen Wort erwähnt."

„Weißt du, ich finde es wichtig, daß sie sich von uns so, wie sie sind, respektiert und gemocht fühlen. Wenn Gott uns die Gelegenheit dazu gibt, erzählen wir ihnen von unserem Glauben. Laß uns doch für eine solche Gelegenheit beten, ja?"

Austin nickte nachdenklich und drängte die Stute zur Eile.

Nachbarschaft

Maria summte zufrieden vor sich hin, als sie den aromatisch duftenden Vanillepudding vom Herd nahm. Sie konnte es kaum erwarten, ihn zu probieren. Sie hatte ihren kleinen Vorrat an Eiern und Milch dafür geopfert, aber das hatte sich bestimmt gelohnt. Es war schon so lange her, daß sie ihrem Mann das letzte Mal einen Nachtisch serviert hatte. Sie freute sich jetzt schon auf die großen Augen, die er machen würde.

Obwohl ihr bei dem Duft des Puddings das Wasser im Mund zusammenlief, widerstand sie der Versuchung, einen Löffel zu probieren. Sie war felsenfest dazu entschlossen zu warten, bis Austin und sie gemeinsam schlemmen konnten, und stellte den Kochtopf zum Abkühlen ans Küchenfenster.

Bevor sie sich wieder umdrehen konnte, sah sie durch das Fenster, wie Mrs. Paxton mit dumpf aufpochendem Stock und griesgrämigem Gesicht die Straße entlanghumpelte.

„Die Ärmste", seufzte Maria. „So ein Häufchen Elend habe ich noch nie erlebt."

Kaum hatte sie es gedacht, als sie sah, wie die Frau stehenblieb und sich halb umwandte. Ihr Kopf fuhr in die Höhe, und Maria sah, wie das runzelige Gesicht noch faltiger wurde, als die Frau die Morgenluft schnupperte. Jetzt drehte sie sich noch ein Stück weiter um und schnupperte noch einmal.

Sie riecht meinen Pudding, dachte Maria und nahm die Schüssel vom Fenster. Es war nicht nett, die Frau mit dem Duft zu foltern.

Wenn ich mehr Eier und Milch hätte, sagte sie sich, *dann würde ich ihr auch einen Pudding kochen.*

Während der Pudding abkühlte, sah Maria immer wieder in Gedanken die alte Frau mit der erhobenen, schnuppernden Nase vor sich. Kurz bevor sie Austin zum Abendessen zurück erwartete, stand ihr Entschluß fest. Sie nahm zwei Dessertschalen aus dem Schrank und füllte eine randvoll. Die war für Austin. Den Rest des Puddings füllte sie in die zweite Schüssel, band sich die Schürze ab und machte sich auf den Weg über die Straße.

Mit dem üblichen abweisenden Ausdruck auf dem runzligen Gesicht öffnete Mrs. Paxton ihr die Tür. Maria wäre am liebsten ein Stück zurückgewichen. Doch sie ließ sich nicht einschüchtern und lächelte entschlossen.

„Ich ... ich habe Pudding zum Abendessen gekocht", sagte sie einfach nur. „Hier ist eine Portion für Sie."

Der Ausdruck auf dem Gesicht vor ihr blieb unverändert, obwohl Maria glaubte, ein winziges Leuchten in den Augen aufblitzen bemerkt zu haben, und das Zucken der Nasenspitze war nicht zu übersehen. Wortlos streckte die Frau die Hand nach der Schüssel aus, nahm sie entgegen und schloß die Tür wieder.

Maria drehte sich um und ging durch den Straßenstaub zu ihrer Küche zurück. Obwohl sie den ganzen Tag fast unaufhörlich von dem Pudding geträumt hatte, unterdrückte sie jetzt jegliche Sehnsüchte danach. Im Grunde genommen brauchte sie ja gar keine Süßspeise. Der Eintopf reichte völlig aus.

*

„Ein richtiger Schandfleck ist es", hörte Maria Mr. Smith sagen, als sie seinen Laden betrat.

„Ein Haufen Unrat", pflichtete Mr. Werner ihm bei.

„Und das obendrein mitten im Ortskern!"

„Früher war's mal ein richtig stattliches Haus", meldete sich ein älterer Herr, den Maria nicht kannte, zu Wort.

„Das Grundstück hat ja auch eine erstklassige Lage, aber das Haus ist abbruchreif."

„Was ist es denn für ein Haus?" fragte jemand, den Maria ebenfalls nicht kannte.

„Du meinst wohl: Was *war's* mal für ein Haus?" berichtigte Mr. Smith. „Ein Laden war's früher, ein ziemlich guter sogar. Jetzt ist es leer – oder voller Gerümpel, wer weiß."

„Vielleicht sollte irgendein Spaßvogel zur Walpurgisnacht ein Streichholz dran halten." Dieser Vorschlag kam von einem jüngeren Mann in der Nähe der Tür.

Mr. Smiths Kopf fuhr in die Höhe.

„Bloß nicht! Sonst brennt noch der ganze Ort ab!" warnte er.

Andere Köpfe drehten sich ebenfalls zur Tür um, und erst jetzt bemerkten alle, daß Maria zögernd am Eingang stand.

„Tag, Mrs. Barker. Was darf's denn sein?" fragte der Ladenbesitzer. Maria kam näher.

„Nur ein paar Kartoffeln, bitte. Und eine Zwiebel", antwortete sie und legte ihre abgezählten Geldmünzen auf die Theke.

Völliges Schweigen herrschte, bis Maria ihren Einkauf getätigt und die kleine Tüte im Empfang genommen hatte. Als sie den Laden gerade verlassen wollte, ging die Unterhaltung weiter.

„Kann man denn da gar nichts machen?" hörte Maria jemanden fragen.

„Ach, wir haben doch alles Mögliche versucht", brummte Mr. Smith seufzend. „Die ganze Stadt hat sich die größte Mühe gegeben. Mit der Frau kann man nicht vernünftig reden. Verkaufen will sie nicht, aber für Reparaturen will sie auch keinen Penny ausgeben."

„Vielleicht hat sie ja kein Geld dazu", versuchte jemand, die Besitzerin in Schutz zu nehmen.

„Mrs. Paxton und kein Geld?" schnaubte Mr. Smith. „Nie im Leben. An Geld fehlt's ihr am allerwenigsten. Ihr Mann war ein guter Geschäftsmann. 'ne Art Schlitzohr war er zwar, aber er wußte genau, wie der Hase lief. Als er starb, hat er ihr ein Vermögen hinterlassen, ein riesiges Vermögen."

Maria zog die Tür sanft hinter sich zu. Sie konnte es kaum

glauben, daß die schäbig gekleidete Frau von gegenüber steinreich sein sollte.

Maria streifte das Haus, von dem im Laden die Rede gewesen war, mit einem nachdenklichen Blick. Es war tatsächlich ein Schandfleck. Ein verkommeneres Haus hatte Maria noch nie an einer Hauptstraße gesehen. Das Dach war eingesunken, überall fehlten Schindeln, die Tür wurde nur von ein paar groben Nägeln daran gehindert, von dem einzigen noch verbleibenden Scharnier herabzubaumeln, und die Fenster waren mit faulenden Holzbrettern zugenagelt. Sogar der kleine Bretterpfad, der vom Bürgersteig zur Tür führte, war morsch und zersplittert. Ein schäbiger Anblick. Ein Schandfleck für die ganze Stadt. Maria hatte vollstes Verständnis für die Bürger des Ortes, denen dieses Anwesen ein Dorn im Auge war.

Doch dann mußte sie wieder an die Frau denken. In gewisser Hinsicht glich das Haus seiner Besitzerin. Alt. Ausgedient. Ungepflegt und ungeliebt. Kaputt und vernachlässigt. Maria beschloß, ihre Einkäufe schnell zu Hause abzustellen und dann über die Straße zu gehen, um sich ihre Puddingschüssel wieder abzuholen.

∗

Maria mußte zweimal anklopfen, bis sie das vertraute Pochen des Gehstocks hörte. Ohne eine Begrüßung streckte Mrs. Paxton den Kopf zum Türspalt heraus.

„Guten Tag, Mrs. Paxton. Ich ... tja, ich wollte nur kurz vorbeikommen, um zu fragen, ob ich meine Schüssel abholen kann", sagte Maria und hoffte, daß ihr munterer Ton nicht allzu aufgesetzt wirkte.

„Ach so", knurrte die Frau und wandte sich von der Tür ab. Die Tür hing anscheinend schief in der Angel, denn als Mrs. Paxton sie losließ, öffnete sie sich von selbst und gab Maria den Blick in das Hausinnere frei.

Ohne sich dessen bewußt zu sein, hatte Maria erwartet, daß die Einrichtung des Hauses dem verwahrlosten Geschäft an der Hauptstraße glich. Statt dessen sah sie in eine blitzsaubere, ordentliche Küche hinein. Die Möbel waren alt, aber gepflegt, und der Tisch und der Wandschrank waren blank und aufgeräumt. In dem Wandregal glänzte das Geschirr in der Nachmittagssonne. Am meisten staunte Maria jedoch über das hintere Fenster. Es stand voller blühender Veilchen.

„Oh, Sie haben ja Veilchen!" rutschte es ihr begeistert heraus.

Die alte Frau blieb stehen und drehte sich zu ihr um. „Mögen Sie Veilchen?" brummte sie.

„Ich ... ich ..." stotterte Maria. Hatte sie etwa schon wieder einen Schnitzer gemacht? Doch sie kämpfte gegen ihre Nervosität an und fuhr lächelnd fort: „Die Frau unseres Pastors in meinem Heimatort hatte immer Veilchen im Haus, wunderhübsche Veilchen. Weiße und rosafarbene und blaue – einfach in allen Farben. Bildschön waren sie. Ich habe sie immer bestaunt. Ich ... ich hatte noch nie selbst welche, aber ich habe mir immer gewünscht, ich hätte ... ich hätte ein paar Ableger davon."

„Gar nicht so einfach, Ableger von Veilchen zu ziehen", sagte die alte Frau, kehrte ihr wieder den Rücken und humpelte zum Schrank weiter. „Kommen Sie rein, und machen Sie die Tür zu", rief sie Maria über die Schulter zu.

Befangen folgte Maria der Anweisung.

„Hatte Ihre Pastorenfrau auch so eins?" fragte die alte Frau und zeigte mit ihrem Stock auf ein Veilchen.

Marias Blick folgte der Richtung, in die der Stock deutete. Etwas abseits von den übrigen, als sei es über sie erhaben, stand das hübscheste Veilchen, das Maria je gesehen hatte. Die cremeweißen Blütenblätter trugen einen zierlichen, rüschenartigen violetten Rand und formten volle, makellose Blüten. Der Anblick verschlug Maria beinahe den Atem.

„Nein", flüsterte sie und kam behutsam näher. „Nein, so eins hat sie nicht gehabt."

Die alte Frau hatte Mühe, ein Schmunzeln zu unterdrücken.

„Es ist zauberhaft", hauchte Maria. „Einfach zauberhaft."

„Hab's selbst gezüchtet", sagte die Frau. „Hat Jahre gedauert, aber ich hab' solange gekreuzt und gemischt, bis das hier dabei rausgekommen ist."

„Da können Sie aber stolz sein", sagte Maria seufzend.

„Stolz?" schnaubte die Frau. „Ist ja keiner mehr da, der Beifall klatschen würde. Kein Mensch interessiert sich dafür, was 'ne alte Frau in ihrer Küche für Experimente treibt."

Maria wußte nicht, was sie darauf antworten sollte, und suchte angestrengt nach Worten, die hoffentlich keine verbitterte Erwiderung auslösen würden: „Haben Sie gerade noch andere Veilchen in Arbeit?"

Die Frau nickte.

„Hätten Sie ... hätten Sie Lust, sie mir zu zeigen?" fragte Maria zaghaft.

„Die blühen noch nicht. Man weiß nie, was man hat, bis sie das erste Mal blühen."

Maria nickte. „Wenn es soweit ist, würden Sie ... würden Sie sie mir wohl zeigen?"

„Von mir aus", antwortete die alte Frau. „Vom Angegucktwerden gehen sie schließlich nicht kaputt."

„Vielen Dank", sagte Maria.

Die alte Frau reichte Maria die Puddingschüssel. Maria wartete darauf, daß sie irgend etwas sagte, doch es kam nichts.

Maria ging auf die Tür zu und hörte das Pochen des Gehstocks hinter sich. Am Türrahmen hing eine schwere Kette. Maria vermutete, daß diese wieder vorgelegt werden würde, sobald sie die Tür hinter sich geschlossen hatte.

Sie ging nach draußen und warf der Frau noch ein Lächeln zu, bevor diese die Tür zuschieben konnte. „Ich hoffe, der Pudding hat Ihnen geschmeckt", sagte sie.

„Ja", sagte Mrs. Paxton schlicht, und die Tür fiel ins Schloß.

Maria lächelte. Ein regelrechtes Dankeschön war es zwar nicht gewesen, aber es war besser als gar nichts.

※

„Diese wildgewordenen Jungs treiben schon wieder Unfug", sagte Austin, während er die Post auf den Küchentisch legte. Maria drehte die Umschläge um. Von ihrer Mutter war kein Brief dabei. Beide Umschläge waren an ihren Mann adressiert und sahen amtlich aus.

Sie warf Austin einen fragenden Blick zu.

„Sie haben wieder einmal den alten Mr. Fischer gepiesackt. Als ich dazukam und sie ausgeschimpft habe, haben sie mich zur Zielscheibe gemacht."

Marias Augen verdunkelten sich. Sie wußte genau, wer die Jungen waren, von denen die Rede war. Anscheinend hatten sie nichts Besseres zu tun, als die Stadt unsicher zu machen. Sie fand es bedauerlich, daß ihr Mann sich gezwungen gesehen hatte, sie zurechtzuweisen, aber sein Einschreiten war dringend notwendig gewesen. Er hätte nicht einfach schweigend zuschauen können, wie die Jungen ihre Späße mit dem fast blinden Mr. Fischer trieben.

„Was ist denn passiert?" erkundigte Maria sich besorgt.

„An der Südstraße haben sie ihm aufgelauert. Zwei von ihnen hatten sich links und rechts vom Bürgersteig hingehockt und ein Seil zwischen sich gespannt. Die übrigen wollten Mr. Fischer weismachen, ihm sei etwas hingefallen. Damit wollten sie natürlich erreichen, daß er zurückging, damit sie ihn zu Fall bringen konnten."

„Oh, wie gemein!" entrüstete Maria sich. „Er hätte sich ernsthaft verletzen können. Wie können sie nur so herzlos sein?"

„Für diese Kerle ist das anscheinend kein Kunststück", sagte Austin verbittert.

„Was hast du denn unternommen?" fragte Maria.

„Ich habe ihnen gesagt, sie sollten sich schämen. Dann habe ich Mr. Fischer nach Hause gebracht."

Maria nickte.

„Aber dann haben sie hinter mir hergerufen: ‚Seht mal, was haben wir für einen frommen Pfaffen! Denkt wohl, er hätte sich beim lieben Gott 'ne Eins verdient, was?' Ich habe überhaupt nichts geantwortet, und bald waren sie ihr Spielchen leid. Trotzdem bin ich furchtbar enttäuscht. Ich hatte ihnen doch so gern helfen wollen, und jetzt ..." Er ließ den Satz abgebrochen in der Luft hängen.

Maria dachte über die jungen Burschen nach. Sie selbst war bis jetzt noch nicht von ihnen belästigt worden, aber sie hatte gesehen, wie sie jüngere Kinder gehänselt und Hunde und Katzen gequält hatten.

„Vorige Woche haben sie Frau Smiths Katze auf einen Baum gescheucht und sie dann mit Erde beworfen", sagte Maria.

„Ich begreife nicht, warum ihre Eltern nicht besser auf sie aufpassen", meinte Austin.

„Das ist ja gerade das Schwierige an der Sache", sagte Maria. „Zwei von ihnen kommen aus der Familie am Stadtrand. Die Leute sagen, ihr Vater hätte keine Zeit, sich um sie zu kümmern. Und der Collins-Junge ist auch mit dabei. Er hat gar keinen Vater. Der Fallis-Junge wohnt bei seiner Oma, und die wird anscheinend nicht mit ihm fertig. Soweit ich weiß, ist das der harte Kern der Bande. Ab und zu gesellen sich andere Jungs zu ihnen, wenn sie nichts Vernünftiges zu tun haben."

„Also, so geht es jedenfalls nicht weiter", sagte Austin entschlossen. „Mr. Fischer hätte sich ernsthaft verletzen können."

Maria nickte. Sie wußte, wie recht er hatte, doch sie machte sich auch Sorgen um die Jungen selbst. Es mußte tatsächlich etwas unternommen werden, bevor sie ernsthafte Schäden anrichten konnten.

※

Als Maria sich am nächsten Morgen auf den Weg zum Einkaufen machen wollte, sah sie zu ihrem Entsetzen, daß sich jemand über Nacht an ihrem Gartenzaun zu schaffen gemacht hatte. „Pfaffe, verrecke!" stand in verschmiert gepinselten Buchstaben dort zu lesen.

Maria stockte der Atem. Ob Austin die Schmiererei gesehen hatte? Vor Beschämung brannte ihr das Gesicht. Sie fühlte sich öffentlich erniedrigt und verleumdet.

Anstatt zum Laden zu gehen, holte Maria sich einen Eimer mit heißem Wasser und eine alte Wurzelbürste aus der Küche. Sie scheuerte aus Leibeskräften, bis die häßlichen Worte verschwunden waren.

Ach, was sollen wir nur tun? sorgte sie sich. *Wir werden ihnen ja nie helfen können, wenn wir sie zum Feind haben.*

Den ganzen Tag lang betete sie und dachte nach. Sie wollte Austin nicht bei der Arbeit stören, aber beim Abendessen, als die beiden die Köpfe vom Tischgebet erhoben hatten, holte sie tief Luft und schnitt das Thema an, das sie den ganzen Tag beschäftigt hatte.

„Was diesen Jungs fehlt, ist eine sinnvolle Betätigung", begann sie. „Das meiste Unheil wird von untätigen Händen gestiftet, hat Papa immer gesagt."

Austin legte den Kopf schräg und lächelte dann. „Du hast wohl vor, ihnen eine Hacke in die Hand zu drücken und sie zum Unkrautjäten in die Vorgärten der Stadt zu schicken, was?" spaßte er.

„Ganz im Gegenteil", widersprach Maria. „Ich habe nicht an Arbeit, sondern an Spielen gedacht."

„Spielen?"

„Sie können ja nirgendwo hingehen, um zu spielen", sagte Maria.

„Wo sollten sie auch spielen?"

„Hinter unserem Haus liegt ein unbebautes Grundstück", sagte Maria.

„Das ist doch der reinste Urwald. Da kann doch keiner spielen!"

„Genau", gab Maria ihm recht. „Das Grundstück muß in Ordnung gebracht werden."

Austin ließ seinen Löffel sinken und hörte ihr aufmerksam zu.

„Meinst du, sie ... sie wären bereit, das zu tun?"

„Nein", sagte Maria. „Das machen wir."

„Wir?"

„Warum denn nicht?" fragte Maria voller Überzeugung und hielt seinem Blick stand.

„Das Grundstück gehört doch der Stadt", gab Austin zu bedenken.

„Dann fragen wir die Stadt eben um Erlaubnis", sagte Maria. „Möchtest du das Anliegen vorbringen, oder wäre es dir lieber, wenn ich das tue?"

„Das meinst du doch wohl nicht im Ernst, oder?" fragte Austin skeptisch.

Maria nickte nur.

Austin legte den Löffel auf den Tisch. „Dann mußt du mir genau erklären, wie du dir das alles denkst. Von A bis Z. Damit ich Bescheid weiß, um was es geht, wenn ich mit den Stadtvätern spreche."

Maria legte ihren Löffel neben ihren Teller und umfaßte die Hand ihres Mannes. Sie beugte sich ein Stück nach vorn, und der Tatendrang blitzte ihr aus den Augen.

„Also, zuerst müssen wir uns eine Nutzungsgenehmigung einholen. Dann brauchen wir einen Räumtrupp. Zu Anfang sind das nur wir beide, aber wenn andere sehen, daß wir allen Ernstes etwas für die Jugend am Ort tun wollen, dann werden sie uns schon helfen.

Wir brauchen ein Schild – am besten sofort –, damit die Jungs Bescheid wissen, was hier entstehen soll. ‚Carlhavener Sport- und Spielplatz. Für die Kinder und Jugendlichen unserer Stadt' oder so etwas in der Richtung." Sie unterbrach sich, ordnete ihre Gedanken und sprach dann weiter. „Wir räumen alles Gestrüpp und Gebüsch und legen ein Baseballfeld an. Vielleicht spendet uns sogar jemand einen Ball und einen Baseballschläger ... oder einen Fußball oder dergleichen. Am hinteren Ende des Grundstücks könnten wir eine Schaukel für die kleineren Kinder aufstellen – und einen Sandkasten. Wir könnten einen Sport- und Spielplatz mit allem Drum und Dran aus dem Boden stampfen, wenn uns nur genug Leute helfen. Je mehr wir uns dafür engagieren, desto erfolgreicher wird die ganze Sache. Die Leute werden sich immer mehr für das Projekt begeistern und die Hemdsärmel hochkrempeln, um uns zu helfen. Um an das nötige Geld zu kommen, könnten wir vielleicht einen Basar veranstalten – oder ein Picknick, oder ein Kuchenfest. Wir könnten ein Komitee bilden. Wir ..."

„Immer langsam mit den jungen Pferden!" protestierte Austin und hob seine freie Hand. „Du bist mir ja meilenweit voraus. Ich stecke immer noch irgendwo in den Räumungsarbeiten."

Maria lächelte und holte tief Luft. „Ach Austin, es könnte klappen. Ganz bestimmt. Sieh mal, wir ... die Stadt hat doch noch nie etwas für die Kinder unternommen. Kein Wunder, daß sie auf der Straße herumlungern."

Austin nahm seine Gabel und spießte ein Kartoffelstück aus seinem Eintopf auf. „Ich werde mit den Stadtvätern reden", versprach er. „Ein Versuch kann schließlich nicht schaden."

✳

Die Herren vom Stadtrat nahmen erfreut zur Kenntnis, daß der junge Pastor sich auf praktische Art und Weise für die Kinder engagieren wollte. Austin schilderte Maria beim Abendessen in allen Einzelheiten, wie das Gespräch verlaufen war.

„Zuerst schienen sie eher skeptisch zu sein, aber dann leuchtete ihnen allmählich ein, daß unser Plan etwas für sich hat. Der Bürgermeister war der erste, der sich für die Idee erwärmte. ‚Also, ich bin dafür‘, hat er gesagt. ‚Außerdem ist das Grundstück unbebaut. Genausogut könnten wir es für etwas Sinnvolles nutzen. Ist ja die reinste Wildnis. Es wird allerdings 'ne Menge Arbeit kosten.‘ Ich habe mich an Ort und Stelle als erster Freiwilliger gemeldet. ‚Schreiben Sie das ins Protokoll‘, hat der Bürgermeister zu dem Stadtschreiber gesagt. Zuerst dachte ich, er hätte damit meine freiwillige Mitarbeit bei den Räumungsarbeiten gemeint, aber dann hat er gesagt: ‚Das Grundstück wird hiermit offiziell als Spielplatz übergeben.‘ Dann hat er mich angesehen und gesagt:

‚Das wär's also, Pastor Barker. Haben Sie sonst noch was auf dem Herzen?'

‚Ja, noch ein paar Einzelheiten', habe ich gesagt. ‚Wir hätten gern die Genehmigung, sofort ein entsprechendes Schild zur Bekanntmachung aufzustellen. Außerdem wären wir dankbar, wenn die Stadt uns beim Aufbringen des Geldes für die Materialbeschaffung helfen würde.'

Das schien auf Bedenken zu stoßen: ‚Was denn für Material?' Der Bankbesitzer war am besorgtesten.

‚Ein Baseballschläger. Bälle. Eine Schaukel oder auch zwei. Vielleicht ein Sandkasten für die jüngeren Kinder', habe ich geantwortet und dabei gehofft, nichts von dem vergessen zu haben, was du aufgezählt hattest.

Allgemeines Nicken.

‚Und wie stellen Sie sich die Finanzierung vor?' wollte die Lehrerin wissen.

‚Spenden', habe ich gesagt. ‚Ein Basar wäre auch eine Möglichkeit. Vielleicht sollten wir ein Komitee bilden.'

Eine Weile blieb es still, und ich befürchtete schon, Schiffbruch erlitten zu haben, aber dann fing einer nach dem anderen an zu nicken. Der Bürgermeister strahlte sogar förmlich. ‚Ihre Idee ist prima', sagte er. ‚Sie können frei über das Grundstück verfügen. Legen Sie los! Mal sehen, was dabei herauskommt.'

Ich hatte zwar nicht gerade tosenden Applaus oder ein allgemeines Unterstützungsversprechen geerntet, aber wenigstens ist der Anfang jetzt gemacht. Ich habe mich bei dem Stadtrat bedankt und bin wieder gegangen."

Maria hatte seinem Bericht überglücklich zugehört. Sie freute sich sehr über die offizielle Genehmigung. Austin hatte seine Sache wirklich glänzend gemacht.

Enttäuschungen und Wunder

Gleich am nächsten Morgen nahm Austin das unbebaute Grundstück in Angriff. Die Hosenbeine hatte er sich in die Stiefel gesteckt, und die Ärmel seines abgetragenen Arbeitshemdes waren hochgekrempelt. Maria war damit beschäftigt, ein Schild zu malen, damit die Bürger des Ortes so bald wie möglich von dem Vorhaben in Kenntnis gesetzt wurden.

Mitten am Vormittag kam die Flegelbande vorbei.

„He, Pfaffe", fingen die Spötteleien an, „Sie buddeln wohl nach Ihrem Essen, was?"

„Da gibt's bei Ihnen bestimmt gebratene Regenwürmer zu Mittag!"

„Hier, Pfaffe", rief einer der frechen Jungen und warf einen Stein in Austins Richtung, „braten Sie sich den als Beilage dazu!"

Als Austin nur mit einem Lächeln und einem freundlichen Winken reagierte, trollten sie sich wieder.

Nachdem das Schild fertig war, brachte Maria es ihm. Einen Hammer, ein paar Nägel und einen Pfahl nahm sie auch gleich mit. Obwohl sie mangels Material auf ihre Improvisationskünste zurückgreifen mußte, war das Schild erstaunlich gut geraten.

Als die beiden am nächsten Morgen die Arbeit fortsetzen wollten, mußten sie enttäuscht feststellen, daß der Pfahl aus der Erde gerissen worden war. Das Schild war zerfetzt und am Boden zertreten worden, und das Unkraut, das Austin mit der Sense beseitigt und in einer Ecke des Grundstücks aufgehäuft hatte, lag überall verstreut.

Maria wäre am liebsten in Tränen ausgebrochen. Statt dessen machten sich die beiden wieder neu an die Arbeit, Maria mit ihren Farbtöpfen und Austin mit seiner Sense und seiner Harke. An diesem Abend ließen sie kein zusammengeharktes Unkraut zurück. Am Ende des Tages zündete Austin den Unrathaufen an, und die beiden warteten, bis das Feuer die vertrockneten Pflanzen vollständig verschlungen hatte und ausgegangen war. Dann zog Austin das Schild mit der Bekanntmachung aus der Erde und brachte es ins Haus.

Maria war so erschöpft, daß sie kaum noch die Kraft zum Kochen hatte.

„Morgen ist Mittwoch", stellte Austin fest, während er sich an dem Waschbecken in der Küchenecke den Schmutz eines anstrengenden Tages abwusch. „Wäre es dir lieber, wenn wir die Hausbesuche diese Woche ausfallen lassen, damit wir auf dem Grundstück weiterkommen?"

Maria dachte einen Moment lang nach. „Ich finde, die Hausbesuche gehen vor", meinte sie dann. „Auf dem Grundstück müssen wir halt arbeiten, wenn wir Zeit dazu haben."

Austin nickte.

„Das finde ich eigentlich auch", sagte er und rieb sich Hände und Gesicht mit dem grobgewebten Handtuch trocken. „Wen besuchen wir denn morgen?"

„Mrs. Dobber geht es nicht gut. Am besten sehen wir bei ihr nach dem Rechten. Nettie hat mich letzten Sonntag gefragt, ob wir nicht mal vorbeischauen könnten."

Austin nickte. Damit stand also die Zeiteinteilung für morgen fest.

※

Das Hämmern an der Tür klang nicht nach einer anklopfenden Hand, sondern eher nach einem Holzstock. Während Maria eilig zur Tür ging, befürchtete sie unwillkürlich, daß die unheilstiftenden Bengel im Begriff waren, ihr und Austin den nächsten Streich zu spielen.

Doch als sie die Tür öffnete, erblickte sie zu ihrer Überraschung Mrs. Paxton mit dem erhobenen Gehstock in der Hand.

„Eins ist soweit", sagte die alte Frau ohne lange Vorrede, und Maria überlegte blitzschnell, was sie damit nur gemeint haben konnte. Ach ja, die Veilchen!

„Tatsächlich?" lächelte sie und langte nach einem Handtuch, um sich die Hände abzutrocknen. „Würden Sie es mir zeigen?"

Die alte Frau war schon auf dem Gartenpfad losgehumpelt und steuerte auf ihr Haus zu.

Maria streifte sich schnell die Schürze ab, warf sie über einen Küchenstuhl und folgte ihrer Nachbarin nach draußen.

Es war eine hellblaue Blüte, deren Blätter einen breiten, gekräuselten weißen Rand trugen. Maria fand sie wunderhübsch.

„Hatte eigentlich was anderes erwartet", sagte die alte Frau unwirsch.

„Aber sie ist doch bildschön", protestierte Maria. Am liebsten hätte sie die zarte Blüte berührt, doch sie befürchtete, sich Schelte einzuhandeln oder womöglich sogar mit dem unvermeidlichen Stock auf die Finger geschlagen zu werden.

„Na ja, es geht", sagte die Frau, und zum ersten Mal glaubte Maria, einen umgänglicheren Ton in ihrer Stimme zu hören.

„Denken Sie sich Namen für Ihre Neuzüchtungen aus?" fragte Maria.

Die Frau sah sie verwundert an. „Wozu denn das?"

Maria zuckte mit den Achseln. „Ich weiß auch nicht. Ich habe gedacht ... also, Rosen haben doch auch Namen. Und Mrs. Angus' Veilchen hatten alle einen Namen. Sie hat sie mir sozusagen persönlich vorgestellt. ‚Das hier ist Waldschneeflocke, und dieses heißt Rosafarbene Spitze.' Ich weiß nicht einmal, ob die Veilchen ursprünglich so hießen oder ob sie sich die Namen nur ausgedacht hat."

„Sie haben Namen", antwortete Mrs. Paxton. „Jedenfalls die, die man kauft. Bei den selbstgezüchteten ist das was anderes ..."

„Ich finde, sie haben alle einen Namen verdient", wagte

Maria vorzuschlagen. „Es muß furchtbar traurig sein, namenlos zu sein."

„Sie reden ja so, als ob sie lebendige Wesen wären", sagte Mrs. Paxton und musterte Maria beinahe mißtrauisch.

„Sind sie das denn nicht gewissermaßen – ich meine, betrachten Sie sie denn nicht als eine Art Lebewesen?" fragte Maria, ohne den Blick von der Blüte zu wenden. Sie war sich ganz sicher, daß das so war, aber würde die Frau das zugeben wollen? „Als Freunde? Oder Verwandte?"

Der alten Frau war sichtlich unbehaglich zumute. Sie ging über Marias Frage hinweg, als habe sie sie nicht gehört, und sagte statt dessen: „Von mir aus können Sie sich einen Namen ausdenken, wenn Sie Lust haben."

Maria wertete das als hohe Ehre. „Oh, furchtbar gern. Das ist aber nett! Aber nur, wenn es Ihnen auch wirklich nichts ausmacht."

„Ich nenn' sie dann natürlich nicht unbedingt so", stellte die alte Frau schnell klar.

„Natürlich nicht", antwortete Maria bereitwillig. „Aber ich fände es schön, wenn diese hier einen Namen hätte – auch wenn ich sie nur in Gedanken so nenne. Tja, Moment ... welcher Name würde wohl zu ihr passen? Das Blau ist so zart und trotzdem so leuchtend – und dann der hübsche Kräuselrand. Die Blüte sieht aus wie eine elegante Dame in einem seidenen Ballkleid."

Maria faltete die Hände vor dem Gesicht und dachte konzentriert nach. „Wie wäre es mit Azurprinzessin?" fragte sie die alte Frau.

„'n reichlich überkandidelter Name für so 'ne winzige Blume", antwortete die Frau, doch Maria fiel auf, daß in ihrer Stimme ein Anflug von Humor lag – und daß sie nicht widersprochen hatte!

※

Austin und Maria besuchten Familie Laves in regelmäßigen Abständen. Vor dem Essen wurde der Pastor immer aufgefordert, das Tischgebet zu sprechen, und ein paarmal hatte er die Gelegenheit, die Gastgeber auf die Gottesdienste im Ort hinzuweisen.

„Wir überlegen's uns", lautete dann meistens die Antwort, doch Austin und Maria sahen sie kein einziges Mal bei den sonntäglichen Zusammenkünften.

Trotzdem versorgten die Farmersleute das junge Pastorenpaar auch weiterhin mit Milch und Eiern, und Maria war unsagbar dankbar für diese Bereicherung des Speisezettels. Wenn sie etwas Milch und ein paar Eier erübrigen konnte, kochte sie einen Vanillepudding, von dem sie dann immer eine großzügige Portion über die Straße zu Mrs. Paxton brachte.

※

Marias Besuche bei Mrs. Paxton wurden mit der Zeit häufiger. Manchmal glaubte sie sogar, ein winziges Aufleuchten in den Augen der alten Frau zu sehen, wenn diese ihr die Tür öffnete.

Meistens unterhielten sie sich über Veilchen. Maria brannte darauf, persönlichere Themen anzuschneiden und die Sprache auf Gott zu bringen. Bestimmt trug Mrs. Paxton ihre aus der Vergangenheit herrührende Verbitterung noch immer mit sich herum.

Doch sie traute sich nicht, sie zu fragen, was sich damals ereignet hatte. Daß die Erinnerung daran äußerst schmerzlich war, konnte sie sich denken. Dennoch sehnte sie sich nach einer Gelegenheit, der verbitterten Frau von der Liebe Gottes zu erzählen.

Eines Tages beschloß Maria, einen Vorstoß zu unternehmen. Sie tat ihr Bestes und wählte ihre Worte sorgfältig, doch im nachhinein hatte sie das Gefühl, alles verpatzt zu haben.

„Mrs. Paxton", hatte sie gesagt, „ich habe in den letzten Wochen oft für Sie gebetet. Ich ... ich denke viel an ..."

„Die Mühe hätten Sie sich sparen können", unterbrach die Frau sie schroff.

„Aber ... aber ich kann gar nicht anders. Sie haben doch selbst gesagt, daß Sie Gott aus Ihrem Leben verbannt haben. Sie haben ihm den Rücken gekehrt. Sie wollten nichts mit ihm zu tun haben."

„Genau. Und das geht keinen was an", brummte die Frau, und aus ihren Augen schossen dunkle Blitze.

„Doch, ich finde, es geht mich sehr viel an", beharrte Maria, und sie mußte gegen einen Kloß in ihrem Hals anschlucken. „Ich ... ich habe ... wir haben alle den Auftrag, den Menschen von Gottes Liebe zu erzählen. Und Sie ... Sie bedeuten mir sehr viel. Ich ..."

Die Frau streckte ihre gebeugten Schultern, soweit sie dazu in der Lage war, und stieß hart mit dem Stock auf den Boden. „Jetzt hören Sie mir mal gut zu, junge Frau", sagte sie und hob den Stock, um Maria damit vor dem Gesicht herumzufuchteln. „Ich habe nichts dagegen, daß Sie ab und zu vorbeikommen. Aber wenn Sie sich in meine Privatangelegenheiten einmischen, verriegele ich die Tür, wenn ich Sie das nächste Mal kommen sehe. Darauf können Sie Gift nehmen."

„Entschuldigen Sie", sagte Maria leise, doch sie hielt dem dunklen, durchdringenden Augenpaar stand. „Ich werde Sie nie wieder darauf ansprechen, wenn Sie sich das verbitten – aber ich werde weiterhin für Sie beten."

Die überschatteten Augen starrten sie noch immer an, doch dann senkte die Frau den Blick und wandte sich ab.

„Beten Sie ruhig, bis Sie schwarz werden", sagte sie, und es klang beinahe wie ein Zischen. „Der da oben hört sowieso nicht zu."

„Doch, das tut er – wenn wir ihm nur die Gelegenheit dazu geben." Maria mußte es einfach sagen, auch wenn sie riskierte, die Frau mit ihren Worten zur Weißglut zu bringen.

„Denken Sie von mir aus, was Sie wollen", antwortete die alte Frau und humpelte durch die Küche. „Das ist immerhin Ihr gutes Recht. Aber ich hab' auch meine Rechte. Und ich will nichts mit ihm zu tun haben."

Maria spürte, wie ihr die Schultern sanken. Was sollte sie da noch sagen?

*

Erst im Herbst konnte der Spielplatz auf dem unbebauten Grundstück eröffnet werden. Maria hatte sich einen langen, milden Herbst erhofft, damit die Kinder sich möglichst lange nach Herzenslust austoben konnten, doch dann begrub ein früh einbrechender Wintersturm die Sandsäcke, mit denen die Male des Baseballplatzes markiert waren, unter einer tiefen Schneeschicht. Auch der Sandkasten war zugeschneit.

„Wenn die Leute vom Ort nicht so lange mit dem Helfen gewartet hätten, dann hätten die Kinder vor dem ersten Schnee noch wochenlang spielen können", beklagte Maria sich.

Austin nickte. Marias Idee hatte sich als voller Erfolg erwiesen. Es hatte zwar eine Weile gebraucht, bis sie damit auf ein allgemeines Echo gestoßen war, doch dann war plötzlich das Interesse der Leute erwacht. Immer mehr Helfer hatten sich an den Räumungsarbeiten beteiligt, und mit dem Erlös aus einem Stadtpicknick und einem Kuchenfest war eine einfache Spielplatzausrüstung angeschafft worden.

Doch der größte Erfolg hatte in etwas ganz anderem gelegen: Die Flegelbande hatte ihre Meinung über den jungen Pastor geändert. Die Jungen hatten aufgehört, ihm üble Streiche zu spielen, und hatten sich schließlich sogar erboten, ihm bei der Arbeit an dem Sport- und Spielplatz zu helfen. Bei dem allerersten Baseballspiel auf der neuen Anlage hatten sie sogar darauf bestanden, daß er als Werfer mitspielte.

Überhaupt war Austins Ansehen am Ort gestiegen.

„Ein patenter Kerl", hieß es oft. „Gehört nicht zu denen, die bloß auf 'nen möglichst vollen Kollektenteller aus sind. Dem geht's in erster Linie darum, den Leuten zu helfen."

Zwei neue Familien schlossen sich der Kirchengemeinde an, und beide nannten den Spiel- und Sportplatz als Hauptgrund für ihr Interesse. Maria freute sich über die lobenden Worte, die sie über ihren Mann hörte. Sie rechnete fest damit, daß Gott das allgemeine Wohlwollen dazu benutzen würde, die Gemeindearbeit hier am Ort voranzutreiben.

*

Kaum waren die letzten Schneewehen geschmolzen und die letzten Frühjahrspfützen getrocknet, als der Spielplatz auch schon vor Kindern wimmelte, genau wie Maria prophezeit hatte. An manchen Tagen hätte Austin es bereuen können, sich je für das Vorhaben eingesetzt zu haben, denn bei den lärmenden Kinderstimmen auf dem Grundstück nebenan war es nicht einfach für ihn, sich auf seine Bücher zu konzentrieren. Maria schmunzelte dagegen immer nur. Sie war froh, daß die Kinder endlich ihren Spiel- und Sportplatz hatten. Nun würden sie nicht mehr vor lauter Langeweile irgendwelche Dummheiten anstellen.

Als sie ihnen beim Spielen zusah, mußte sie wieder daran denken, wie sehnsüchtig sie sich einen Küchengarten wünschte.

„Wenn ich doch nur ein Fleckchen Erde hätte!" sagte sie sich wohl zum hundertsten Mal.

Aber das Grundstück, auf dem das Pfarrhaus stand, war viel zu klein für einen Garten. Maria beschloß, ihre Not zu einem Gebetsanliegen zu machen.

Sie war schon kurz davor, die Hoffnung aufzugeben, als sie eines Sonntags von Mrs. Landers, die erst seit kurzem zur Gemeinde gehörte, angesprochen wurde.

„Könnten Sie wohl ein Gartenbeet brauchen, Mrs. Barker? Oder wäre Ihnen das zuviel Arbeit? Ich habe nämlich mehr an Gartenfläche, als mir lieb ist. Bei meiner Arthritis kann ich nicht mehr soviel wie früher schaffen, wissen Sie."

Marias Augen leuchteten auf. Die Farm von Familie Landers lag am Ortsrand und war vom Pfarrhaus aus leicht zu Fuß zu erreichen.

„Das Angebot nehme ich liebend gern an!" antwortete sie überglücklich und schickte dabei ein Dankgebet zum Himmel. Gott hatte ihre Gebete erhört – und zwar haargenau zur richtigen Zeit. Das Frühlingswetter war ideal zum Anlegen eines Gartens.

*

„Tja, wir sind unserem Ziel, eine eigene Kirche zu bauen, noch kein Stück nähergekommen", stellte Austin eines Abends beim Abendessen fest.

Maria rührte in ihrem allzu vertrauten, reizlosen Auflauf herum. Dann hob sie den Blick. „Weiter davon entfernt sind wir aber auch nicht", meinte sie.

Austin sah sie fragend an.

Maria zuckte mit den Achseln. „Also, wenn wir je eine richtige Kirche hier am Ort haben werden, dann muß uns doch jeder Tag logischerweise genau um einen Tag näherbringen."

Austin lächelte, doch sein Lächeln wirkte etwas gezwungen. „Als gewöhnlicher Sterblicher würde ich mich über ein bißchen an greifbaren Anhaltspunkten dafür allerdings schon freuen", gab er zu.

„Ein ‚bißchen' haben wir doch", sagte Maria und maß ein paar Millimeter zwischen Daumen und Zeigefinger ab.

Austin sah sie noch immer fragend an.

„Wir haben doch die Baukasse", erinnerte sie ihn.

„In der Baukasse haben wir zur Zeit ungefähr sechzehn Dollar", antwortete er. „Dafür bekommen wir nicht einmal einen Eimer Nägel."

„Trotzdem ist es ein ‚bißchen'", beharrte Maria.

Austin seufzte. „Ich glaube trotz allem, daß unsere Mitgliederzahl ansteigen würde, wenn wir ein eigenes Gebäude hätten", sagte er.

„Vielleicht haben wir ja alles falsch angefangen. Vielleicht hätten wir nicht warten sollen. Vielleicht hat Gott von uns erwartet, daß wir die Hemdsärmel hochkrempeln und uns an die Arbeit machen. Sieh dir nur den Spielplatz an. Den hat auch keiner ernst genommen, bis wir mit Sense und Hacke zu Werk gegangen sind."

Maria nickte und schob ihren Suppenteller von sich. Flüchtig wünschte sie sich, die Zutaten für einen Vanille- oder Reispudding im Haus zu haben.

„Was meinst du denn, wie wir vorgehen sollten?" fragte sie ihren Mann.

„Ich weiß nicht so genau. Vielleicht sollten wir die Werbetrommel rühren. Den Leuten begreiflich machen, wie dringend dieser Ort eine Kirche braucht."

„Womöglich haben wir gerade aus dem letzten unbebauten Grundstück einen Spiel- und Sportplatz gemacht", bemerkte Maria eine Spur schuldbewußt.

Austin machte ein ernüchtertes Gesicht. „Das habe ich überhaupt nicht bedacht. Die Lage wäre ideal gewesen", gestand er. Als er Marias bekümmertes Gesicht sah, fügte er schnell hinzu: „Aber es muß doch noch andere Möglichkeiten geben."

„Nicht hier im Ort", sagte Maria und schüttelte den Kopf. „Ich wüßte kein Grundstück, das von der Lage her in Frage käme – oder von der Größe her. Neulich bin ich einmal durch den ganzen Ort gegangen, und ich habe kein einziges passendes Grundstück gesehen. Die nächstbeste Lösung wäre die Landers-Farm. Man könnte ihnen vielleicht eine Ecke davon abkaufen."

„Das liegt zu weit außerhalb", wandte Austin ein. „Den Alten und den kleinen Kindern würde der Weg dahin zu beschwerlich werden."

Maria mußte ihm recht geben.

„Wir brauchen etwas zentral Gelegenes", fuhr Austin fort.

„Wie das Grundstück mit dem Spielplatz", bemerkte Maria.

„Der Spielplatz würde sich bestens dazu eignen", nickte Austin.

„Aber den werden wir doch auf keinen Fall zurückverlangen, oder?" drängte Maria. Man durfte ihn den Kindern doch nicht zur Verfügung stellen, um ihn anschließend gleich wieder zu beschlagnahmen!

„Eine Kirche ist immerhin wichtiger als ein Spielplatz", führte Austin ins Feld.

Maria umfaßte den Arm ihres Mannes. „Ist dir denn nicht klar, wie das aussehen würde?" fragte sie leise und eindringlich. „Wenn du jetzt auf einmal zum Stadtrat gehst und dir das Grundstück für den Bau einer Kirche ausbittest, dann würden alle denken, darauf hättest du es von Anfang an abgesehen gehabt. Die Leute würden meinen, der Spielplatz wäre nur ein Vorwand gewesen. Das geht nicht, Austin. Das geht einfach nicht."

Eine Weile hing jeder seinen eigenen Gedanken nach. An Austins angespannten Kinnmuskeln sah Maria, wie er innerlich mit sich kämpfte.

„Du hast recht", sagte er schließlich und rieb ihr den Handrücken. „Wir können das Grundstück nicht zurückverlangen. Wir werden einfach darauf vertrauen müssen, daß Gott uns etwas anderes gibt."

Die beiden Barkers lasen gerade gemeinsam in der Bibel, als jemand an die hintere Haustür klopfte. An dem Klang des Klopfens erkannte Maria sofort Mrs. Paxtons Gehstock. Sie stand schnell auf und lief zur Tür, bevor Mrs. Paxton erneut klopfen konnte.

„Ach, guten Tag, Mrs. Paxton", sagte sie mit einem Lächeln. „Kommen Sie doch bitte herein."

„Bin nicht zum Plaudern gekommen", sagte die unwirsche alte Frau, doch bevor Maria antworten konnte, fuhr sie auch schon fort: „Hab' gehört, daß Sie 'n Haus für Ihre Gemeinde suchen."

„Das stimmt", bestätigte Maria.

Mrs. Paxton schob ein Stück Papier auf Maria zu. „Hier haben Sie die Urkunde für mein Haus drüben an der Hauptstraße", sagte sie mit einem Kopfnicken. „Sie können's haben."

Austin war aufgestanden. „Aber ..." wollte er protestieren.

Maria wußte, in welchem Zustand das Haus war. Sie wußte auch, welche Vorstellungen Austin von dem eigenen Gotteshaus hatte. Das eine paßte ganz und gar nicht zu dem anderen.

Maria befürchtete, daß Austin seine Einwände äußern oder das Angebot sogar ablehnen würde.

Sie drehte sich um und hoffte, ihren Mann mit einem stummen Blick daran hindern zu können. Dann ging sie mit einem Lächeln auf die Frau zu und streckte die Hand nach der dargebotenen Urkunde aus.

„Das ist wirklich unheimlich nett von Ihnen, Mrs. Paxton", sagte sie. „Mein Mann und ich – die ganze Kirchengemeinde – freuen uns sehr über Ihr großzügiges Angebot."

Bevor Maria noch mehr sagen konnte, hatte Mrs. Paxton sich schon wieder abgewandt und humpelte den Pfad entlang zur Straße. Maria sah ihr nach, und ihre Augen füllten sich mit Tränen.

Als sie dann die Tür schloß und sich wieder zu ihrem Mann umdrehte, war der Protest deutlich in seiner Körperhaltung und seinem Gesicht zu lesen.

„Maria", sagte er, „das Haus ist vollkommen wertlos!"

„Vollkommen wertlos kann es gar nicht sein", widersprach Maria und hielt die Urkunde hoch. „Ein ‚Nichts' kann man nicht auf einer Urkunde erfassen."

„Aber es ist ja die reinste Ruine. Um es zu reparieren, werden wir erheblich mehr an Arbeit ..."

„Es liegt mitten im Ort", sagte Maria leise.

„Zugegeben, die Lage ist nicht zu übertreffen, aber das Haus selbst ist doch bloß ..."

„Vielleicht möchte Gott, daß wir es instand setzen."

„Dazu fehlt uns das Geld. Ist dir denn nicht klar, was wir uns da einhandeln? Diesen morschen Bretterhaufen zu reparieren würde uns genauso viel kosten wie ein nagelneues Haus."

„Was mir klar ist", sagte Maria und drehte die Urkunde in den Händen, „das ist die Tatsache, daß Gott gerade ein Wunder getan hat. Die ganze Stadt hat versucht, Mrs. Paxton dazu zu bewegen, das Haus zu verkaufen ... oder zumindest, es zu vermieten oder reparieren zu lassen. Sie hat sich immer standhaft geweigert. Und auf einmal haben wir die Urkunde eines Grundstücks in erstklassiger Lage. In einer Lage, von der du nur träumen konntest. Ist das etwa kein eindeutiges Wunder in deinen Augen?"

Tränen rannen ihr über die Wangen. Sie wischte sie nicht einmal fort.

„So gesehen", gab Austin leise zu, „grenzt es tatsächlich an ein Wunder."

„Und wenn Gott schon ein Wunder tut", fuhr Maria fort, „was hindert ihn dann an einem zweiten?"

Austin schluckte. Maria merkte ihm an, wie er mit sich rang. Maria wußte, daß nur sechzehn Dollar in der Baukasse waren. Sie wußte auch, daß die Gemeinde viel Geld aufbringen müssen würde – und obendrein viel Gottvertrauen und Einsatzbereitschaft –, wenn aus dem Gebäude je eine Kirche werden sollte. Sie wußte, daß Austin eigentlich um ein anderes Wunder gebetet hatte, um ein besseres, vorzeigbareres Wunder als das, was sich soeben ereignet hatte. Sie hielt den Atem an und schickte ein Stoßgebet zum Himmel. Im Grunde genommen konnte sie es Austin nicht verübeln ...

Doch da streckte er ihr auch schon die Arme entgegen, und Maria eilte auf ihn zu.

„Ach, Maria!" sagte er in ihre Haare hinein, und sie hörte Tränen in seiner Stimme.

Weinend hielten sie einander umarmt. Sie waren bereit, das anzunehmen, was Gott ihnen angeboten hatte, und sie vertrauten darauf, daß alles irgendwie gut werden würde. Es war einfach wunderschön, einen Platz in Gottes Plan zu haben. Nun erwarteten sie das nächste Wunder mit großer Spannung.

Das Gottesgeschenk

Am darauffolgenden Sonntag gab Pastor Barker seiner Gemeinde bekannt, daß sie nun im Besitz des Grundstücks an der Hauptstraße waren.

Die Reaktionen reichten von heller Freude bis zum unverhohlenen Stöhnen.

„Natürlich bin ich mir darüber im klaren, daß wir viel Arbeit in das Haus stecken müssen", sagte er so zuversichtlich, wie er konnte.

„Die Arbeit kriegen wir schon geschafft", meldete sich Mr. Page zu Wort, „aber woher nehmen wir das Baumaterial?"

Austin warf Maria einen kurzen Blick zu. Sie antwortete mit einem fast unmerklichen Lächeln und einem ermunternden Kopfnicken darauf.

„Das weiß ich selbst noch nicht genau", gestand er. „Ich weiß nur, daß Gott uns das Haus durch ein Wunder beschert hat. Er weiß noch viel besser als wir, was wir jetzt alles brauchen. Ich rechne fest damit, daß er uns das auch noch schenken wird."

„Bravo! Ich auch!" rief jemand aus der letzten Bankreihe, und andere schlossen sich an.

„Haben Sie sich's mal aus der Nähe angesehen?" erkundigte Mr. Brady sich vorsichtig.

„Nein", gestand Austin. „Ich war der Meinung, daß der Vorstand das gemeinsam tun sollte."

Maria fragte sich im stillen, ob Austin nicht eher den Beistand der übrigen brauchte. Vielleicht fühlte sich einer allein der riesigen Aufgabe, eine Begutachtung vorzunehmen, nicht gewachsen.

„Na, dann wollen wir's lieber gleich in Angriff nehmen",

schlug Mr. Brady vor. „Wie wär's mit morgen nachmittag? Hättet ihr dann Zeit?"

Die beiden anderen Vorstandsmitglieder waren einverstanden.

„Paßt Ihnen das auch, Pastor Barker?" fragte Mr. Brady, und auch Austin nickte.

„Gegen drei Uhr also", sagte Mr. Brady, der den Vorsitz führte, und die Zusammenkunft war beendet.

✲

Die Lage war noch ernster als befürchtet. Das merkte Maria ihrem Mann gleich an, als er von der Grundstücksbegehung zurückkehrte.

„Ziemlich verkommen, nicht?" fragte sie.

Austin nickte nur wortlos.

Maria goß ihm eine Tasse schwachen Kaffee ein. „Habt ihr denn einen Ansatzpunkt gefunden?" erkundigte sie sich.

„Nein. Wir haben keine Ahnung, womit wir anfangen sollen. Am naheliegendsten wäre es natürlich, das Dach zu reparieren. Solange das Dach undicht ist, lohnt es sich nicht, etwas anderes anzufangen. Aber das Dach kommt uns am teuersten von allem zu stehen. Ich weiß wirklich nicht, ob wir je das Geld dazu aufbringen werden."

Maria wartete, bis er ein paar Schlucke von seinem Kaffee getrunken hatte. „Ob die Stadtbewohner sich wohl an den Kosten beteiligen würden?" fragte sie leise.

Austin schüttelte den Kopf. „Du weißt so gut wie ich, daß wir mit unserer Gemeinde kaum auf Interesse gestoßen sind", erinnerte er sie.

„Vielleicht gelingt uns das ja jetzt. Wenn die Leute merken, wie ernst wir es meinen – wie du neulich schon gesagt hast –, dann werden sie uns vielleicht ... unter die Arme greifen."

Austin trank noch einen Schluck Kaffee. „Ich weiß nicht, Maria", sagte er. „Manchmal kommt mir alles so aussichtslos vor."

Maria strich ihm über die Hand. „Mir auch", sagte sie,

„aber das bedeutet längst nicht, daß es ein Ding der Unmöglichkeit ist."

„Wir sind seit über einem Jahr hier. Seitdem sind zwei Familien neu hinzugekommen – aber wir haben keine einzige Bekehrung erlebt." Austins Stimme klang abgekämpft und mutlos.

Sie setzte sich neben ihn an den Tisch und schob einen Blumentopf mit einer kleinen, zierlichen Pflanze näher an ihn heran. „Sieh mal", sagte sie eindringlich, „Mrs. Paxton hat mir eins von ihren Veilchen gebracht. Rosenhäubchen heißt es." Maria lächelte. „Sie hat es selbst so getauft."

Sie fuhr mit der Fingerspitze um eine der zarten Blüten. „Auf den ersten Blick sieht man bloß ein Veilchen", sprach sie weiter, „ein hübsches kleines Veilchen. Aber ich sehe ein Wunder darin. Wieder ein Wunder! Mrs. Paxton wird allmählich immer umgänglicher und aufgeschlossener, Austin. Nach all den Jahren der Verbitterung fängt sie endlich wieder an, sich den Luxus anderer Gefühle zu gönnen. Ich weiß nicht, ob ich sie je für Jesus Christus gewinnen kann, aber ich bin mir ganz sicher, daß Gott seine Gründe dafür hatte, sie mir über den Weg zu schicken. Und das ist eigentlich schon ein Wunder in sich. Ein Mensch, irgendein Mensch, der haargenau zur richtigen Zeit und am richtigen Ort auftaucht, um einem anderen zu helfen – dieser eine Mensch zu sein, der die Gelegenheit hat, einem anderen Menschen von Gottes Liebe und Vergebung zu erzählen: das ist ein echtes Wunder. Nur Gott konnte eine solche Begegnung zustande bringen. Und wenn Gott ein solches Interesse an der alten Mrs. Paxton mit ihrer scharfen Zunge, ihren Zweifeln und ihrer Verbitterung hat, wer weiß, wie viele andere Menschenherzen er zur Zeit durch irgendwelche äußeren Umstände aufrüttelt – durch ein Wort vielleicht, durch eine Geste. Sogar durch ein morsches, altes Haus. Vielleicht ist das ja genau das, was unsere kleine Gemeinde braucht. Um zu einer festeren Gemeinschaft zusammenzurücken. Um den Bewohnern dieses Ortes klarzumachen, daß unser Glaube echt ist."

Maria wußte nicht, ob sie zuviel gesagt hatte. Oder nicht

genug. Doch da legte Austin ihr auch schon seinen Arm um die Schulter.

„Und woher kommt jetzt unser nächstes Wunder, meine unglaubliche kleine Optimistin?" fragte er sie.

„Das weiß ich nicht", antwortete Maria, „aber ich bin jetzt schon gespannt wie ein Flitzebogen!"

※

„Hab' gehört, daß Mrs. Paxton Ihnen das alte Haus vermacht hat", begrüßte Mr. Smith Maria, als sie das nächste Mal zum Einkaufen in den Laden kam.

Sie nickte und mußte unwillkürlich an seine Bemerkung über den Zustand des Hauses denken. Einen Schandfleck hatte er es genannt.

„Ist ja prima", fuhr er fort. „Es kommt uns schließlich allen zugute, wenn das Haus endlich in Ordnung gebracht wird."

Maria nickte, doch ihr Gesicht wurde ernst. „Ich würde Ihnen ja gern versprechen, daß es bald soweit ist", sagte sie, „aber ich fürchte, vorläufig wird alles beim alten bleiben."

Mr. Smith machte ebenfalls ein ernstes Gesicht.

„Wir würden es natürlich lieber heute als morgen in Ordnung bringen", beeilte Maria sich, zu erklären, „aber dazu fehlt uns einfach das nötige Geld. Mein Mann meint, daß wir nicht anfangen können, bis das Dach repariert ist, und für so eine kleine Gemeinde sind die Kosten für eine Dachreparatur so gut wie unerschwinglich."

„Haben Sie denn keine Handwerker?"

„Doch, doch, unsere Männer sind gern bereit, alles in Eigenarbeit zu renovieren. Was uns fehlt, ist das Geld für das Baumaterial."

„Was haben Sie denn nun vor?" erkundigte sich der Ladenbesitzer.

Maria lächelte. „Abwarten", sagte sie zuversichtlich. „Abwarten, bis wieder ein Wunder geschieht."

„Das könnte aber noch Jahre dauern", gab der Ladenbesitzer skeptisch zu bedenken.

„Ja, vielleicht", antwortete Maria.

„Aber so lange kann die Stadt nicht warten."

„Wissen Sie", sagte Maria mit einem freundlichen Lächeln, „wir hätten unsere Kirche am liebsten auch morgen fertig. Aber Gott wird schon alles regeln – wie und wann er es für richtig hält."

*

Drei Tage später klopfte jemand an die Tür des Pfarrhauses. Austin bereitete gerade seine Sonntagspredigt vor, weshalb Maria an die Tür ging. Zu ihrer Überraschung standen Mr. Smith und der Bankbesitzer vor ihr.

„Dürften wir hereinkommen?" fragte der Ladenbesitzer, und ein verstecktes Lächeln spielte um seine Lippen.

„Aber natürlich", antwortete Maria. „Bitte nehmen Sie doch Platz. Darf ich Ihnen eine Tasse Kaffee anbieten?"

„Nicht nötig, wir bleiben nicht lange."

Austin hatte die Stimmen gehört und war von seinen Büchern aufgestanden. Er begrüßte die Besucher und wiederholte Marias Einladung, doch Mr. Smith winkte ab.

„Wir hatten gestern abend eine Sondersitzung im Stadtrat", kam er gleich zur Sache. „Der alte Laden hat uns Geschäftsleuten schon jahrelang Kopfzerbrechen bereitet. Uns liegt sehr daran, daß er endlich in Ordnung gebracht wird. Da es zunächst am Dach hapert, haben wir beschlossen, etwas zu unternehmen." Er räusperte sich und lächelte etwas breiter. „Wir haben kein großes Talent darin, auf irgendwelche Wunder Gottes zu warten", sagte er mit einem vielsagenden Nicken in Marias Richtung. „Deshalb haben wir uns dazu entschlossen, selbst die Initiative zu ergreifen."

Jetzt drehte er sich zu Austin um.

„Ihre Frau hat mir gesagt, daß Sie genug Männer hätten, die als Arbeitskräfte zur Verfügung stehen würden, vorausgesetzt, daß das Baumaterial vorhanden sei. Habe ich das richtig verstanden?"

Austin nickte.

„Also, wir Geschäftsleute hier am Ort haben einen Hut rumgehen lassen. Jeder hat einen Beitrag für die Materialkosten beigesteuert. Wenn das Haus von außen einigermaßen in Schuß ist, soll's uns egal sein, was Sie innendrin anstellen."

Maria hörte, wie Austin tief Luft holte.

„Wann können Sie anfangen?" fragte der Bankbesitzer.

„Ich berufe eine Vorstandssitzung ein, so schnell ich meine Leute erreichen kann", antwortete Austin.

Der Bankbesitzer nickte. „Kommen Sie zu mir, sobald Sie alles geregelt haben. Das Geld liegt bei mir in der Bank bereit."

Austin konnte nur nicken. Maria wäre ihm am liebsten um den Hals gefallen.

Mr. Smith machte einen Schritt zurück. Aus seinem Lächeln war ein breites Grinsen geworden. Er griff nach seinem Hut. Maria entnahm der Geste, daß das Gespräch zu Ende war.

„Sehen Sie, Mrs. Barker", sagte er voller Genugtuung und richtete den Blick auf Marias gerötetes Gesicht, „jetzt brauchen wir nicht mehr däumchendrehend darauf zu warten, daß Ihr Gott ein Wunder tut."

„Nein. Nein", sagte Maria und fuhr sich mit der Hand über eine heiße Wange, „das hat sich jetzt erübrigt. Er hat's ja schon getan!"

Einen Moment lang wirkte Mr. Smith etwas verdutzt, doch dann fing er an zu lachen. Der Dumme war er anscheinend selbst gewesen.

Marias Garten hatte viel Arbeit gekostet, aber die Mühe hatte sich gelohnt. Die Gemüsepflanzen gediehen prächtig. Maria hatte schon Radieschen und Salat, Rübenkraut, Frühzwiebeln und die ersten Erbsen geerntet und aufgetischt. Sie konnte es kaum erwarten, bis die Bohnen ernteeif waren – und dann die Steckrüben, die Möhren und die jungen Kartoffeln. Beim

Unkrautjäten konnte sie die Köstlichkeiten schon förmlich schmecken.

Je heißer der Sommer wurde, desto beschwerlicher wurde die Gartenarbeit.

„Gehen Sie lieber nicht in die Sonne", warnte Mrs. Paxton sie, doch Maria wehrte nur lächelnd ab.

„Schicken Sie doch Ihren Mann mit der Hacke in den Garten", beharrte Mrs. Paxton.

Maria schüttelte den Kopf. Austin verbrachte jede freie Minute mit den Umbauarbeiten an der zukünftigen Kirche. „Der hat zur Zeit alle Hände damit zu tun, das Dach regendicht zu machen", sagte sie zu ihrer Nachbarin.

Mrs. Paxton nickte nur. Sie hatte die Bauarbeiten an der Hauptstraße aufmerksam verfolgt.

„Sieht so aus, als ob's fast fertig wäre", sagte sie.

„Das stimmt", nickte Maria, „aber wir kommen nur langsam voran. Mein Mann arbeitet zur Zeit ganz allein daran. Die anderen haben alle ihre Heuernte einzubringen."

„Sie arbeiten viel zu hart – alle beide", sagte die alte Frau zu Marias Überraschung.

„Allzulange dürfte es ja jetzt nicht mehr dauern", sagte Maria.

Maria hatte das Gefühl, daß es Ewigkeiten her war, seitdem sie ihre Familie zuletzt gesehen hatte. Sie wußte, wie gern Austin ihr ein Wiedersehen gönnen würde, aber sie hatten kein geeignetes Gespann zur Verfügung, und für die Eisenbahnfahrkarten fehlte ihnen das Geld.

Marias Heimweh war so groß, daß sie manchmal befürchtete, regelrecht krank davon zu werden, doch das erwähnte sie mit keinem Wort. Statt dessen betete sie täglich darum, daß Gott ihr durch diesen einen Tag hindurchhelfen würde. Sie alle fehlten ihr ja so unsäglich! Besonders ihre Mutter. Wenn sie sie doch nur einmal wiedersehen könnte! Sie sehnte sich danach, sich einmal richtig in Ruhe mit ihr zu unterhalten. Sie hätte sich gern mit eigenen Augen davon überzeugt, daß ihre Mutter auch ohne ihre Hilfe mit dem Haushalt zurechtkam. Maria gönnte es sich nicht einmal, von einem solchen Besuch bei ihren Eltern zu träumen.

Doch Austin mußte etwas von Marias Heimweh geahnt haben. Er mußte ihr angemerkt haben, wie sehr sie sich nach einem Wiedersehen mit der Frau sehnte, die sie auf der ganzen Welt am besten kannte.

„Was hältst du davon, eine kleine Reise zu machen?" fragte er sie eines Tages beim Frühstück.

Maria hob den Blick von ihrer Schüssel mit Haferbrei.

„Ich habe mir gedacht, daß du bestimmt gern für ein paar Tage zu deinen Eltern fahren würdest", sagte Austin.

Maria kam kaum gegen das Strahlen in ihren Augen an. Das war einfach zu schön, um wahr zu sein!

„Wie denn?" fragte sie.

„Mit dem Zug."

„Ach, Austin, wir können uns doch gar keine Fahrkarten leisten – oder etwa doch?" Helle Freude mischte sich mit vernichtenden Zweifeln.

„Nein, jedenfalls nicht für uns beide. Aber eine Fahrkarte ist gar nicht so unerschwinglich."

„Eine?" protestierte Maria. „Aber ich kann doch nicht allein fahren. Das ... das geht doch nicht, dich hierzulassen ..."

Austin nahm ihre Hand in seine, und ein Lächeln radierte die Anspannung aus, die Maria so oft in seinem Gesicht gesehen hatte. „Hast du etwa vergessen, wieviel Übung ich im Junggesellenleben habe?" spaßte er.

„Nein, aber ich ..."

„Warum nicht? Du hast die Reise dringend nötig. Deine Eltern vermissen dich bestimmt sehr. Und bestimmt fehlen sie dir auch. Ich hatte eigentlich gehofft, daß wir zusammen fahren können, aber ..." Anstatt den Satz zu vollenden, fuhr Austin sich mit den Fingern durch den Haarschopf und rieb sich den Nacken. „Ich habe klammheimlich etwas Geld auf die hohe Kante gelegt", gestand er. „Das reicht ganz bestimmt für deine Fahrkarte."

„Aber du ..."

„Mach dir nur keine Sorgen um mich", sagte Austin und nahm ihr Gesicht in seine Hände, um ihr geradewegs in die Augen zu sehen. „Du wirst mir zwar entsetzlich fehlen, aber ich werde es schon überleben – solange es nur für ein paar Tage ist." Dann fügte er in einem heitereren Ton hinzu: „Fünf Tage gebe ich dir. Mehr nicht."

Maria hätte ihre Familie liebend gern wiedergesehen. Aber dazu würde sie sich von Austin trennen müssen. War der Preis dafür nicht zu hoch?

Doch dann wurden Pläne geschmiedet und die Fahrkarte gekauft, und bevor sie wußte, wie ihr geschah, saß Maria auch schon im Zug.

Trotz aller Bedenken genoß sie die Reise aus vollem Herzen. Es war eine solche Freude, ihre Mutter wiederzusehen und sich von ihrem Vater in die Arme nehmen zu lassen! Staunend stellte sie fest, daß ihre Brüder ein riesiges Stück in die Höhe geschossen waren. Am meisten genoß Maria es, am Küchentisch zu sitzen und aus dem guten Geschirr, das sonst nur für Besuch benutzt wurde, Tee zu trinken und dabei von Frau zu Frau mit ihrer Mutter zu plaudern. Sie fühlte sich als Tochter geliebt wie eh und je.

Am Ende der kurzen Zeit kehrte Maria wieder in das kleine Pfarrhaus von Carlhaven zurück, um ihr Leben, das sie sich ausgesucht hatte, dort weiterzuführen.

Die Fensterscheibe

Manchmal war der Lärm von dem Spielplatz nebenan beinahe ohrenbetäubend. Maria fragte sich dann immer, warum die Kinder beim Ballspielen bloß so laut schreien und lachen mußten. Andererseits freute sie sich von ganzem Herzen darüber, daß sie endlich ihren Spielplatz hatten.

Zu Austins und Marias Bedauern war bis jetzt noch keiner von den älteren Jungen zum Sonntagsgottesdienst gekommen. Im großen und ganzen hatte sich ihr rüpelhaftes Benehmen zwar etwas gebessert, aber ab und zu spielten sie einem ahnungslosen Bürger des Ortes noch immer einen Streich, und Maria erwischte sie sogar gelegentlich bei einer Tierquälerei. Größtenteils hielten sie sich jedoch auf dem Sportplatz auf. Mehrere Bälle und Baseballschläger hatten sie schon verschlissen.

Sie hatten zwar nicht gerade Freundschaft mit Austin und Maria geschlossen, doch ihre Feindseligkeiten hatten sie eingestellt. Insgesamt war also ein gewisser Fortschritt zu verzeichnen, doch dieser erschien Maria verschwindend gering.

Sie überlegte oft, wie man nur eine Brücke zu diesen Jungen schlagen könnte, besonders zu den beiden aus der Familie am Ortsrand. Sie befürchtete, daß sie ernstlich auf die schiefe Bahn geraten könnten, wenn sie sich nicht grundlegend änderten.

Als Maria eines Tages gerade ein Blech voller frischer Brote aus dem Ofen holte, ertönte ein lautes Klirren aus dem hinteren Teil des Hauses.

„Oh nein!" rief sie und erstarrte. Das Klirren hatte den unverwechselbaren Klang von zersplitterndem Fensterglas gehabt.

Sie stellte das Brot auf der Anrichte ab und ging in das Schlafzimmer, um den Schaden zu begutachten. Der Fußboden und das Bett waren mit Scherben übersät. Von dem Fenster war nicht viel übriggeblieben.

Am liebsten wäre Maria in Tränen ausgebrochen. Für eine Fensterreparatur war kein Geld in der Haushaltskasse. Die wöchentlichen Einnahmen reichten ohnehin nur knapp für das Notwendigste an Lebensmitteln. Aber es hatte keinen Zweck, sich aufzuregen. Vom Weinen würde die Fensterscheibe auch nicht wieder heil. Maria sah auf den Spielplatz hinaus. Kein Mensch war in Sicht. Natürlich. Sie hob den Ball vom Schlafzimmerboden auf und machte sich auf die Suche nach den Jungen.

Als sie das unbebaute Grundstück betrat, sah sie ein paar Haarschöpfe im Gebüsch. Als die Kinder sie bemerkten, verschwanden die Köpfe blitzschnell wieder.

„He, Jungs!" rief sie. „Ich habe euren Ball gefunden! Den braucht ihr doch bestimmt, wenn ihr das Spiel fertigspielen wollt." Mit dem Ball in der Hand spähte Maria ins Gebüsch.

Endlich tauchte ein Kopf hinter einem Busch auf, dann ein zweiter, und bald lugten die Köpfe der ganzen Mannschaft mit betretenen Mienen aus dem Gebüsch hervor.

„Hier, euer Ball", sagte Maria und hielt das weiße Geschoß hoch. „Holt ihn euch, wenn ihr weiterspielen wollt."

Tommy Fallis war der erste, der aus seinem Versteck kam und langsam auf Maria zuging.

„Mißgeschicke passieren jedem einmal", sagte Maria und dachte an die Fensterscheibe daheim, die ihr Bruder Will auf dem Gewissen hatte.

Tommy nahm den Ball in Empfang. Er schien kaum fassen zu können, daß Maria ihnen keine Strafpredigt hielt. Statt dessen sah sie ihn nur lächelnd an und warf den anderen, die aus dem Gebüsch hervorschauten, ebenfalls ein Lächeln zu.

„Viel Spaß noch", wünschte sie ihnen und ging dann ins Haus zurück.

※

Im August hatte Maria das Gefühl, als hätte es zwei Wochen lang ununterbrochen geregnet, doch das war natürlich übertrieben. Trotzdem waren Austin und sie von Herzen dankbar dafür, daß das Dach des Gemeindehauses inzwischen wasserdicht war.

Maria hatte sich bemüht, das zerstörte Schlafzimmerfenster ebenso wetterfest zu machen, indem sie Pappstücke am Rahmen befestigt hatte, doch diese mußte sie immer wieder erneuern, wenn sie vom Regen aufgeweicht waren und das Wasser an der Wand herunterlief.

Nun schaltete Austin sich ein. Er lieh sich Bretterstücke von der Baustelle am Gemeindehaus, doch selbst diese waren gegen die Regenfluten machtlos. Das Wasser drang durch jede Ritze, rann an der ohnehin schon fleckigen Wand herunter und sammelte sich auf dem Boden zu Pfützen, die Maria mehrmals am Tag aufwischen mußte, wenn es draußen regnete.

Endlich hörte der Regen auf, und die aufgeweichte Welt draußen begann zu trocknen. Maria bat Austin, die Bretter von dem Fenster zu entfernen, damit sie den Rahmen reinigen konnte. Allerdings hielt sie es für ratsam, die Bretter vorsichtshalber zu verwahren, denn der nächste Regen kam bestimmt.

Was machen wir nur, wenn es Winter wird? fragte sie sich. Sie hatten versucht, das Geld für ein neues Glasfenster zu sparen, doch in der Tasse befanden sich nur ein paar Cents. Einmal hatten sie schon sechsundachzig Cents beieinander gehabt, doch dann war Mr. Perkins, ein älterer, alleinstehender Mann in der Nachbarschaft, krank geworden. Maria hatte in die Tasse gegriffen und die Zutaten für eine kräftigende Suppe gekauft. Und seitdem befanden sich wieder nur ein paar spärliche Centstücke in der Tasse.

*

Es hatte geklopft. Maria band sich ihre Schürze um die Taille und ging an die Tür.

Vor ihr standen ein paar Jungen. Es war die Flegelbande.

„Hier ist das Geld für das Fenster", sagte der größte der Bande und streckte ihr eine nicht ganz saubere Hand voller Münzen entgegen.

Marias Augen weiteten sich. „Woher habt ihr denn das viele Geld?" fragte sie skeptisch.

„Wir haben's selbst verdient", antwortete einer der Jungen.

„Wir haben gesehen, wie Sie versucht haben, das Loch abzudichten", erklärte Tommy Fallis.

„Ja, und da haben wir uns gedacht, daß es bestimmt trotzdem noch durchregnet", sagte ein dritter.

Maria nickte. Allmählich gewann sie ihre Fassung zurück. Sogar ein Lächeln brachte sie zustande. „Kommt doch herein", lud sie die Jungen ein und trat beiseite.

Die ganze Horde drängte sich zur Tür herein. Der größte von ihnen hielt noch immer das Geld in der Hand.

„Wir haben leider nicht genug Stühle für alle", sagte Maria, „aber ihr könnt euch gern auf den Boden setzen."

Jetzt wünschte Maria sich, Plätzchen im Haus zu haben, aber es war schon Ewigkeiten her, daß sie zuletzt welche gebacken hatte.

„Wie wär's mit einer Scheibe Marmeladenbrot?" bot sie den Jungen statt dessen an. Mehrere Köpfe nickten. Einer der Jungen wagte sogar ein zaghaftes „Mhm".

Maria beeilte sich beim Schmieren der Brote. Bis auf ein leises Flüstern und Umherrutschen saßen die Jungen still auf dem Küchenfußboden.

„So", sagte Maria dann, „ich kenne zwar ein paar von euch, aber nicht alle. Wie heißt ihr denn?"

Keiner wollte den Anfang machen, doch dann redeten alle gleichzeitig darauflos.

„Immer schön der Reihe nach!" lachte Maria. „Am besten fangen wir hier bei Tommy Fallis an."

„Robert Collins", sagte der Junge neben Tommy. Sein Gesicht war von Sommersprossen übersät. Den würde Maria sich leicht einprägen können.

„Simon Cross", sagte der Junge mit dem Geld in der Hand.
Aha, dachte Maria, *der kommt also von der Familie am Stadtrand.*

Ohne von seinen Händen aufzusehen, nannte der nächste Junge seinen Namen: „Ben Cross."

Die beiden sind also Brüder, dachte Maria.

„Paul Gillis", stellte der nächste sich vor. Maria hatte ihn noch nie auf dem Sportplatz gesehen.

„Wohnst du noch nicht lange hier, Paul?" fragte sie ihn.

„Doch", antwortete er, sichtlich verlegen.

„Seine Mutter ist weg", sagte Tommy, als sei damit alles erklärt.

„Ach so", sagte Maria und bestrich die letzte Brotscheibe mit Marmelade. Dann drehte sie sich zu dem letzten Bandenmitglied um.

„Und du?" fragte sie.

„Carl", sagte er nervös und sah zu ihr hoch.

„Und wie heißt du mit Nachnamen, Carl?" fragte Maria ahnungslos, während sie die Brote auf einen Teller türmte.

Tommy fing an zu kichern. Ein paar von den anderen stimmten mit ein und versetzten einander vielsagende Rippenstöße. Der Junge wurde rot und senkte den Kopf.

„Carl heißt er", meldete sich Paul Gillis zu Wort.

„Ach, so ist das", sagte Maria, den Blick auf den Teller mit den Broten gerichtet. „Mit Nachnamen heißt du Carl. Wie heißt du dann mit Vornamen?"

Jetzt brachen die Jungen in schallendes Gelächter aus.

„Mit Vornamen heißt er auch Carl", gab Tommy zum besten.

Maria nahm den Brotteller und bemühte sich um eine möglichst unbeteiligte Stimme. Im stillen dachte sie: *Wie kann man einem Kind nur so etwas antun?* Doch beim Herumreichen des Brotteller sagte sie nur: „Carl Carl. Ein interessanter Name. Und seine Vorteile hat er auch. Du brauchst nur einen Namen buchstabieren zu lernen." Sie warf ihm ein Lächeln zu.

Das allgemeine Gelächter verstummte. Maria wußte nicht,

ob das an ihren Worten oder an den Brotscheiben lag, die in Windeseile von dem Teller verschwanden.

Als sie bei Simon angekommen war, zeigte dieser auf die Münzen in seiner Hand.

„Ach ja, das Geld", sagte sie und nahm es entgegen. „Ihr müßt mir unbedingt erzählen, wie ihr soviel Geld verdient habt."

„Wir haben den Leuten erzählt, daß wir ... daß wir die Scheibe kaputtgemacht haben, und wie Sie sich abgemüht haben, das Fenster abzudichten, und dann haben wir sie gefragt, ob sie Arbeit für uns hätten, und da haben sie ja gesagt", sprudelte es aus Tommy hervor.

„Mr. Smith hat uns am meisten zu tun gegeben", berichtete Simon.

„Ja", meldete sich auch Paul zu Wort, „er hat irgendwas von dem ‚nächsten Wunder in der Wunderserie, die der da oben schickt', gesagt."

Maria lächelte. Ja. Ja, es war tatsächlich ein Wunder. Bei dem Schneckentempo, das sie beim Sparen vorgelegt hatten, wäre ihnen im Winter der eisige Wind durchs Schlafzimmer geweht.

„Ihr wißt ja gar nicht, wie ich mich freue", sagte Maria mit leuchtenden Augen. „Mein Mann würde den Leuten hier am Ort bestimmt gern von eurer guten Tat erzählen. Wie könnten wir das nur einrichten? Vielleicht ... ja, vielleicht wäre nächsten Sonntag die beste Gelegenheit dazu. In der Schule. Da halten wir immer noch unsere Gottesdienste ab, wißt ihr. Ihr setzt euch alle in die erste Reihe, und wenn mein Mann den Leuten von euch erzählt, steht ihr auf."

Augenpaare funkelten, und Ellbogen versetzten Rippenstöße. Nur Carl hielt den Kopf gesenkt.

„Was haltet ihr von der Idee?" fragte Maria.

„Ich hab' aber nichts Richtiges anzuziehen für sonntags", sorgte Paul sich.

„Ich auch nicht", schloß Tommy sich an.

„Das macht gar nichts", versicherte Maria ihnen. „Die Leute kommen doch nicht zu einer Modenschau in den

Gottesdienst. Uns interessieren eure Gesichter viel mehr."
Sie nutzte die Gelegenheit, um hinzuzusetzen: „Kommt also frisch gewaschen und gekämmt, ja?"

Murmelnd standen sie auf und gingen zur Tür. Maria hörte, wie sie auf dem Weg zum Gartentor aufgeregt miteinander redeten. Sie schloß die Augen und schickte ein Stoßgebet zum Himmel. Dann ging sie wieder in die Küche.

„Wer hätte das gedacht?" murmelte sie und nahm den leeren Teller vom Tisch.

Dann fiel ihr Blick auf den kleinen Haufen Münzen, und eilig zählte sie das Geld. Ja, es reichte für eine neue Fensterscheibe. Maria hatte sich schon bei Mr. Smith nach dem Preis erkundigt. Merkwürdig, daß der Betrag haargenau stimmte.

Doch dann mußte sie schmunzeln. Nein, das war überhaupt nicht merkwürdig. War Mr. Smith nicht derjenige gewesen, der den Jungen die meiste Arbeit gegeben hatte? Als Ladenbesitzer wußte er schließlich am besten, wieviel eine neue Fensterscheibe kostete.

Maria nahm die Münzen und ließ sie einzeln in ihre „Spartasse" fallen. Wenn Austin zum Abendessen nach Hause kam, wartete eine große Überraschung auf ihn.

∗

Am darauffolgenden Sonntag saßen alle Jungen bis auf Carl mit frischgewaschenen Gesichtern und glattgekämmten Haaren in der ersten Bank. Ihre Kleidung war zwar so schmutzig und zerknittert wie eh und je, doch Maria sah nur ihre Gesichter. Vor Freude stiegen ihr Tränen in die Augen.

Austin spendete den Jungen ein überschwengliches Lob, und der Reihe nach wurden sie rot und strahlten dann vor Stolz.

Am Sonntag danach kamen drei von ihnen wieder zum Gottesdienst. Beim nächsten Mal waren es zwei und dann wieder vier. Sie kamen zwar nicht regelmäßig, aber Maria dankte Gott von ganzem Herzen dafür, daß sie überhaupt kamen.

Mir scheint, Mr. Smith hat diesmal bei einem Wunder mitgewirkt, mit dem er nie im Leben gerechnet hätte, dachte sie. *Wenn die Sache mit dem Fenster nicht passiert wäre, dann hätten keine zehn Pferde die Jungs in die Kirche gekriegt.*

Plötzlich sah sie ein, daß die widerlichen Pfützen auf dem Schlafzimmerboden, die häßlichen Wasserflecken an der Wand und der verzweifelte Kampf gegen den Regen im Grunde genommen ein geringer Preis gewesen waren.

Großer Kummer

„Maria! Maria, ich muß dir etwas sagen. Etwas Schlimmes."

Maria ließ die Gartenhacke sinken und starrte ihren Mann an. Sein Gesicht war rot, und er war außer Atem. Er mußte den ganzen Weg zum Garten im Dauerlauf gerannt sein. Sie wurde bleich, und ihre Augen weiteten sich. Ihr erster Gedanke war, daß ihrer Mutter etwas zugestoßen sein mußte.

„Was ist denn passiert?" brachte sie hervor.

„Am besten setzt du dich ..."

„Sag's schon", unterbrach Maria ihn. Vor Angst war ihre Stimme schrill. „Sag's mir endlich. Ist Mama etwas zugestoßen?"

Austin legte seinen Arm um sie und schob sie auf die Wiese neben dem Gemüsebeet zu.

„Nein. Es ist niemand aus deiner Familie", sagte er schnell.

Der Garten war stellenweise noch immer naß von dem vielen Regen. Maria mußte aufpassen, wohin sie trat, um nicht mit den Schuhen im Schlamm zu versinken. Sie wich einem Schlammloch aus, das sie fast aus Austins Arm zwang.

„Den kleinen Timmy Laves hat's erwischt", sagte Austin, und Maria spürte, wie ihr Hals sich zusammenschnürte. Timmy hatte ihr Herz im Sturm erobert. Er war ein unwiderstehlich niedliches Kind, aufgeschlossen und anhänglich und der reinste Sonnenschein. Wenn Maria ihn auf dem Schoß hatte und mit ihm spielte, empfand sie immer eine heimliche Sehnsucht nach einem eigenen Kind.

„Ist er ...?" fragte sie mit banger Stimme.

„Es hat ein Unglück gegeben", sagte Austin und blieb stehen, um ihr ins Gesicht zu sehen, als könne er ihr dadurch die Kraft geben, das Untragbare zu ertragen. „Er ist tot."

Einen Moment lang stand Maria wortlos da. Alle Farbe war aus ihrem Gesicht gewichen, und sie faßte sich ans Herz. Dann schüttelte sie langsam den Kopf.

„Nein", stritt sie ab, „nein, das kann nicht sein. Das muß ein Mißverständnis sein." Sie spürte, wie ihr die Knie weich wurden, und stützte sich auf ihren Mann.

„Nein!" wiederholte sie verzweifelt.

„Er ist ertrunken", erklärte Austin ihr. „Du weißt doch, wieviel Regenwasser noch in den Gräben steht. Charles hat ihn gefunden."

„Nein!" Ein letztes Leugnen, bevor die Tränen sie überwältigten. „Der arme Charles! Der arme Charles!" Maria fing an zu weinen, und Austin hielt sie in den Armen. Sein Gesicht hatte er in ihren Haaren vergraben.

Sobald sie sich umgezogen und das Pferd angespannt hatten, fuhren sie zu Familie Laves. Während der ganzen Fahrt konnte Maria an nichts anderes als die trauernden Eltern denken.

Oh Gott, betete sie immer wieder im stillen, *wenn Austin je eine richtige Pastorenfrau gebraucht hat, dann ist es heute. Wenn ich doch nur wüßte, was man in solchen Fällen sagt und tut!*

Maria fühlte sich der Aufgabe, die vor ihr lag, nicht im geringsten gewachsen. Wie konnte sie, ein einfaches Mädchen vom Land, dem jegliche Erfahrung und Ausbildung in solchen Dingen fehlte, einer trauernden Mutter mit Rat und Trost zur Seite stehen?

„Oh, Gott!" murmelte sie immer wieder überwältigt. „Oh, Gott!"

Es war ein schwerer Tag für alle. Die junge Mutter war wie von Sinnen. Mal weinte sie um ihr Nesthäkchen, dann wieder leugnete sie das Unglück.

„Du lügst mich an", beschuldigte sie ihren verzweifelten Mann. „Ihr lügt alle. Er schläft doch nur. Sieh ihn dir doch an. Er lutscht Daumen. Das tut er immer im Schlaf. Er schläft nur." Doch der Daumen des kleinen Jungen war weit von seinem Mund entfernt.

Im nächsten Moment wiegte sich die Mutter mit tränenüberströmtem Gesicht vor und zurück und stöhnte und schluchzte: „Ach, mein Kleiner. Mein armer, lieber Kleiner! Warum mußtest ausgerechnet du sterben? Warum ausgerechnet du?"

Als sie endlich vor Erschöpfung einschlief, waren alle erleichtert. Maria machte sich in der Farmküche an die Arbeit. Die Familie mußte versorgt werden. Die verstörten Kinder brauchten etwas zu essen und jemanden, der sie in die Arme nahm und tröstete. Der ganze Tag war ein Alptraum für sie. Maria wünschte sich nichts sehnlicher, als ihnen helfen zu können, doch sie konnte sie nur an sich drücken und ihnen das Gefühl geben, nicht vergessen worden zu sein.

Austin und sie blieben über Nacht bei der Familie, „für den Fall, daß wir gebraucht werden", wie Austin sagte, und so kam es tatsächlich. Immer wieder wachte die junge Mutter auf und weinte und schrie vor innerer Qual. Maria nahm sie in die Arme und sprach ihr Trost zu. Innerlich betete sie dabei inständig um Weisheit und Hilfe.

Als es Morgen wurde, fühlte Maria sich so betäubt, wie die junge Mutter aussah. Charles stolperte wie ein Blinder durch das Haus und bemühte sich, um seiner fassungslosen Frau und der verwirrten Kinder willen stark zu bleiben.

„Wir müssen das Nötige regeln", sagte er über eine Tasse von Marias starkem Kaffee hinweg zu Austin.

Austin nickte. „Ich helfe, wo ich nur kann", versicherte er Charles.

Maria wandte sich ab. Sie konnte es einfach nicht ertragen, die Planung der Beerdigung mit anzuhören. Sie brachte Mandy eine Tasse Tee und hoffte, sie dazu bewegen zu können, wenigstens ein paar Schlucke davon zu trinken.

Am Nachmittag fuhren sie wieder nach Hause. Die Kinder nahmen sie mit. Maria war sich nicht sicher gewesen, ob man den Kindern wirklich einen Gefallen damit tat, wenn man sie von zu Hause wegbrachte. Sollte man sie nicht lieber bei ihren Eltern lassen – obwohl diese ihnen die Versorgung und den Trost, die sie so dringend brauchten, nicht geben konnten?

Oder war es besser, sie aus der bleiernen Atmosphäre herauszuholen, die auf dem ganzen Haus lastete? Maria war ratlos gewesen, aber als Austin den Eltern den Vorschlag gemacht hatte, die Kinder mitzunehmen, hatten sie nur stumm genickt. Die Kinder hatten ebenfalls keine Einwände gehabt und tauten sogar unterwegs etwas auf.

Vielleicht war es ja doch das Richtige, dachte Maria.

Als es aber Abend wurde und die Kinder zu Bett gebracht werden sollte, kamen Maria neue Zweifel. Sie brauchte mehrere Stunden, um die Ängste zu lindern, die Tränen zu trocknen und die heimwehkranken Kinder zu trösten.

✵

Zwei Tage später fand die Beerdigung statt. Alle Einwohner von Carlhaven kamen und bekundeten ihre Anteilnahme. Maria kamen die Tränen beim Anblick der Familie, die dicht aneinandergedrängt auf der Bank saß. Mandy war so bleich, daß Maria befürchtete, sie würde während der Trauerfeier ohnmächtig werden. Nur der Arm ihres Mannes schien sie daran zu hindern, zu Boden zu sinken. Die Kinder drängten sich so dicht an ihre Eltern, wie sie nur konnten. Maria war froh, daß Austin die Trauerfeier bewußt kurz hielt. Die Angehörigen hätten es bestimmt nicht viel länger ausgehalten.

Der kleine Sarg wurde in die noch nasse Erde herabgelassen. Maria glaubte, am Grund der dunklen Ausschachtung Wasser zu sehen, und sie schauderte. Hoffentlich hatte Mrs. Laves es nicht bemerkt. Welch eine grausame Erinnerung an die Todesursache des Kindes!

„Bitte kommen Sie doch zu uns nach Hause. Ich mache uns einen Tee", lud Maria Charles und Mandy und ihre Kinder ein, und noch immer dicht aneinandergedrängt folgten sie ihr.

Es konnte keine Zweifel daran geben, daß ihnen einige unendlich schwere Monate bevorstanden.

✵

Das Gemeindehaus war endlich bezugsfertig. Die Einweihungsfeier war für den fünfzehnten Oktober angesetzt worden. Maria schrieb Ankündigungszettel, die Austin dann überall im Ort aufhängte. Ganz Carlhaven war zu der Feier eingeladen, und tatsächlich waren ein paar neue Gesichter unter denen, die sich einfanden.

Maria hatte Mrs. Paxton persönlich eine Einladung gebracht. „Es ist immerhin Ihr Haus", hatte sie zu der alten Dame gesagt, die stirnrunzelnd den Einladungszettel in Marias Hand angestarrt hatte.

„Nicht meins. Ihrs", hatte sie unwirsch geantwortet. „Ich hab' damit nichts mehr zu tun."

„Aber es war doch Ihre Großzügigkeit, die ..." hatte Maria erklären wollen.

„Dummes Zeug!" hatte Mrs. Paxton sie unterbrochen. „Ich wollte doch bloß meine Ruhe vor den Leuten haben, weiter nichts."

Erst als ihr die Tür vor der Nase zugeschlagen worden war, wandte Maria sich enttäuscht ab.

Am Tag der Einweihung versuchte sie, einfach nicht an diese Abfuhr zu denken. Es gab immerhin so viele andere, schöne Dinge zu bedenken: Austin, die Gäste, die Feier. Die Frauen aus der Gemeinde servierten anschließend sogar belegte Brote und Kaffee. Insgesamt war es eine ausgesprochen festliche Veranstaltung, zu der sich sogar einige Amtsträger des Gemeindebundes eingefunden hatten.

„Sie hätten das Haus sehen sollen, bevor wir angefangen haben", sagte Mr. Brady voller Stolz. „Pastor Barker hätte es nicht für möglich gehalten, daß daraus was wird – aber dann hat er die Hemdsärmel hochgekrempelt und sich die Hände schwielig gearbeitet, und sehen Sie mal, wie tipptopp alles geworden ist!"

Maria sah ihren Mann strahlend an. Sein Traum war Wirklichkeit geworden. Mit seinem eigenen Schweiß und seinen eigenen Händen hatte er sich sein Gemeindehaus erarbeitet.

„Ja, mein Mann hat wirklich viele Arbeitsstunden in das

Haus gesteckt", nickte Maria, und in ihren Augen leuchtete der Stolz.

Der Bezirkssprecher nickte anerkennend. „Alle Achtung! Das lob' ich mir", sagte er.

Maria hätte vor Freude Luftsprünge machen mögen. Doch dann legte sich ein Schatten auf sie. *Jetzt, wo wir ein eigenes Gebäude haben, erwarten die Leute bestimmt von mir, daß ich endlich die perfekte Pastorenfrau bin, die ich längst hätte sein sollen – und dabei bin ich der Rolle doch überhaupt nicht gewachsen.*

Dieser ernüchternde Gedanke verdarb Maria beinahe den ganzen Tag.

Geheime Sorgen

„Irgendwelche Anmerkungen zu der Predigt von letztem Sonntag?" erkundigte Austin sich am Samstag nachmittag.

Maria sah von ihrer Bibel auf. Sie bereitete sich gerade auf die Gemeindebibelstunde für morgen vor. Mr. Brady war zwar derjenige, der die Bibelarbeit leitete, aber Maria verschaffte sich gern im voraus einen Überblick über den Bibeltext, der durchgenommen werden sollte. Sie fand nur selten den Mut, vor der ganzen Gruppe etwas zu sagen, doch Mr. Brady hatte die unangenehme Angewohnheit, sie öfters aufzurufen. Auch zu ihrer eigenen Bereicherung beschäftigte sie sich gern mit den Bibelabschnitten, denn sie wollte möglichst viel aus den Lektionen lernen.

„Ich finde, du hast deine Sache glänzend gemacht. Das Kapitel, über das du gepredigt hast, war immerhin nicht einfach", antwortete Maria auf Austins Frage.

„Ich mache mir Sorgen", sagte Austin. „War meine Predigt ausgewogen? Hatte sie genug Tiefgang – ohne für die Jüngeren in der Gemeinde unverständlich zu werden?"

Maria legte den Kopf schräg und überlegte. Sie selbst hatte keinerlei Schwierigkeiten gehabt, die Predigt zu verstehen, und sie verfügte weder über besondere Kenntnisse noch eine Ausbildung.

„Also, ich konnte dir leicht folgen, und ..."

„Du hast ja auch einen außergewöhnlich hellen Verstand", bescheinigte Austin ihr. „Außerdem hast du dich intensiv mit der Bibel beschäftigt."

Seine Worte überraschten Maria. Sie hatte eigentlich noch nie das Gefühl gehabt, besonders klug zu sein, und sie hatte nie eine Bibelschule besucht.

„Hatte die Predigt Tiefgang?" fragte Austin weiter. „Hast du etwas Neues dazugelernt?"

Maria rief sich den Inhalt der Predigt in Erinnerung. „Und ob!" antwortete sie und spürte, wie ihr das Herz schneller schlug. „Ein Punkt hat mich sogar restlos begeistert: daß Gott für alle Menschen die gleichen Bedingungen gelten läßt. Daß die Reichen keine größeren Opfer und die Armen keine kleineren Opfer zu bringen hatten. Daraus ergibt sich doch, daß sich keiner Gottes Gunst kaufen kann, und auch, daß Armut keinen zum Menschen zweiter Klasse abstempelt. Und dann hat mir gefallen, wie du eine Parallele zum Neuen Testament und zu dem Opfer Jesu gezogen hast: Sein Blut wurde für alle vergossen, ob arm oder reich. Mann oder Frau. Jude oder Nichtjude. Ja, ich habe viel daraus für mich gelernt."

Austin nickte. „Du meinst also, ich hätte so klar gepredigt, daß jeder mir folgen konnte, auch die Jüngeren und die weniger Gebildeten?"

Maria dachte nach. Die Predigt hatte einen deutlich erkennbaren Aufbau gehabt. Jede Aussage hatte sich auf die vorangegangene gegründet. Die ganze Predigt hatte Hand und Fuß gehabt. Sie war durchdacht gewesen und verständlich vorgetragen worden. Austin konnte ausgesprochen gut predigen.

„Ja. Da habe ich überhaupt keine Bedenken", antwortete Maria aufrichtig. Sie wußte, daß Austin eine ehrliche Antwort von ihr erwartete, keine Schmeichelei.

„Gut", sagte Austin nur. Marias Meinung schien ihn zufriedenzustellen. Er nahm seinen Hut vom Haken und ging zur Tür. „Ich arbeite eine Weile in der Kirche. Ich komme nicht allzu spät wieder."

Maria nickte und sah ihrem Mann nach.

Sie brauchte mehrere Minuten, bis sie sich wieder auf die Apostelgeschichte konzentrieren konnte. Immer wieder wanderten ihre Gedanken zu Austin zurück.

Er war tatsächlich ein hervorragender Pastor. Seine Predigten waren packend und anspruchsvoll und zugleich von allgemeiner Verständlichkeit. Maria war sich absolut sicher, daß die Gottesdienstbesucher nur davon profitieren konnten. Aber würden sie das auch tun? Maria dachte insbesondere an eine Gruppe von heranwachsenden Mädchen. Zu fünft waren sie. Maria hatte regelmäßig für sie gebetet, seitdem sie vor einigen Monaten angefangen hatten, zur Gemeinde zu kommen. Keins der Mädchen schien sich wirklich für den christlichen Glauben zu interessieren. Maria machte sich Sorgen um sie.

Es war nicht etwa so, daß die Mädchen den jungen Pastor behandelten, als sei er Luft. Ganz im Gegenteil: sie schienen hellauf von ihm begeistert zu sein – aber keineswegs von dem, was er sagte, sondern von ihm selbst. Das Verhalten der Mädchen erinnerte Maria auf das deutlichste an die Tatsache, daß sie einen ausgesprochen gutaussehenden Mann geheiratet hatte. Die Mädchen tuschelten und kicherten während des Gottesdienstes und versuchten mit allen Mitteln, Austins Aufmerksamkeit auf sich zu lenken.

Wenn sie doch bloß einmal stillsitzen und zuhören würden! dachte Maria. *Dann könnte Gottes Wort vielleicht Wurzeln in ihnen schlagen und Frucht tragen.*

Austin schien überhaupt nichts von dem Wirbel zu merken, den er bei den Mädchen auslöste, doch Maria war beunruhigt. Sie brachte die ganze Sache im Gebet vor Gott. Nicht einmal mit Austin konnte sie darüber sprechen. Wenn er tatsächlich völlig im Dunkeln tappte, dann wollte sie ihn nicht unnötig befangen machen. Das würde ihm die Arbeit nur erschweren. Maria beschloß, möglichst über die Albernheiten der Mädchen hinwegzusehen und gleichzeitig auf der Hut zu sein, daß sich kein Anlaß für falsche Gerüchte bot.

※

„Wir bekommen ein neues Gemeindemitglied!" kündigte Austin an, während er seinen Hut an den Haken hängte. Maria hörte die Freude aus seiner Stimme heraus und drehte sich strahlend zu ihm um. „Sie war heute morgen bei mir in der

Kirche und hat sich erkundigt, um wieviel Uhr der Gottesdienst anfängt", erzählte Austin.

„Das ist ja prima!" freute Maria sich und hoffte aus ganzem Herzen, daß die Rede von Mrs. Paxton war.

„Sie zieht gerade in unseren Ort um", fuhr er fort. Maria war enttäuscht. Um Mrs. Paxton konnte es sich demnach nicht handeln. „Mrs. Larkins heißt sie."

„Woher kommt sie?" fragte Maria.

„Sie zieht aus Calgary hierher um. Sie ist gebürtige Carlhavenerin. Nach ihrer Heirat ist sie nach Calgary gezogen. Jetzt, wo sie verwitwet ist, hat sie sich dazu entschlossen, in ihre alte Heimat zurückzukehren, obwohl von ihrer Verwandtschaft so gut wie niemand mehr hier wohnt."

In Marias Kopf überstürzten sich die Vorstellungen. Das Wort „verwitwet" rief gleich mehrere davon hervor. Sie sah eine ältere Frau vor sich, allein, arm und einsam, ohne Angehörige. Maria nahm sich vor, möglichst bald mit der Witwe Bekanntschaft zu schließen, damit sie ihr ihre Freundschaft anbieten konnte.

„Wo wohnt sie denn?" fragte sie.

„Sie kommt erst nächsten Donnerstag hierher. Ich habe ihr versprochen, ihr ein paar Männer zum Ausladen ihrer Möbel zu schicken."

Maria war froh, daß ihr Mann so zuvorkommend gewesen war.

„Sie zieht in das Lundgrensche Haus", kam Austin auf ihre Frage zurück.

Maria kannte das Haus. Nach dem Tod der alten Miss Lundgren hatte es die letzten drei Monate leergestanden. Es war mit Abstand das eleganteste Haus am Ort. Demnach war die Witwe also keineswegs mittellos.

„Sind ihre Kinder schon erwachsen?" erkundigte Maria sich.

„Sie hat keine Kinder", antwortete Austin, und Maria verspürte erneut Mitleid mit der Frau.

„Dann hat sie wohl überhaupt keine Angehörigen?"

„Ihr Bruder wohnt hier in der Nähe, aber mit ihm versteht

sie sich überhaupt nicht. Die beiden haben sich nach einem Streit entzweit. Das liegt schon viele Jahre zurück, aber es ist nie zu einer Aussöhnung gekommen."

Das ist aber traurig, dachte Maria. *Wirklich schade, daß zwei Geschwister wegen einer Sache, die in grauer Vorzeit passiert ist, nicht mehr miteinander reden.* Marias Sorge um die Frau wuchs.

„Da wird sie wohl unsere Hilfe brauchen – und unsere Gebete auch", sagte sie und nahm sich vor, alles Menschenmögliche zu tun, um der verwitweten Dame einen herzlichen Empfang am Ort und besonders in der Kirche zu bereiten.

※

Drei volle Tage lang half Austin dem neuen Gemeindemitglied beim Einzug. Ein paar Männer von der Kirche kamen ebenfalls zum Einräumen der Möbel. Maria ließ der verwitweten Dame ihr Hilfsangebot sowie eine Einladung zum Essen ausrichten, doch Mrs. Larkins lehnte liebenswürdig, aber entschlossen ab.

„Es ist wirklich nicht nötig, daß Sie um meinetwillen Ihre übrigen Aufgaben vernachlässigen", hatte die Witwe ihr schriftlich mitgeteilt. „Die Männer übernehmen das Ausladen und Einräumen der Möbel, und alles übrige muß ich schon persönlich regeln. Haben Sie trotzdem herzlichen Dank. Und was das Essen betrifft, so lebe ich ohnehin streng nach Diät."

Maria nahm es besorgt zur Kenntnis. Sie mußte zu ihrem Bedauern zugeben, daß ihre einfache Pfarrhausküche, in der Schmalhans zudem meistens Küchenmeister war, die Anforderungen einer besonderen Diät nicht erfüllen konnte.

Maria hielt es für das beste, sich nicht aufzudrängen. Sie nahm sich vor, die ältere Dame am kommenden Sonntag in der Gemeinde auf das herzlichste zu begrüßen und Freundschaft mit ihr zu schließen.

Am Sonntag ließ Maria schnell ihren Blick durch den Gemeinderaum schweifen, bevor sie sich auf die Holzbank setzte. Sie entdeckte kein neues Gesicht.

Die Gemeindebibelstunde ging zu Ende, und in der kurzen Pause bis zum Gottesdienst unterhielt man sich miteinander. Dann kehrte wieder andächtige Stille ein. Noch immer hatte sich kein neues Gesicht eingefunden. Maria glaubte, bemerkt zu haben, daß auch Austins Blick immer wieder zur Tür ging.

Mitten im zweiten gemeinsamen Lied hörte Maria, wie die Tür geöffnet wurde. Sie konnte sich unmöglich umdrehen, um zu sehen, wer da hereingekommen war, doch aus Austins Blick und seinem kaum merklichen Nicken schloß sie, daß das neue Gemeindemitglied soeben den Raum betreten hatte. Nur mit Mühe hielt Maria ihren Blick nach vorn gerichtet. Sie tat sich sogar schwer damit, sich auf die Predigt zu konzentrieren, etwas, was bei Maria höchst selten vorkam und ihr selbst sehr unangenehm war.

In Gedanken war sie damit beschäftigt, welche Freundschaftsdienste sie der verwitweten Dame entgegenbringen konnte. Eine strenge Diät schloß Einladungen zu Kaffee und Kuchen aus, und etwas Selbstgebackenes oder einen Pudding würde sie ihr auch nicht bringen können. Und wenn die Frau älter und gebrechlich war, würde sie nicht viel mit ihr gemeinsam unternehmen können. Maria überlegte hin und her, ohne zu einer Lösung zu gelangen.

Ich werde mich eben einfach selbst anbieten müssen. Meine Freundschaft. Etwas anderes fällt mir beim besten Willen nicht ein, dachte sie schließlich und zwang sich dazu, Austins Predigt über den verlorenen Sohn zu folgen. Sie hatte seinen Predigtentwurf gelesen, und seine moderne Aufarbeitung der Geschichte hatte ihr sehr gefallen. Sie hatte dafür gebetet, daß die fünf jungen Mädchen in der zweiten Reihe aufmerksam zuhören würden, doch diese tuschelten und kicherten wie immer. Maria fing wieder einmal an zu beten.

Nach dem Gottesdienst stieg Austin vom Podium und holte Maria an ihrem Platz ab, um gemeinsam mit ihr zum Ausgang zu gehen. Endlich hatte Maria die langersehnte Gelegenheit, sich nach dem neuen Gemeindemitglied umzusehen. Sie suchte so eifrig nach einem Gesicht, das ihrer Vorstellung von einer trauernden Witwe entsprach, daß sie beinahe an der echten Witwe Larkins vorbeigegangen wäre. Als sie diese entdeckte, glaubte sie sogar im ersten Moment, es handele sich um ein Mißverständnis. Doch da war Austin auch schon stehengeblieben und schob sie auf die Frau zu.

„Maria, ich möchte dir Mrs. Larkins vorstellen", sagte er. „Mrs. Larkins, darf ich Sie mit meiner Frau bekannt machen – Maria Barker."

Maria hatte das leuchtendste blaue Augenpaar vor sich, das sie je gesehen hatte. Umrahmt waren die Augen von langen, dunklen Wimpern und einem makellosen Gesicht mit cremefarbenem Teint, rosigen Wangen und vollen, roten Lippen. Maria spürte, wie ihre Wangen heiß wurden. Auf einen solchen Anblick war sie wahrlich nicht gefaßt gewesen.

Die junge Frau erhob sich voller Anmut von der Kirchenbank und lächelte strahlend, doch ihr Blick galt Austin, nicht Maria.

Maria betrachtete die junge Frau bewundernd. Goldene Lockenmassen quollen unter einer blaßblauen Haube hervor, deren breiter Rand mit einer großen Schleife an der Seite geschmückt war. Das schmal geschnittene Kostüm paßte farblich ganz genau dazu. Seine strengen Linien wurden durch einen Rüschenbesatz an der Bluse aufgelockert, der mit mehr Spitze überladen war, als Maria je auf einem Haufen gesehen hatte. Marias Blick fiel über die schmale Figur auf die feinen Schuhe, in denen die zierlichen Füße steckten.

Ihre Wangen brannten noch heißer. Eine so elegante Gestalt hatte sie noch nie gesehen. Neben dieser Frau kam Maria sich noch schäbiger und unscheinbarer vor, als sie es ohnehin schon tat.

Mrs. Larkins reichte ihr eine behandschuhte Hand zum Gruß, ohne dabei den Blick von Austin zu wenden.

„Nett, Sie kennenzulernen", sagte sie. „Sie können sich glücklich schätzen, einen Mann zu haben, der sich so glänzend in der Heiligen Schrift auskennt. Ich habe ja jedes Wort förmlich aufgesogen! Ich habe noch nie soviel Interessantes über den ... über den ... diesen Jungen gehört."

Ihre Wimpern senkten sich und ruhten kurz auf ihren pfirsichweichen Wangen. Dann schlug sie ihre blauen Augen wieder auf und richtete sie auf Austin.

„Ich freue mich ja schon so auf den nächsten Gottesdienst – mehr, als Sie ahnen!"

Maria warf Austin einen verstohlenen Blick zu. Wie würde er auf eine so unverhohlene Schmeichelei reagieren? Doch er lächelte nur und nickte.

„Wir freuen uns alle sehr, daß Sie sich unserer Gemeinde anschließen wollen", sagte er zu Mrs. Larkins. Dann wandte er sich zu Maria um. Den gekünstelten Ton in der Stimme der anderen Frau schien er überhaupt nicht bemerkt zu haben.

„Maria, würdest du Mrs. Larkins bitte mit den anderen Frauen bekanntmachen? Ich muß die Leute an der Tür verabschieden."

Damit ließ er sie einfach mit Mrs. Larkins stehen.

Maria holte tief Luft und wandte sich Mrs. Larkins zu. Die Frau schien ebenso verdutzt wie sie zu sein. Das kokette Lächeln war wie weggeblasen, doch sie bewies immerhin den Anstand, die Frauen, die Maria ihr jetzt vorstellte, freundlich zu begrüßen.

Die junge Witwe schien sich des Aufsehens, das sie überall erregte, durchaus bewußt zu sein. Maria beobachtete sie unauffällig. Mrs. Larkins war wirklich eine außergewöhnlich hübsche und elegante Frau. Und für eine Witwe war sie eigentlich viel zu jung. Maria verspürte Mitleid mit ihr, daß sie ihren Mann in so jungen Jahren verloren hatte, doch zugleich fürchtete sie sich auch vor ihr. Sie hoffte sehr, daß Mrs. Larkins sich bald in dem kleinen Ort und in der Kirchengemeinde heimisch fühlen würde. Sie hoffte aber auch inständig, daß es keine Schwierigkeiten für ihren vielleicht etwas zu arglosen Mann geben würde.

Lektionen des Lebens

Auch nach Wochen wetteiferte Mrs. Larkins noch mit den fünf heranwachsenden Mädchen um Austins Aufmerksamkeit. Dabei verhielt sie sich selbstverständlich weitaus geschickter und vornehmer als die jungen Mädchen, doch in Marias Augen waren ihre Absichten genauso unmißverständlich. Sie hoffte inständig, daß die Gemeinde Austin nicht die Schuld an dem backfischhaften Getue zuschob, denn er hatte keinerlei Anlaß für ein solches Verhalten geboten. Er schien noch immer nicht das geringste von den Absichten der Witwe gemerkt zu haben. Maria staunte über seine Ahnungslosigkeit, doch solange er nichts merkte, wollte Maria ihn auch nicht darauf ansprechen. Dadurch würde sie lediglich erreichen, daß er übervorsichtig und befangen wurde.

Doch bestimmt hatte die Gemeinde längst gemerkt, daß die junge Witwe mit allen Mitteln die Aufmerksamkeit des Pastors auf sich lenken wollte.

Wenn mich jemand darauf ansprechen würde, dann könnte ich alles richtigstellen, dachte Maria oft, aber sie wagte es nicht, von sich aus das Thema anzuschneiden.

Andererseits war Maria sich sicher, daß hinter ihrem und Austins Rücken allerhand getuschelt und getratscht wurde. Niemand konnte so blind sein, die Annäherungsversuche der jungen Witwe nicht zu bemerken. Niemand außer Austin selbst.

„Mrs. Larkins hat mich gebeten, nach ihrem Ofen zu sehen", sagte Austin eines Tages nach dem Abendessen.

Es war nicht der erste Gefallen, um den Mrs. Larkins ihn gebeten hatte. Maria hob den Kopf und überlegte, ob sie nicht endlich etwas sagen sollte. Wäre es nicht höchste Zeit, ihren

Mann darauf hinzuweisen, welcher Anschein durch seine zahlreichen Besuche bei der jungen Witwe entstehen könnte? Bisher hatte er glücklicherweise darauf bestanden, daß Maria mitkam, oder er hatte einen der Jungen aus dem Ort, den er ohnehin gern besser kennenlernen wollte, als „Gehilfen" mitgenommen.

„Ich habe ihr versprochen, ihr Mr. Brady zu schicken. Der kennt sich viel besser mit Öfen aus als ich", erzählte Austin weiter, und Maria schüttelte unwillkürlich vor Staunen und Bewunderung den Kopf. Trotz seiner Arglosigkeit hatte Austin wieder einmal goldrichtig gehandelt.

„Was ihr fehlt, ist ein Mann und ein Haus voller Kinder", bemerkte Austin. „Ich glaube, sie ist einsam – und sie langweilt sich zu Tode. Sie scheint ja keine Ahnung zu haben, was sie den lieben langen Tag mit sich anfangen soll. Du an ihrer Stelle, du hättest dir längst einen Bekanntenkreis aufgebaut und anderen deine Hilfe angeboten. Außerdem würdest du jede freie Minute zum Lesen nutzen, um deinen Horizont zu erweitern. Daß du je Langeweile hättest, kann ich mir beim besten Willen nicht vorstellen." Austin trank einen großen Schluck von seinem Tee. „Andererseits", fuhr er dann in einem sachlichen Ton fort, „scheint Mrs. Larkins nicht einmal zu wissen, was ein geistiger Horizont überhaupt ist."

Maria sah erstaunt auf.

Austin erwiderte ihren Blick seelenruhig. „Bist du etwa darüber entsetzt, daß ich mich so vernichtend über ein Mitglied unserer Gemeinde äußere? Das war zwar nicht besonders nett von mir, aber es bleibt ja unter uns beiden." Austin sah Maria geradewegs in die Augen. „Diese Frau ist vollkommen ... vollkommen unfähig, an etwas anderes als ihre teuren Schleifen und Samtbänder zu denken. Sie hat weniger Verstand als ein Erstklässler, fürchte ich!"

„Austin!" protestierte Maria schockiert.

„Wieso? Es stimmt doch. Wieso sollte ich's dann nicht aussprechen?" verteidigte er sich. „Weißt du, was sie von mir wollte, als sie mich das letzte Mal zu sich gerufen hat? Die Uhr sollte ich ihr stellen! Hat man da noch Worte? Das Ding ging zehn Minuten nach. Angeblich war das der Grund, weshalb sie immer zu spät zum Gottesdienst kam. Als die Uhr aber dann richtig ging, kam sie trotzdem weiter zu spät. Warum hätte sie die Uhr nicht selbst stellen können? Den Zeiger zehn Minuten vorzustellen ist doch wahrhaftig kein großes Kunststück!

Weißt du, was ich glaube? Sie will bloß mehr beachtet werden. Sie langweilt sich derartig, daß sie die verrücktesten Vorwände erfindet. Warum gibt sie sich nicht einmal einen Ruck und macht sich irgendwie nützlich, anstatt ständig nur an sich zu denken?"

Maria lag die passende Antwort schon auf der Zunge. Am liebsten hätte sie gesagt: „Sie denkt ja schon längst an jemand anders: nämlich an dich, Austin!" Doch diese Bemerkung verkniff sie sich lieber. Irgendwie tat die Frau ihr leid. Alle ihre Versuche, Austin auf sich aufmerksam zu machen, waren jämmerlich fehlgeschlagen. Austin war völlig blind für ihre Reize.

„Ich habe den Eindruck, daß Martin Smith ein Auge auf sie geworfen hat", fuhr Austin fort. „Sie täte gut daran, ihm etwas mehr Beachtung zu schenken. Und Carl Falks zieht immer strahlend wie ein Honigkuchenpferd den Hut vor ihr. Ich glaube fast, sie hat's ihm mächtig angetan."

Auch Maria hatte festgestellt, daß die jungen Männer am Ort ein lebhaftes Interesse an der jungen Witwe zu haben schienen. Was Carl Falks betraf, so konnte Maria es Mrs. Larkins nicht verübeln, daß sie seine Annäherungsversuche nicht weiter beachtete, doch Martin Smith schien ein anständiger junger Mann zu sein.

„Vielleicht ist sie ja wählerisch", antwortete Maria nur und dachte dabei im stillen, daß für Mrs. Larkins anscheinend der Beste gerade gut genug war, nämlich ihr Austin.

„Dann hätte sie in der Großstadt bleiben sollen", meinte Austin mitleidslos und stand auf. „Da hätte sie eine größere Auswahl gehabt."

Maria nickte.

Austin beugte sich vor, um ihr einen Kuß zu geben.

„Tja, am besten gehe ich schnell zu Brady rüber und frage ihn, ob er Zeit hat, sich den Ofen anzusehen – für den Fall, daß tatsächlich etwas damit nicht stimmt", sagte er.

Als Austin die Tür hinter sich geschlossen hatte, versuchte Maria, Ordnung in ihre wirren Gedanken zu bringen. Es war ihr einfach unbegreiflich, wie Austin so blind sein konnte, daß er nicht merkte, was die Witwe mit ihren zahllosen Bitten um irgendwelche Hilfsdienste bezweckte. Doch im Grunde genommen konnte einem die junge Witwe nur leid tun. Nur ein völlig vereinsamter und todunglücklicher Mensch war zu einem so unverhohlen aufdringlichen Verhalten fähig. Bestimmt war nach den vielen Fehlschlägen nicht mehr viel von Mrs. Larkins' Selbstachtung übrig. Maria nahm sich einen Moment Zeit, um für sie zu beten, bevor sie den Tisch abräumte.

*

„Was hältst du von der Idee, eine Weihnachtsfeier zu veranstalten?" fragte Maria ihren Mann, als die beiden einmal wieder zu einem Hausbesuch unterwegs waren.

„Wir halten doch immer einen Weihnachtsgottesdienst", wunderte Austin sich.

„Ich meine keinen Gottesdienst, sondern eine Weihnachtsfeier. Für die Kinder. Lieder, Gedichte, eine kleine Vorführung, weißt du. Etwas, bei dem alle Kinder aus unserer Gemeinde mitwirken können – und auch alle anderen, die Lust zum Mitmachen haben."

Austin nickte.

„Die Leute sehen nichts lieber als ihre eigenen Kinder auf der Bühne", fuhr Maria fort. „Und zu einer solchen Vorführung eignet sich Weihnachten am besten."

„Die Schule veranstaltet doch jedes Jahr eine Weihnachtsfeier", gab Austin zu bedenken.

„Ja, und die ist auch immer bis auf den letzten Platz besucht. Jetzt, wo wir unser eigenes Gemeindehaus haben, könnten wir doch die Gelegenheit nutzen und ganz Carlhaven einladen."

Austin schien sich den Vorschlag durch den Kopf gehen zu lassen. „So etwas macht aber Berge von Arbeit", meinte er dann skeptisch.

„Ich opfere gern etwas von meiner Zeit", antwortete Maria. Der Gedanke an ihre mangelnde Erfahrung in solchen Dingen machte sie zwar nervös, doch sie war dazu bereit, sich die größte Mühe zu geben.

„Weißt du, ich finde deine Idee prima – wenn du dir die viele Arbeit tatsächlich zumuten willst", sagte Austin.

Maria erwartete ihr erstes Kind, und in letzter Zeit hatte sie sich oft erschöpft gefühlt. Doch daran sollte die Weihnachtsfeier nicht scheitern, fand sie.

„Ich wünschte, ich hätte jemanden, der mir helfen könnte ... jemanden, der sich besser mit so etwas auskennt", gestand sie, „aber ich wüßte nicht, an wen ich mich da wenden sollte."

„Wir könnten den Vorschlag am Sonntag bekanntgeben und uns nach Helfern umhören", meinte Austin.

Maria war einverstanden. Allein würde sie die Weihnachtsfeier nie im Leben auf die Beine stellen können.

※

Leider fand sich niemand, der Maria beim Einstudieren der Weihnachtsfeier helfen konnte, obwohl alle von dem Vorhaben äußerst angetan waren.

„Bestimmt machen die Kinder hier aus dem Ort mit Begeisterung mit", freute Mrs. Brady sich. „Wie wär's, wenn wir die Proben durch Aushänge oder Handzettel bekanntgeben?"

Maria beschloß, beides zu tun. Mr. Smith gab ihr die Erlaubnis, eine Ankündigung in seinem Geschäft aufzuhängen. „Das wird dem Geschäft schon keinen Abbruch tun", hatte er gemeint, und Maria hatte die Ankündigung in ihrer schönsten Handschrift geschrieben und sie in das Schaufenster des Lebensmittelladens gehängt.

Als nächstes schrieb Maria einen Stapel Handzettel, auf denen sie zu „den Proben für die erste alljährliche Weihnachtsfeier unserer Kirche" einlud. Diese Handzettel verteilte sie dann überall im Ort.

Die erste Probe setzte sie für den dritten Donnerstag im November an. Anschließend machte sie sich auf die Suche nach passendem Material für das Anspiel.

Weil sie jedoch nichts finden konnte, was sich für ihre Kindergruppe eignete, verbrachte sie viele Stunden damit, selbst ein Programm zu entwerfen, das neben einer Aufführung der Weihnachtsgeschichte auch Lieder und Lesungen aus der Bibel enthielt. Austin prüfte ihren Entwurf und lobte sie sehr.

„Das ganze Programm hat Hand und Fuß und ist obendrein herrlich publikumswirksam", sagte er voller Anerkennung, doch Maria konnte ihre Zweifel nicht abschütteln. Sie hatte noch nie so etwas gemacht. Hoffentlich würde die Vorführung nicht zusammenhangslos und verworren wirken.

Die erste Probe war eine Enttäuschung für Maria. Nur ein paar Kinder hatten sich eingefunden. Doch dann schien die Begeisterung um sich zu greifen, denn beim nächsten Mal kamen zweiundzwanzig Kinder unterschiedlichen Alters in das Gemeindehaus. Maria verteilte die Rollen und gab den Kindern die Texte zum Auswendiglernen mit nach Hause. Bei den Proben mit der lebhaften Kindergruppe hatte Maria alle Hände voll zu tun, doch bald nahm die ganze Vorführung Gestalt an. Die Kinder konnten es kaum erwarten, vor Publikum auf der Bühne zu stehen.

„Womöglich bekommen wir ein volles Haus", sagte Austin zu Maria. „Überall höre ich die Leute davon reden. Anscheinend ist die Vorfreude groß."

„Jeder sieht seine Sprößlinge gern auf der Bühne", meinte Maria, doch von dem nervösen Flattern in der Magengegend, das sie immer verspürte, wenn sie an die Weihnachtsfeier dachte, sagte sie lieber nichts. Vielleicht würde ja alles schiefgehen. Oder vielleicht würde niemand die Kernaussage der ganzen Vorführung verstehen. Oder die Kinder würden ihren

Auftritt verpatzen. Würde das alles auf Austin zurückfallen? Auf die Kirchengemeinde? Eigentlich hätte sie eine so große Aufgabe nie an sich reißen dürfen.

Trotz ihrer Zweifel probte Maria weiter mit den Kindern, und von Mal zu Mal klappte die Vorführung besser.

Die Weihnachtsfeier sollte am 21. Dezember stattfinden. Zu Marias großer Verwunderung schien es in ganz Carlhaven kaum ein anderes Thema mehr zu geben. Sie hoffte inständig, niemanden zu enttäuschen. Die Kinder hatten sich große Mühe gegeben und waren regelmäßig zu den Proben erschienen. Die Bühnendekorationen und die Kostüme waren fertig. Jedes Kind kannte seine Rolle auswendig. Maria betete jeden Tag dafür, daß die Vorführung ein Erfolg würde.

Doch am 20. Dezember tobte ein Schneesturm los. Der pfeifende Wind und das Schneetreiben ließen jegliche Hoffnung darauf vergehen, daß die Farmersleute von außerhalb zu der Weihnachtsfeier kommen würden.

„Die Feier wird furchtbar spärlich besucht werden", klagte Maria Austin ihr Leid. „Und obendrein sind mehrere Hauptrollen mit Farmerskindern besetzt!"

„Dann mußt du dir eben jemanden suchen, der die Rollen vom Blatt abliest", tröstete Austin sie. „Bestimmt finden sich ein paar Erwachsene, die gern einspringen."

Doch letzten Endes konnten nicht einmal die Leute vom Ort zu der Weihnachtsfeier kommen. Der Sturm tobte in voller Stärke weiter. Austin kämpfte sich zum Gemeindehaus durch und befestigte eine Bekanntmachung an der Tür. „Die Weihnachtsfeier wird bis auf weiteres verschoben", hieß es darauf nur, doch Maria war bekümmert. Was würden die Kinder sagen? Sie hatten sich solche Mühe gegeben. Bestimmt waren sie genauso enttäuscht wie sie selbst.

Austin und Maria hofften, daß die Weihnachtsfeier am Montag abend würde stattfinden können, doch daraus wurde nichts. Auch am Dienstag und am Heiligabend klappte es nicht. Das Wetter blieb bitter kalt, und der starke Wind und das Schneetreiben hielten an. Letzten Endes blieb Maria nichts anderes übrig, als sich in ihr Schicksal zu fügen: Die

Weihnachtsfeier würde überhaupt nicht stattfinden. Marias Enttäuschung war groß.

Doch die Bewohner des kleinen Ortes gaben sich nicht so leicht geschlagen.

„Ich finde, wir sollten die Weihnachtsfeier nachholen", sagte Mrs. Brady am ersten Sonntag im Januar.

„Aber Weihnachten ist längst vorbei", antwortete Maria niedergeschlagen.

„Das macht doch nichts. Bei diesem Wetter hat ja keiner richtig Weihnachten gefeiert. Ich wüßte nicht, weshalb wir's nicht nachholen sollten."

Andere nickten zustimmend. Man unterbreitete Austin den Vorschlag.

„Wenn genug Interesse daran besteht, habe ich nichts dagegen", sagte er. „Immerhin haben Maria und die Kinder viel Arbeit in die Proben gesteckt."

Man einigte sich auf ein Datum, und neue Ankündigungszettel wurden im Ort verteilt. Maria und Austin bauten die Bühne wieder auf. Die Kostüme wurden aus den Kisten hervorgeholt, und die Kinder probten ein letztes Mal. Marias Lampenfieber war größer als je zuvor.

Als die verspätete Weihnachtsfeier dann am 15. Januar stattfand, war das Gemeindehaus bis auf den letzten Platz besetzt. Niemanden schien es zu stören, daß Weihnachten eigentlich längst vorbei war. Die Weihnachtsgeschichte war genauso ansprechend und bedeutsam, genauso hoffnungsfroh und voll von Gottes Verheißungen, als wenn sie zum ursprünglichen Zeitpunkt vorgetragen worden wäre.

„Jetzt habe ich endlich das Gefühl, daß Weihnachten ist", hörte Maria eine Frau beim Verlassen der Kirche zu einer anderen Frau sagen. Keine der beiden gehörte der kleinen Kirchengemeinde an.

„Den Leuten schien die Feier gefallen zu haben", meinte Austin später. „Deine Idee war ein Riesenerfolg. Und vielleicht hat die Weihnachtsgeschichte jetzt im Januar manchen mehr ins Nachdenken gebracht, als das im Dezember der Fall gewesen wäre."

Maria nickte stumm. Vor Aufregung zitterte sie noch immer am ganzen Leib.

„Außerdem sind viele gekommen, die ich noch nie im Gottesdienst gesehen habe", fuhr Austin fort.

Maria war viel zu sehr damit beschäftigt gewesen, ihrer kleinen Truppe durch die Vorführung zu helfen, als daß sie die Zuschauermenge überhaupt wahrgenommen hätte.

„Weißt du, ich habe mir überlegt", sagte Austin dann, „daß wir vielleicht eine Ostervorführung einstudieren sollten – von der Art her ganz ähnlich wie diese." Er sagte es so, als handele es sich um eine Kleinigkeit. Maria sah ihn aus großen Augen an. „Was hältst du davon?"

Maria schluckte und nickte dann nur wortlos. Wenn es für die Gemeinde und die Verbreitung des Glaubens hier am Ort förderlich war, konnte sie schließlich nicht nein sagen.

„Natürlich nicht in diesem Jahr", fügte Austin schnell hinzu. „Das Kind wird dich viel zu sehr in Trab halten. Aber für nächstes Jahr sollten wir es ins Auge fassen, meine ich."

Maria konnte nicht verhindern, daß ihr ein Seufzer der Erleichterung entfuhr.

*

„Unsere Gemeinde bekommt wieder ein neues Mitglied", kündete Austin eines Abends mit einem verschmitzten Schmunzeln an.

Maria sah von ihrer Teigschüssel auf.

„Ein junger Mann namens Bernhard Bloom war heute bei mir im Gemeindehaus. Er ist der Lehrer der kleinen Landschule am Ortsrand. Ein Junggeselle. Wir haben einmal an seine Tür geklopft, als wir unsere Besuchsrunde machten, aber niemand war zu Hause, weißt du noch?"

Maria erinnerte sich vage.

„Beim nächsten Mal, als ich allein unterwegs war, hat er mir auf meine Einladung zur Gemeinde geantwortet, er würde es sich überlegen. Er überlegt es sich jetzt schon seit geraumer Zeit, aber mir scheint, neuerdings hat er noch einen zusätzlichen Grund zum Überlegen." Maria hörte interessiert zu. „Nächsten Sonntag will er zum Gottesdienst kommen. Er hat sich erkundigt, um wieviel Uhr wir anfangen." Austin schmunzelte.

„Und dann hat er mir einige ... nun, sagen wir: höchst aufschlußreiche Fragen gestellt. Ich habe das Gefühl, daß sein plötzlicher Entschluß zum Gottesdienstbesuch etwas mit einer gewissen jungen Witwe zu tun hat."

Maria ließ den Brotteig sinken und sah ihren Mann fragend an.

„Tja, da kann ich nur sagen", fuhr Austin grinsend fort, „daß es so aussieht, als seien diverse Gebete erhört worden. Meine. Deine. Und die einer gewissen Witwe." Mit dieser schlichten Feststellung und einem letzten Grinsen überließ er Maria ihrem Brotteig und der Erkenntnis, daß ihr „naiver, argloser Mann" womöglich so naiv gar nicht war.

Mutterglück

Maria hatte mehr zu tun, als sie bewältigen konnte. Sie besuchte Mrs. Laves, so oft sie nur konnte. Wegen der Entfernung war dies schwierig, doch mindestens einmal in der Woche machte sie sich auf den Weg zu der Farm.

Ohnehin fiel Maria die Arbeit mit jeder Woche wegen ihrer Schwangerschaft schwerer. Je näher die Entbindung rückte, desto mehr sorgte Austin sich um sie, wenn sie außerhalb des Ortes unterwegs war, und sie blieb immer häufiger zu Hause.

Es war ihr gelungen, eine einfache Ausstattung für das Kind zusammenzustellen, doch das war mit einigen Schwierigkeiten verbunden gewesen. *Wir haben zwei Bettlaken*, hatte sie sich gesagt. *Eigentlich kommen wir auch mit einem aus. Das Überschlaglaken für die Bettdecke können wir zur Not entbehren.* Maria zerschnitt das Überschlaglaken und nähte Windeln daraus. Leider gab das Laken nicht sehr viele Windeln her. Maria stellte sich darauf ein, viele Stunden am Waschbrett zu verbringen, wenn das Kind erst geboren war.

In ihrer eigenen Garderobe fand sich ein Unterrock, dessen Stoff weich genug für Babykleidung war. Daraus nähte Maria drei winzige Kleidungsstücke. Sie sparte eisern ein paar Cents zusammen, von denen sie Strickgarn für ein Jäckchen, eine Mütze und Strumpfchen kaufte. Und dann kam ein Päckchen von daheim an. Maria bestaunte die liebevoll genähten Babysachen, die ihre Mutter geschickt hatte.

„Sie hat bestimmt ihr ganzes Eiergeld dafür geopfert", flüsterte sie und wischte sich mit einer Ecke ihrer Schürze über die Augen. Sie dankte Gott von Herzen für die Hennen – und die Liebe! – ihrer Mutter.

Zwei Tage später bekam sie noch ein Päckchen. Austins

Mutter war die Absenderin. Die schöne Babykleidung darin – ein Babyjäckchen, zwei kleine Hemden und ein winziges Paar Schuhe – war bestimmt sehr teuer gewesen. Wieder kamen Maria die Tränen.

Und dann geschah etwas völlig Unverhofftes. Die Carlhavener Frauen, sowohl aus der Kirchengemeinde als auch aus den übrigen Familien, taten sich zusammen und überraschten Maria mit einem Picknick, zu dem jeder ein Geschenk für das Baby mitbrachte. Maria sah sich überwältigt in der Runde um. Viele der Frauen gehörten der Gemeinde nicht an, und manche kannte sie nicht einmal. Maria war so bewegt und dankbar, daß sie ihr belegtes Brot kaum herunterbrachte. Warum hatte sie sich nur solche Sorgen gemacht? Gott hatte doch von Anfang an für ihr Kind gesorgt.

*

Margaret Mae kam am 8. März kurz nach Mitternacht zur Welt. Sie war kräftig und kerngesund. In Marias Augen war sie ein weiteres Wunder Gottes. Sie war noch nie so von Dankbarkeit überwältigt gewesen wie in dem Moment, als sie ihre neugeborene Tochter zum ersten Mal in den Armen hielt.

„Süß ist sie, nicht?" sagte sie zu Austin, und er gab ihr voll und ganz recht.

„Ich glaube, sie hat deine schönen großen Augen geerbt", sagte er strahlend, und Maria sah überrascht auf. Es hatte ja beinahe so geklungen, als sei das ein Vorteil. Maria hatte ihre Augen immer viel zu groß für ihr schmales Gesicht gefunden. *Hoffentlich nicht!* hätte sie am liebsten protestiert, doch diese Bemerkung verkniff sie sich.

Mrs. Paxton kam als erste zu Besuch. Maria hörte das Pochen ihres Gehstocks auf dem Pfad draußen und wartete auf das typische, lautstarke Anklopfen. Als statt dessen jedoch ein gedämpftes „Tag! Ich bin's!" ertönte, bat Maria sie lachend herein.

Humpelnd betrat die alte Frau das Haus und kam schnurstracks auf Maria zu.

„'n kleines Mädchen haben Sie also, hört man", sagte sie.

Maria nickte. Das Kind, das sie vorhin gestillt hatte, schlief zufrieden neben ihr.

„Ist ja 'n winziges Ding", sagte Mrs. Paxton barsch, doch Maria lächelte nur. Sie hatte sich längst an den Ton der alten Frau gewöhnt und wußte, daß sie es im Grunde gar nicht so meinte.

„Sie wird schon noch wachsen", antwortete sie ungerührt.

Die Frau nickte. „Wie soll das Würmchen denn heißen?"

„Offiziell heißt sie Margaret Mae, aber wir werden sie Maggie rufen."

Wieder nickte die alte Frau und pochte mit dem Gehstock auf dem Holzfußboden herum. *Auch eine von ihren schrulligen Angewohnheiten,* dachte Maria. Das Pochen verstummte, und Mrs. Paxton hob den Kopf.

„Und wie geht's Ihnen?" erkundigte sie sich unvermittelt.

„Prima", antwortete Maria, als sie sich etwas von ihrer Überraschung erholt hatte.

„Sie sehen weißer als Ihr Bettlaken aus", warf die Frau ihr unverblümt an den Kopf.

„Mir fehlt aber nichts. Ich kriege schon wieder Farbe, sobald der Doktor mich aufstehen läßt."

Wieder nickte die Frau. „Überstürzen Sie's bloß nicht mit dem Aufstehen", belehrte sie Maria schroff und fügte hinzu: „Möchten Sie 'ne Tasse Tee?"

„Mein Mann war gerade hier und hat mir welchen gemacht", antwortete sie, doch dann überlegte sie es sich blitzschnell anders. „Aber ich würde gern noch einen Tee trinken, wenn Sie so nett sein wollen, uns beiden einen zu kochen." Sie hatte noch nie mit Mrs. Paxton Tee getrunken.

Während die alte Frau sich in der Küche zu schaffen machte, setzte Maria sich im Bett auf und schüttelte sich ihr Kissen zurecht.

Es dauerte nicht lange, bis Mrs. Paxton mit einer Tasse in der Hand zurückkam.

„Nehmen Sie Milch und Zucker?" erkundigte sie sich.

Maria schüttelte den Kopf. Sie hatte sich beides längst

abgewöhnt, weil die Gegebenheiten sie dazu gezwungen hatten.

„Nein, danke", antwortete sie. „Ich trinke ihn schwarz." Sie zeigte auf den Stuhl in der Zimmerecke. Eins von Austins Oberhemden lag darauf.„Legen Sie das Hemd meines Mannes einfach woanders hin", sagte sie, doch Mrs. Paxton wehrte ab.

„Sieht aus, als müßte es sowieso gewaschen werden. Geradesogut kann ich mich auch draufsetzen." Und genau das tat sie auch.

※

Nach ihrer Kindbettwoche bat Maria Austin als erstes darum, sie zu Familie Laves zu bringen.

„Mutest du dir da nicht gleich ein bißchen zuviel zu?" fragte er besorgt.

„Ich muß unbedingt bei Mandy nach dem Rechten sehen", antwortete Maria. Ihr letzter Besuch bei der Farmersfrau lag schon viel zu lange zurück.

Austin gab nach, doch er kutschierte besonders behutsam.

Mandy Laves freute sich sichtlich über Marias Besuch. Sie begrüßte sie mit einem strahlenden Lächeln, doch dann zögerte sie plötzlich. Ihr Gesicht wurde blaß, und ihr Lächeln wirkte gezwungen, als sie Maria mit dem Säugling in ihre Küche bat.

„Ich habe von der Geburt eurer Tochter gehört. Ich wollte dich schon längst besucht haben", sagte sie und fügte leise hinzu: „Aber ich habe es einfach nicht fertiggebracht. Ich ... ich wußte nicht, ob ... ich den Anblick eines Säuglings verkraften würde."

„Oh ja, natürlich", sagte Maria. Daran hatte sie überhaupt nicht gedacht. Einen Moment lang herrschte betroffenes Schweigen. „Wäre es dir lieber, wenn ich ... gleich wieder gehe?" fragte Maria dann geradeheraus.

„Nein. Nein. Irgendwann muß ich mich der Sache doch stellen. Kann's ja nicht ewig vor mir herschieben", sagte

Mandy Laves tapfer und fügte dann zu Marias Überraschung hinzu: „Komm, laß mich das Kind mal auf den Arm nehmen."

Maria legte die kleine Maggie in die Arme der Mutter, die den Tod ihres Jüngsten noch immer nicht verschmerzt hatte, und sah ratlos zu, wie Tränen über das Gesicht der jungen Frau strömten.

Das war ein unverzeihlicher Fehler von mir, ging Maria mit sich selbst zu Gericht. *Eine erfahrene Frau wie Mrs. Angus hätte sich niemals so einen Schnitzer erlaubt.*

„Es tut mir entsetzlich leid", versuchte sie sich zu entschuldigen und streckte die Hände wieder nach ihrer kleinen Tochter aus.

„Nein, laß nur", sagte Mandy und hielt den Säugling fest umklammert. „Ich ... ich muß mich bloß endlich einmal ausweinen. Bitte ... bitte laß mich ein paar Minuten mit ihr allein."

Maria drehte sich um und verließ die Küche. Austin kam gerade vom Stall, wo er die Stute angebunden hatte, auf die Haustür zu. Er sah Maria fragend an, und sie senkte beschämt den Kopf. Eine helle Tränenspur lag auf ihren Wangen. Sie hob eine Hand, um sie wegzuwischen.

„Was ist denn?" fragte er und nahm ihre Hand.

„Sie ... sie hat mich gebeten, sie einen Moment mit Maggie allein zu lassen. Ach, Austin, sie weint sich da im Haus die Seele aus dem Leib. Ich hätte nie mit Maggie herkommen sollen. Ich hätte mir denken sollen, was passieren würde. Der Kummer sitzt noch zu tief. Sie kann den Anblick eines anderen Babys einfach nicht verkraften." Maria vergrub ihr Gesicht an der Schulter ihres Mannes und schluchzte heftig.

Er ließ sie weinen und klopfte ihr beruhigend auf die Schulter. Als sie sich wieder gefaßt hatte, trat sie einen Schritt zurück und sah zu ihm auf.

„Es tut mir furchtbar leid. Jetzt kommen sie bestimmt nie zur Kirche, und es war alles meine Schuld."

„Unsinn", sagte Austin und lieh ihr sein Taschentuch. „Wenn sie nicht zur Kirche kommen, dann trifft dich keinerlei Schuld daran. Du hast ihnen doch immer wieder und auf tausend Arten deine Freundschaft bewiesen." Er wartete, bis sie sich die Nase geputzt hatte. „Man weiß nie, wie ein trauernder Mensch in einer solchen Situation reagieren wird – und was ihm weiterhilft. Vielleicht ist die kleine Maggie ja eine bessere Seelsorgerin, als wir es je sein könnten."

Maria sah ihren Mann aus geweiteten Augen an.

„Vielleicht ist so ein winziger Säugling im Arm sogar die beste Medizin für Mandy", erklärte Austin ihr. „Es gibt verschiedene Sorten von Tränen. Hoffen und beten wir, daß diese hier Tränen der Heilung sind."

Auf dem Pfad vor dem Haus neigten sie die Köpfe, die Hände ineinander verschlungen, und beteten. Kaum hatte Maria sich ein letztes Mal die Nase geputzt, als sie hörten, wie die Tür hinter ihnen geöffnet wurde.

Mandy Laves hielt Maggie noch immer umklammert, doch die Tränen waren inzwischen versiegt.

„Entschuldigt", sagte sie, und ihre Lippen zitterten noch immer ein wenig. „Bitte kommt doch herein. Ich ... ich glaube, jetzt bin ich über das Ärgste hinweg."

※

Am darauffolgenden Sonntag erschien die komplette Familie Laves zum Gottesdienst.

„Wir haben's viel zu lange vor uns hergeschoben", sagte Charles. „Höchste Zeit, daß die Kinder endlich in die Sonntagsschule gehen." Leiser fügte er hinzu: „Und wir brauchen 'nen Glauben, der uns Halt gibt."

※

Zu den vielen Vorteilen, die das Gemeindehaus bot, gehörte auch eine kleine Dienststube für Austin, so daß Maria jetzt viel mehr Platz im Wohnzimmer hatte. Dies empfand sie als große Erleichterung, denn nur dort konnten sie das kleine Kinderbett für Maggie unterbringen.

Maria staunte immer wieder darüber, wie schnell ihre

Tochter wuchs. Sie tat sich schwer, passende Babykleidung zu beschaffen. Doch immer, wenn sie kurz vor dem Verzweifeln war, geschah wieder ein kleines Wunder, und Maggie war mit Kleidung versorgt.

Das Wäschewaschen war anstrengend für Maria. Da sie nur wenig an Kleidung für das Baby hatte, mußte sie fast jeden Tag das Waschbrett hervorholen. Hinter dem Ofen hielt sie eine Waschschüssel bereit, und die Windeln wusch sie sofort nach jedem Gebrauch aus. Anschließend hängte sie sie auf die Leine und hoffte inständig, daß wenigstens eine von ihnen bis zum nächsten Wickeln trocken sein würde.

So schwierig das Wäschewaschen auch war, Maria beklagte sich mit keinem Wort. Sie war dankbar, überhaupt Windeln zur Verfügung zu haben. Doch durch den täglichen Umgang mit dem Waschbrett wurden ihre Hände rot und rauh. *Wenn ich doch nur Schmalz im Haus hätte, um sie mir etwas einzuschmieren!* dachte sie oft, und sie war froh, ein Paar Handschuhe zu besitzen, in denen sie ihre unansehnlichen Hände sonntags verstecken konnte.

Maggies erster Sommer

Erst als der Lärm von dem Spielplatz nebenan in voller Lautstärke ertönte, hatte Maria das Gefühl, daß es richtig Sommer geworden war. Mit dem Anfang der Sommerferien hatten die Kinder mehr Zeit zum Spielen. Manchmal stand Maria am Schlafzimmerfenster und sah sich ein Baseballspiel an.

Es war schon Mitte Juli, als ihr plötzlich bewußt wurde, daß Ben Cross fehlte. Sonderbar. Ben spielte für sein Leben gern Baseball.

Maria nahm die kleine Maggie mit auf den Spielplatz. Gleich in der nächsten Spielpause winkte sie Tommy näher.

„Wo steckt Ben eigentlich?" erkundigte sie sich.

„Der is' krank", antwortete Tommy und wollte wieder auf den Sportplatz laufen.

„Ist es schlimm?" rief Maria.

Tommy drehte sich halb zu ihr um und rief ihr über die Schulter zu: „Keine Ahnung. Hab' ihn länger nicht gesehen."

Maria suchte das Spielfeld nach Tim, Bens jüngerem Bruder, ab. Er stand im rechten Feld. *Ich warte halt die nächste Spielpause ab und frage ihn nach Ben,* sagte sie sich und setzte sich ins Gras. *Wir hätten längst nach ihm sehen sollen,* schalt sie sich. Die beiden waren mehrere Sonntage nicht mehr in der Gemeinde gewesen.

Als Tim am Spielfeldrand darauf wartete, den Schläger abzulösen, rief Maria ihn zu sich, und er kam auf der Stelle zu ihr. „Ich habe gehört, daß dein Bruder krank ist", sagte Maria.

Er nickte, und seine wirren Haare wippten auf und ab.

„Wie lange ist er denn schon krank?" erkundigte sie sich.

„Och, schon länger", sagte er achselzuckend.

„Was hat er denn?"

„Das wissen wir auch nicht."

„War der Doktor schon bei ihm?"

Tim schüttelte den Kopf. „Papa hält nichts von Ärzten", sagte er zu Marias Entsetzen.

„Sag mal, was hat er denn für Beschwerden?" fragte sie ihn.

Tim sah sie ratlos an. „Weiß nicht. Er fühlt sich halt mies", antwortete er.

„Hat er einen Ausschlag? Erbricht er? Hat er Fieber?"

Tim schien zu überlegen. „Also, 'nen Ausschlag hat er schon mal nicht", antwortete er dann. „Und erbrechen tut er auch nicht, glaub' ich. Er kotzt halt bloß dauernd und kann nichts essen."

Maria nickte. Trotz ihrer Sorge zupfte ein Schmunzeln an ihren Mundwinkel. Sie hob sich Maggie auf die Hüfte und ging wieder in ihre Küche.

Dort legte sie das Baby auf den Fußboden und durchsuchte ihre Schränke. Üppig waren sie nicht gerade gefüllt, aber vielleicht reichten die Vorräte für eine nahrhafte Eiermilch. Maria machte sich an die Arbeit.

Sobald sie das Getränk zubereitet hatte, setzte sie sich ihre Haube auf, band der kleinen Maggie eine Mütze auf und ging los.

Bis zu dem Haus von Familie Cross war es nicht weit. Maria war noch nie dort gewesen. Als sie auf das Haus zuging, fiel ihr der Hund ein. Er war als außerordentlich bissig bekannt. Vielleicht hätte sie Maggie bei ihrem Papa im Gemeindehaus lassen sollen. Doch Mr. Cross saß auf der baufälligen Veranda, und ein einziges Wort von ihm sorgte dafür, daß sich der knurrende Hund wieder hinlegte.

„Ich habe gehört, daß Ben krank ist", erklärte Maria den Grund ihres Kommens, bevor er sie fragen konnte, was sie hier verloren habe. Der stämmige Mann nickte nur. Er hatte ein abweisendes Gesicht, breite Schultern und von der Arbeit schwielige Hände.

Mr. Cross galt als der fleißigste Mann im ganzen Ort.

Er betrieb den Mietstall und das Fuhrunternehmen. Seine Pferde behandelte er mit der gleichen Härte, die er sich selbst abverlangte. Er war derartig hinter dem Geld her, hieß es, daß er nie Zeit für seine Familie und Freunde hatte. Maria war regelrecht erstaunt, ihn auf der Veranda beim Nichtstun anzutreffen.

„Ich habe eine Eiermilch für Ben gemacht", sagte sie. „Tim hat mir erzählt, daß er nichts essen kann."

Wieder nickte der Mann.

„Darf ich zu ihm?" bat Maria.

„Er is' im Haus", sagte der Mann und zeigte mit dem Daumen über seine Schulter hinter sich. Maria wertete es als ein Einverständnis.

Sie wollte gerade auf die Tür zugehen, als sie an ihre kleine Tochter dachte. Womöglich war die Krankheit ansteckend. Ach, hätte sie die Kleine doch nur bei ihrem Papa gelassen! Was sollte sie jetzt nur tun?

Sie zögerte kurz und hörte sich dann zu ihrer eigenen Überraschung sagen: „Würden Sie wohl bitte solange meine Tochter halten? Ich möchte sie lieber nicht mit in das Krankenzimmer nehmen."

Einen Moment lang starrte der Mann sie an, als wollte er sagen, daß ihm noch nie jemand ein Baby zu hüten gegeben hatte, ihm, dem Fuhrunternehmer und Mietstallbesitzer Cross mit seinen ölverschmierten Händen und seinem barschen Ton, mit seinen regelmäßigen Wutausbrüchen und seiner Gossenausdrucksweise. Wie kam sie nur auf die Idee, ihm ihre kleine Tochter in ihrem frisch gebügelten, fleckenlosen Kleidchen zu reichen?

Sprachlos streckte er die Hände aus, um das Kleinkind in Empfang zu nehmen.

„Vielen Dank", sagte Maria mit einem freundlichen Lächeln und verschwand mit ihrem Krug im Haus.

In einer Ecke wippte eine Frau apathisch in einem Schaukelstuhl. Unter den Kufen des Schaukelstuhls ächzte der Fußboden leise. Auf einer Liege an der Wand lag Ben. Maria erkannte ihn kaum wieder. Sein Gesicht war fieberrot, und seine

Wangen waren eingefallen und hohl. Er sah aus, als hätte er mehrere Pfund abgenommen.

„Ich habe gehört, daß Ben krank ist", sagte Maria erklärend zu der Frau.

Die Frau nickte. Sie wirkte erschöpft.

„Ich habe ihm eine Eiermilch gemacht", sagte Maria.

Die Frau sah sie überrascht an, doch sie regte sich nicht.

„Haben Sie ein Glas?" bat Maria.

Wortlos stand die Frau auf und ging in die Küche. Mit einem Glas in der einen Hand kam sie in die Stube zurück. Maria nahm das Glas und kniete sich vor dem kranken Jungen auf den Fußboden.

„Ben?" sagte sie. „Ben? Ich bin's, Mrs. Barker. Kannst du mich hören, Ben?"

Er regte sich schwach.

„Ich habe dir etwas zu trinken mitgebracht", fuhr Maria fort. „Kannst du einen Schluck trinken? Komm, nur einen winzigen Schluck. Hier, versuch's mal. Na, prima! Und noch einen Schluck."

Er fuhr sich mit der Zunge über die ausgetrockneten Lippen. Marias Hoffnung stieg.

„Komm, noch einen Schluck", überredete sie ihn. „Prima machst du das."

Er schaffte es nicht, das Glas leerzutrinken, doch Maria war zufrieden. Die Mutter, die alles mit angesehen hatte, brach ihr Schweigen: „Das war das erste, was er seit zwei Tagen zu sich genommen hat."

„Ich lasse Ihnen den Rest hier", sagte Maria. „Versuchen Sie es später noch einmal."

Die Frau nickte.

„Ich will sehen, ob ich mehr Milch und Eier bekommen kann. Dann bringe ich Ihnen noch eine Eiermilch. Wenn es uns nur gelingt, ihm etwas Nahrung einzuflößen ..." Maria führte den Satz nicht zu Ende. „Haben Sie einen Waschlappen und etwas kühles Wasser?" fragte sie dann, und die Frau ging wieder in die Küche. Kurz darauf hörte Maria die Pumpe hinter dem Haus.

Wenig später stand Mrs. Cross wieder neben ihr. „Hier", sagte sie und reichte Maria ein Stück eines alten Handtuchs und eine Schüssel mit Wasser.

Maria tauchte das Tuch in das Wasser. Es war frisch und kühl. Mit dem feuchten Tuch betupfte sie dem Jungen das Gesicht und die Arme.

„Das senkt das Fieber", erklärte sie der Frau. „Sie können es ungefähr jede Stunde wiederholen. Dadurch wird er sich auch besser fühlen."

Die Mutter nickte. Bestimmt hatte sie vor Ratlosigkeit die Hoffnung schon aufgegeben. Ben bewegte sich, als er das kühle Tuch auf seinem Gesicht spürte.

„So, Ben", sagte Maria, „bald geht es dir besser, du wirst schon sehen." Maria tauchte das Tuch wieder in die Schüssel, als sie plötzlich ein helles Lachen von der Veranda her hörte. Anscheinend hatte die kleine Maggie ihren Spaß in der Gesellschaft des bärbeißigen Mannes.

„Sie sehen ja furchtbar erschöpft aus", sagte Maria zu Bens Mutter.

Mrs. Cross nickte. „Hab' fast seit einer Woche kaum geschlafen", gestand sie. „Ich bin mit meiner Kraft am Ende."

„Sie hätten sich Hilfe ins Haus holen sollen", sagte Maria mitfühlend.

„Wir haben hier keine Verwandtschaft", antwortete die Frau.

„Aber die Nachbarn hätten doch ..."

„Mit den Nachbarn verstehen wir uns nicht", fiel die Frau ihr ins Wort.

„Also, heute abend komme entweder ich oder mein Mann", versprach Maria, „damit Sie endlich einmal eine ganze Nacht schlafen können."

Die Frau sah sie überrascht an. Nach einem kurzen Schweigen fragte sie: „Sie sind doch die Frau vom Pastor, nicht?"

Maria nickte. „Wir freuen uns immer riesig, wenn Ihre Jungs zur Sonntagsschule kommen, auch wenn es nur ab und zu ist."

„Sie haben's klammheimlich gemacht", antwortete die

Frau, und ihre Stimme senkte sich zu einem Flüstern. „Zuerst dachten wir, sie spielen irgendwo, aber dann kam's raus. Mein Mann hat die beiden ordentlich verdroschen, als er Wind von der Sache bekommen hat."

Maria wand sich innerlich vor Entsetzen. Wie konnte man nur so grausam zu Kindern sein? Sie hatten doch nichts Schlimmes getan. Sie waren einfach nur in die Sonntagsschule gegangen. Und dann fing sie plötzlich an zu zittern. Dieser Kinderprügler hielt ihr Baby auf dem Schoß!

Sie stand auf und ging eilig zur Tür, doch gerade in dem Moment hörte sie Maggie wieder vor Vergnügen kreischen und lachen.

„Ich muß jetzt gehen." Sie zögerte. „Aber ich komme bald wieder", sagte sie. *Und meine Tochter lasse ich dann tunlichst bei ihrem Vater,* dachte sie.

Doch was sie auf der Veranda sah, ließ sie unvermittelt stehenbleiben. Der grobschlächtige Mann saß grinsend da und hielt Maggie behutsam auf einem Knie, während er mit seiner freien Hand einen alten Strumpf in den Vorgarten schleuderte. Die Bestie von Hund raste hinter dem Strumpf her, um ihn dann seinem Herrchen wiederzubringen. Die kleine Maggie wedelte begeistert mit den Ärmchen durch die Luft, und aus ihren Augen blitzte die reinste Lebensfreude.

Maria lächelte und trat aus dem dunklen Haus ins Licht. Anstatt ihre Tochter wieder in Empfang zu nehmen, lehnte sie sich an einen Verandapfosten und ließ ihren Blick zu den Ställen wandern. In der Koppel davor standen mehrere Pferde. Ob sie wohl schon ihr Futter bekommen hatten? Die Leute sagten Mr. Cross nach, er sorge besser für seine Pferde als für seine Söhne. Immerhin waren seine Pferde sein „Broterwerb", wie er unverhohlen sagte.

„Ihr Sohn ist wirklich sehr krank, nicht?" sagte Maria mitfühlend.

Der Mann zog Maggie etwas näher an sich, ohne zu antworten.

„Wenn er mein Sohn wäre, würde ich mir große Sorgen machen", sagte Maria. Sie drehte sich um und sah den Mann an, der ihre Tochter auf dem Schoß hatte. Maggie langte mit einer pummeligen Hand nach dem struppigen Bart des Mannes und faßte mitten hinein.

„Er hat etwas von der Eiermilch getrunken", sagte Maria zuversichtlich. „Ich bringe ihm demnächst noch einen Krug. Wenn er die Eiermilch nur bei sich behalten kann, dann ..." Mitten im Satz verstummte sie. Der große Hund kam zu seinem Herrchen gelaufen und beschnupperte Maggie, die vor Vergnügen laut quietschte.

So gefährlich scheint er ja gar nicht zu sein, dachte Maria und schmunzelte.

„Ich habe gehört, er sei furchtbar bissig", sagte sie spaßend und zeigte auf den Hund, der es geduldig zuließ, daß Maggie an seinem Fell zupfte.

„Der kann 'nem Maultier 'n Bein ausreißen", sagte der Mann ungerührt.

„Aber warum läßt er sich dann gefallen, daß ..."

Der Mann zuckte mit den Achseln. „Bei so 'nem Baby wird's ja dem größten Untier warm ums Herz", sagte er mit leiser, brüchiger Stimme.

Maria stand wortlos da und blinzelte gegen ihre Tränen an. Dann ging sie auf den Mann und ihr Kind zu. Der Hund ließ ein tiefes Knurren ertönen, und der Mann wies ihn mit ein paar barschen Worten in seine Schranken. „Er weiß nicht, daß die Kleine Ihnen gehört", entschuldigte er sich. „Denkt, sie gehört ihm."

„Wenn ich je einen Wachhund brauche", sagte Maria, als sie die Arme nach Maggie ausstreckte, „dann weiß ich, wo ich einen finde."

Der grobschlächtige Mann konnte sich ein Grinsen nicht verkneifen.

✻

Maria brachte dem kranken Jungen in regelmäßigen Abständen Eiermilch und dann Suppen und Aufläufe. Austin kam mehrmals, um über Nacht die Pflege des Jungen zu übernehmen, damit seine Eltern schlafen konnten. Allmählich besserte sich Bens Befinden, und nach einigen Wochen konnte er schon wieder ohne Hilfe aufstehen.

Von da an kam er schnell wieder zu Kräften. „Paß nur auf, bald stehst du wieder auf dem Baseballfeld", spaßte Austin, als er einmal mit Maria zu Besuch gekommen war.

Der Junge grinste.

Mrs. Cross kam mit einem Krug Limonade aus der Küche. „Sobald er wieder auf den Beinen ist, geht er als allererstes in die Kirche", sagte sie aus tiefstem Herzen.

Austin und Maria wechselten schnell einen Blick. Damit hatten sie nicht gerechnet. Keiner von beiden wagte etwas zu sagen. Maria sah sich verstohlen nach Mr. Cross um. Wie dachte er wohl darüber?

Er hatte Maggie auf den Knien und spielte Hoppe-hoppe-Reiter mit ihr. Von Anfang an hatte er sie als „mein Mädchen" beschlagnahmt, und das schien ihr auch vollkommen recht zu sein, denn sie begrüßte ihn immer strahlend und klatschte dabei vor Freude in die Hände.

„Es hat Zeiten gegeben, als ich meinen Jungs verboten hab', in die Kirche zu gehen", gab er zu, ohne aufzusehen.

„Und dürfen sie es jetzt?" fragte Austin behutsam.

Der hünenhafte Mann hob den Kopf und sah dem Pastor geradewegs ins Gesicht.

„Nicht ohne mich", sagte er schlicht.

∗

Niemand in ganz Carlhaven hätte es für möglich gehalten, daß Matt Cross der erste sein würde, den der Pastor bekehrte. Maria hatte in erster Linie für die verbitterte Mrs. Paxton und das Ehepaar Laves gebetet und sogar für den schwer einzuordnenden Mr. Smith, der Gott immer wieder bei einem seiner kleinen Wunder unter die Arme griff und sich zugleich standhaft weigerte, zum Gottesdienst zu kommen.

Es ließ sich zwar nicht leugnen, daß Mrs. Paxton im Laufe der Monate etwas umgänglicher geworden war, doch ihre

Stimme hatte nach wie vor einen schroffen Ton, sie äußerte sich noch immer verächtlich über alles und jeden, und sie war noch kein einziges Mal im Gottesdienst gewesen.

„Ich hab' Ihnen zwar das Haus geschenkt", sagte sie spitz, „aber denken Sie bloß nicht, daß Sie es inklusive Besitzerin gekriegt hätten."

Maria wußte, wie unklug es wäre, die Frau unter Druck zu setzen. Sie behandelte sie einfach weiterhin mit Freundlichkeit und Herzlichkeit.

Familie Laves kam zwar regelmäßig in die Gemeinde, doch als Austin die beiden Farmersleute fragte, ob sie Jesus als ihren persönlichen Heiland annehmen wollten, gaben sie eine ausweichende Antwort.

„Wir sind zwar keine Heiden", sagte Charles, „aber zu dem Schritt sind wir noch nicht bereit. Ich glaub', der Kummer sitzt noch zu tief. Wir brauchen Zeit, um darüber hinwegzukommen. Wir sind ja beide noch innerlich wie betäubt."

So hatten Austin und Maria sich betend in Geduld gefaßt und sich gefragt, wer wohl als erster zum Glauben kommen würde. Nie im Leben hätten sie damit gerechnet, daß es ausgerechnet der hartgesottene Mietstallbesitzer sein würde.

„Gottes Wege sind tatsächlich unergründlich", staunte Maria, nachdem der breitschultrige Mann vor dem Altar des Gemeindesaales gekniet hatte, um Gott unter Tränen um die Vergebung seiner Sünden und ein reines Herz anzuflehen.

Überall war die Freude groß. Matt Cross war jahrelang als ein arbeitsbesessener, geldgieriger Mensch bekannt gewesen. Für andere Leute hatte er nie Zeit gehabt. Seine einzige Abwechslung von der Arbeit war der Whiskey gewesen. Mehrere Monate lang konnte er nüchtern bleiben und seiner Arbeit nachgehen, doch dann ließ er plötzlich alles liegen und stehen und griff zur Flasche. Der Alkohol machte einen völlig anderen Menschen aus ihm. Seine Kinder gingen ihm dann tunlichst aus dem Weg. Seine Frau litt am meisten unter seiner Gewalttätigkeit. Sogar sein gefährlicher Hund hatte Angst vor ihm.

Doch jetzt hatte der Mann die tiefgreifendste Entscheidung

seines Lebens getroffen. Er wurde der erste Neubekehrte in der kleinen Kirchengemeinde am Ort.

Eigentlich war es nur logisch, dachte Maria, daß Mrs. Cross sich als nächste zu Gott bekehrte. Doch obwohl Austin ihr eingehend erläutert hatte, wie man das Geschenk der Sündenvergebung aus Gottes Hand annimmt, zögerte sie. Sie wollte durchaus, daß ihre Söhne „fromm" erzogen wurden. Sie hatte auch keinerlei Einwände dagegen, daß ihr Mann Christ geworden war. Was sie jedoch selbst betraf, so wollte sie erst einmal abwarten.

Maria konnte es ihr nicht verdenken. „Sie war so viele Jahre mit einem skrupellosen, herrschsüchtigen Mann verheiratet, daß sie sich bestimmt kaum vorstellen kann, wie Gott ihn von Grund auf ändern kann", sagte sie zu Austin. „Wir müssen ihr einfach Zeit lassen."

Austin nickte, doch sie wußten beide, wie schwer ihnen das fallen würde, denn es ging immerhin um die Seele eines Menschen.

Taufe

Maria war voll ausgelastet mit ihrem Garten, den Hausbesuchen, ihrem Haushalt, dem Versorgen ihrer kleinen Tochter und ihren Pflichten in der Gemeinde.

Noch immer fühlte sie sich ihrer Rolle nicht gewachsen. Sie war fest davon überzeugt, daß man in der kleinen Kirchengemeinde unendlich viel mehr erreichen könnte, wenn Austin nur eine tüchtigere Frau gehabt hätte. Doch es war eine große Freude, die Veränderungen an Mr. Cross zu beobachten. Er kam nicht nur regelmäßig zum Gottesdienst, sondern traf sich auch einmal in der Woche mit Austin zum gemeinsamen Bibellesen und zu Gesprächen über die christliche Lebensführung.

Der junge Ben gewann von Tag zu Tag an Kräften, und bald war er wieder auf dem Baseballfeld auf dem Nachbargrundstück anzutreffen. Maria lief es eiskalt über den Rücken, wenn sie daran dachte, daß sein Leben an einem seidenen Faden gehangen hatte.

Der Sommer war trocken, und die Farmersleute sorgten sich um ihre Heuernte. „Da lohnt sich das Mähen ja kaum", hörte Maria die Männer überall sagen.

„Tja, mehr gibt's dieses Jahr nicht", sagte jemand anders. „Wir müssen halt nehmen, was wir kriegen können."

Doch Maria spürte den Leuten eine gewisse Beklommenheit ab. Womöglich würden sie ihre Tiere nicht durch den Winter füttern können.

Trotz der Trockenheit sah Marias Garten vielversprechend aus. Sie hatte viele heiße Sommerstunden damit verbracht, eimerweise Wasser aus dem Bach heranzuschleppen, und die Mühe hatte sich sichtlich gelohnt. Maria war dankbar für die gesunden Gemüsepflanzen. Bald konnte sie ihre Ernte für den Winter einkellern, und damit war die Versorgung mit Nahrungsmitteln für die kalte Jahreszeit weitgehend gesichert.

※

„Ich hab' leider schlechte Nachrichten für Sie", sagte Mrs. Landers eines Sonntags vor der Tür des kleinen Gemeindehauses zu Maria. Marias Augen weiteten sich erschrocken. Hoffentlich war niemand krank.

„Unserem Nachbarn sind die Schweine ausgerückt", berichtete Mrs. Landers.

Maria begriff nicht gleich, was das mit ihr zu tun hatte.

„Meinen Garten haben sie nicht angerührt, aber Ihren hat's arg erwischt", fuhr die Frau fort.

Maria wurde das Herz schwer. Was sollte sie nur ohne ihren Garten tun? Sie hatte Mühe, Austins Predigt zu folgen, und als Maggie unruhig wurde, benutzte Maria diesen Vorwand, um an die frische Luft zu kommen. Ihr war so, als müßte sie ersticken.

So schlimm wird es schon nicht sein, versuchte sie sich zu trösten. *Ich weiß doch, wie ein Garten aussieht, in dem die Schweine waren. Man glaubt, man hat ein Schlachtfeld vor sich, aber sie lassen immer eine Menge übrig.*

Sie konnte unmöglich am Tag des Herrn zu ihrem Garten gehen, um den Schaden zu begutachten. Sie mußte sich wohl oder übel bis zum nächsten Morgen gedulden, so schwer ihr das auch fiel.

„Die Schweine waren in meinem Garten", sagte sie am Montag morgen zu Austin. „Ich gehe mal schnell und sehe mir den Schaden an."

Die Sonne hing noch über dem Horizont im Osten, und das Wasser für die Morgenwäsche kochte auf dem Küchenherd. Austin konnte sich ausrechnen, wie besorgt Maria war.

„Soll ich für dich hingehen?" erbot er sich.

„Nein, ich muß es mir schon selbst ansehen", antwortete Maria.

„Soll ich mitkommen?"

„Nicht nötig. Aber würdest du bitte bei Maggie bleiben? Sie schläft noch."

Er nickte, und Maria setzte sich ihre Alltagshaube auf, um eilig loszugehen.

Der Garten war ärger verwüstet, als sie befürchtet hatte. Von der ganzen Ernte war so gut wie nichts übrig. Hier und da lag eine halb gefressene Kartoffel auf dem Beet. Entlang der Pflanzenreihen fanden sich ein paar vergessene Möhren und Rüben. Im großen und ganzen hatten die Schweine jedoch die Arbeit eines ganzen Sommers zunichte gemacht.

Maria wäre am liebsten in Tränen ausgebrochen, doch statt dessen bückte sie sich, um die Gemüsereste aufzusammeln.

„Ach, lieber Gott", betete sie bei der Arbeit, „du weißt, was hier passiert ist. Du weißt auch, wie sehr wir auf diese Ernte angewiesen waren, um im Winter genug zu essen zu haben. Aber du hast doch versprochen, uns alles zu geben, was wir brauchen, Herr; demnach hast du wohl etwas anderes vor. Hilf mir, geduldig darauf zu warten."

Maria hatte gerade die letzten Gemüsereste aufgesammelt, als sie ein Gespann auf der Straße hörte. Der Kutscher hielt die Pferde an und stieg schwerfällig aus. Es war Mr. Briggs, der Rechtsanwalt von Carlhaven.

„Hab' gehört, daß Ihr Garten verwüstet worden ist", sagte er, während er auf sie zukam.

Maria nickte nur bekümmert.

„Der Mann hat's noch nie für nötig gehalten, seine Schweine vernünftig einzuzäunen. Das war nicht das erste Mal, daß sie ihm ausgebüxt sind. Schlamperei, so was. Die Nachbarschaft hat langsam die Nase voll davon."

Maria sagte nichts.

„Sie können damit rechnen, daß der Richterspruch zu Ihren Gunsten ausfällt, wenn Sie Anzeige erheben", beriet er sie. „Jeder weiß doch, wie dringend Sie Ihr Gemüse brauchten. Vielleicht kriegen Sie den Schaden nicht hundertprozentig ersetzt, aber der Richter kann dafür sorgen, daß der Mann Ihnen wenigstens das meiste davon zurückzahlt."

Maria sah überrascht auf und brachte dann ein zaghaftes Lächeln zustande. „Nein", sagte sie leise. „In der Heiligen Schrift steht, daß wir unseren Bruder nicht vor Gericht bringen sollen."

„Er ist doch gar kein Bruder", argumentierte Mr. Briggs. „Der war bei seiner eigenen Kindstaufe das letzte Mal in einer Kirche."

Maria warf ein Kartoffelstück in ihren Eimer und seufzte. „Um ganz ehrlich zu sein, Mr. Briggs", sagte sie bedachtsam, „weiß ich auch nicht, wovon wir diesen Winter leben sollen. Aber ich finde es nicht richtig, jemand anders vor Gericht zu bringen. Wir würden den Mann ja nie für den Glauben an Gott gewinnen, wenn wir so etwas täten!"

Mr. Briggs zuckte mit den Achseln und trat mit der Fußspitze gegen einen Erdklumpen. „Und das ist Ihnen wichtiger als Ihr Essen?" fragte er mit einem Sarkasmus in der Stimme, der nicht zu überhören war.

„Ja", sagte Maria und begegnete seinem Blick ungerührt. „Ja, das ist mir wichtiger."

Der Mann trat von einem Fuß auf den anderen und starrte in die Ferne, um dem klaren Augenpaar der zierlichen Frau auszuweichen. Maria hob ein Möhrenstück vom Boden auf.

„Wem gehören die Schweine eigentlich?" erkundigte sie sich, um ihre Frage gleich darauf schon zu bereuen. Es wäre leichter, nicht nachtragend zu sein, wenn sie es nicht wüßte.

„Einem Farmer namens Carl."

Carl? Der Name kam Maria bekannt vor. Natürlich, der Junge namens Carl! Sie hatte ihn seit längerem nicht gesehen. Der schüchterne Junge war ihr irgendwie sympathisch gewesen. Das war eigentlich ein weiterer Grund, den Mann nicht anzuzeigen.

„Wir kommen schon irgendwie zurecht", sagte Maria zuversichtlicher, als ihr zumute war. „Ich weiß zwar nicht, wie – aber Gott wird uns schon nicht im Stich lassen."

Mr. Briggs nickte zwar, doch Marias Entscheidung war ihm sichtlich unbegreiflich. Er wünschte ihr noch einen guten Tag und fuhr kopfschüttelnd weiter.

Maria wollte gerade mit ihren Gemüseeimern nach Hause gehen, als Austin mit der kleinen Maggie auf den Armen herankam.

Er sah sich den Schaden an und griff dann nach Marias Hand.

„Ziemlich schlimm, nicht?" meinte er.

Maria nickte. Es ließ sich nicht leugnen.

„Für eine neue Aussaat ist es zu spät", bemerkte er, und wieder nickte Maria. Das Wetter war zwar noch warm, doch es war mittlerweile Zeit für die Ernte, nicht für die Aussaat.

„Ist das alles, was übriggeblieben ist?" fragte Austin und zeigte mit einer Kopfbewegung auf die Eimer.

„Ja", sagte Maria mutlos.

Austin reichte Maria das Kind und nahm die Eimer. „Dann bringen wir's am besten gleich nach Hause", sagte er, und gemeinsam machten sie sich auf den Heimweg.

*

Es hatte sich bald herumgesprochen, daß Mr. Carls Schweine den Gemüsegarten des Pastors völlig verwüstet hatten, doch daß der Pastor keinerlei Absichten hegte, den Schuldigen anzuzeigen.

Manche Ortsbewohner betrachteten diese Entscheidung als selbstlos und edelmütig. Andere hielten sie für die reinste Dummheit. Immerhin war der Pastor auf die Gemüseernte angewiesen und hatte allen Grund, Schadenersatz zu fordern. Die Schweine waren auf frischer Tat ertappt worden, und jedermann wußte, wem sie gehörten.

Austin ahnte nichts von dem Wirbel, den die Angelegenheit im ganzen Ort verursacht hatte. Als sich die Debatten dann endlich gelegt hatten, stand eins außer Frage: Dem Pastor lag mehr an der Seele eines einzigen Mannes als an seinem eigenen leiblichen Wohl. Wie man auch sonst über ihn denken mochte, so konnte man ihn in dieser Hinsicht eigentlich nur bewundern.

Niemand schien zu wissen, daß es Maria gewesen war, die das Angebot, durch eine Anzeige zu ihrem Recht zu kommen, ausgeschlagen hatte.

※

„Matt will sich taufen lassen!" Die Freude in Austins Stimme war nicht zu überhören. Maria freute sich mit ihm.

„Das ist ja wunderbar!" rief sie.

Inzwischen war es Herbst geworden, und der Winter näherte sich mit Riesenschritten. Für eine Taufe im Fluß war die Jahreszeit nicht sehr geeignet.

„Wann soll die Taufe sein?" fragte Maria denn auch.

„Sobald wir alles regeln können."

„Doch nicht etwa noch diesen Herbst?"

Austin nickte. „Ich hoffe, daß wir alles für nächsten Sonntag ausrichten können. Ich muß mit dem Vorstand sprechen. Der Vorstand muß sein Glaubensbekenntnis noch hören."

Aber für eine Taufe ist es doch schon viel zu kalt! wollte Maria protestieren, doch sie schwieg. Austin war immerhin derjenige, der eine solche Entscheidung zu treffen hatte. Er war schließlich der Pastor.

Der Vorstand lud den Kandidaten vor und ließ ihn vorbehaltlos zur Taufe zu. Die letzten Vorbereitungen wurden getroffen.

Die Gemeinde versammelte sich am Flußufer zum Morgengottesdienst. Das Wetter war kalt, und ein forscher Wind wehte von Norden her. Maria verspürte eine innere Unruhe und schämte sich zugleich wegen ihres Kleinglaubens.

Es war eine große Freude, mitzuerleben, wie Austins erster Neubekehrter in den Fluß hineinwatete und mit tränenüberströmtem Gesicht vor allen, die sich am Ufer eingefunden hatten, seinen Glauben bezeugte.

„Ich weiß, welchen Ruf ich in diesem Ort gehabt habe", sagte er ihnen. „Auf diesen Ruf bin ich alles andere als stolz. Aber Gott hat einen neuen Menschen aus mir gemacht. Einen neuen Matt Cross. Von jetzt an will ich mir auch einen neuen

Ruf verdienen. Ich will einer sein, der für seine Nächstenliebe bekannt ist. Der für seine Treue zu seinem Gott bekannt ist. Ich habe eine solche Nächstenliebe und eine solche Gottestreue selbst vorgelebt bekommen. Das hat mir die Augen für die Wahrheit geöffnet."

Er sah geradewegs in Marias Richtung, während er es sagte. *Sogar bei seiner Taufe denkt er an seine kleine Maggie*, dachte Maria, die ihre kleine Tochter auf dem Arm hatte, und ihr kamen die Tränen.

Nach der Taufe wickelte Matt sich in eine Wolldecke und drängte sich dicht an seine Familie.

Austin stellte sich in seiner nassen Kleidung vor die versammelte Gemeinde und hielt eine kurze Predigt.

Er wird sich noch den Tod holen, sorgte Maria sich.

Sie hatten schon vorher darüber gesprochen. Eigentlich hätte er etwas Trockenes anziehen sollen, aber er besaß nur einen Sonntagsanzug.

„Ich predige halt kürzer als sonst", hatte Austin versprochen, und damit hatte Maria sich begnügen müssen.

Auf der Heimfahrt in dem Einspänner fror Austin jedoch so erbärmlich, daß ihm die Zähne aufeinanderschlugen.

„Zieh sofort die nassen Sachen aus und leg dich ins Bett", ordnete Maria an. „Ich versorge in der Zeit die Stute."

Er widersprach nicht. Mit Maggie auf dem Arm lief er ins Haus.

Als Maria aus dem Stall zurückkam, wo die Stute untergebracht war, zitterte Austin noch immer. Anstatt des nassen Anzugs trug er eine alte Hose und ein warmes Hemd, aber das Herdfeuer war ausgegangen, und das ganze Haus war ausgekühlt.

Maria schickte ihn ins Schlafzimmer, um die Bettdecke zu holen, während sie das Feuer wieder in Gang brachte. Die kleine Maggie krabbelte derweil vergnügt durch die Stube und spielte.

Das schlichte Sonntagsessen bestand aus gekochtem Gemüse, Spiegeleiern und Brot. Maria wünschte sich, etwas Nahrhafteres im Haus zu haben.

Austin fror fast den ganzen Tag, so sehr Maria sich auch um ihn bemühte. Sie wärmte sogar Handtücher im Herd und wickelte sie dann um ihn. Trotzdem zitterte er vor Kälte.

Am nächsten Morgen hatte Austin hohes Fieber. Er hustete und nieste abwechselnd, und Maria machte sich auf ein langes Krankenlager gefaßt.

Sie mußte ihm unbedingt etwas Nahrhaftes zu essen kochen. Sie brauchte Fleischbrühe, doch sie hatte weder Fleisch im Haus noch die Aussicht, welches kaufen zu können. So kochte sie einen Tee nach dem anderen und redete ihrem Mann zu, möglichst viel davon zu trinken.

Bis zum Abend hatte sich seine Erkältung noch verschlimmert. *Wenn ich doch nur ein Huhn hätte!* dachte Maria. *Dann könnte ich ihm eine Hühnersuppe kochen. Mama hat auch immer Hühnersuppe gekocht, wenn jemand erkältet war.*

Doch Maria hatte kein Huhn.

Am nächsten Tag hatte sich die Erkältung in seiner Brust festgesetzt. Maria verordnete ihm Bettruhe. Sie machte ihm einen Senfumschlag, und als Halswickel benutzte sie einen paraffingetränkten Wollstrumpf.

Mehr Hausmittel kannte sie nicht. Es ist schier zum Verzweifeln mit mir, dachte sie entmutigt; sie taugte nicht besser zur Krankenpflegerin als zur Pastorsfrau.

Ach, wenn ich doch nur ein Huhn hätte! klagte sie wieder. Dann beschloß sie, ihr Anliegen im Gebet vor Gott zu bringen.

„Lieber Gott, ich weiß wirklich nicht, was ich gegen so eine schlimme Erkältung unternehmen soll. Das einzige Hausmittel, das mir noch einfällt, ist Hühnersuppe, aber ich habe kein Huhn. Zeig mir doch, was ich tun soll, Herr."

Am späten Nachmittag beschloß Maria, einkaufen zu gehen. Sie zog ihr Schultertuch eng um sich und hastete mit ein paar Münzen in der Hand durch den Vorgarten auf den Bürgersteig zu. Vielleicht reichte das Geld für eine Hähnchenkeule oder sogar noch einen Flügel dazu. Sie würde ihren Stolz hinunterschlucken und hoffen, daß Mr. Smith sich von seiner großzügigsten Seite zeigen würde.

Sie hatte das Gartentor gerade aufgeschoben, als sie beinahe mit Mr. Brady zusammengestoßen wäre. Von seiner Hand baumelte der größte Hahn herab, den Maria je gesehen hatte. Sie blieb wie angewurzelt stehen und starrte das Tier an.

„Der ist mit dem Hals unters Wagenrad gekommen", antwortete er auf die Frage in ihrem Blick. „Meine Frau hat gesagt, ich soll ihn schleunigst loswerden. Hat keine Lust, diesen zähen, alten Vogel in den Suppentopf zu werfen."

Maria stand noch immer mit großen Augen und offenem Mund da.

„Da hab' ich mir gedacht, daß Mr. Smith ihn vielleicht für seinen Hund haben will. Meinem kann ich ihn nicht geben, sonst geht er mir noch auf meine Hühner los, aber Smith hat ja keine."

Maria schluckte und fand die Sprache wieder. „Wann ... wann ist das denn passiert?" fragte sie zaghaft.

„Na, gerade vor 'n paar Minuten. Ich dachte, ich bring ihn lieber gleich zu Smith. Dem Hund schmeckt er sicher besser, wenn er noch warm ist."

Maria hob den Blick von dem verendeten Hahn. Sie entschloß sich zur Offenheit. Immerhin ging es um Austins Gesundheit.

„Mr. Brady", sagte sie, „ich habe gerade um ein Huhn gebetet, damit ich meinem Mann eine Suppe kochen kann. Ich ... ich ..."

Nun war es an Mr. Brady, verdutzt dreinzuschauen. „Sie wollen doch nicht etwa diesen alten Gockel haben?" fragte er und hob den Vogel hoch.

„Doch, wenn ... wenn Ihnen das recht wäre", antwortete Maria.

„Er ist aber garantiert zäh wie Schuhleder."

„Ich schmore ihn halt."

Er machte ein skeptisches Gesicht, doch dann reichte er Maria den Hahn. „Ich hab' ihm auf der Stelle den Hals rumgedreht", sagte er. „So gesehen bestehen also keine Bedenken."

Danke, lieber Gott, dachte Maria im stillen und nahm den Hahn entgegen.

„Wahrscheinlich brauchen Sie mehrere Stunden, bis sie ihn gar haben", entschuldigte Mr. Brady sich. „Der hat viele Jahre auf dem Misthaufen gestanden."

Doch Maria war nicht im geringsten besorgt. Gott hatte ihr Gebet erhört. „Danke. Vielen Dank", sagte sie ein ums andere Mal und wußte nicht einmal, ob sie damit Mr. Brady oder ihren himmlischen Vater meinte. Sie winkte mit der Hand, in der sie noch das Geld hielt, und schloß das Gartentor wieder.

„Komisch. Ich dachte, sie wollte gerade irgendwo hin", hörte sie Mr. Brady verwundert murmeln, während sie auf das Haus zuhastete, doch sie blieb nicht stehen, um ihm alles zu erklären. Sie konnte den großen Hahn gar nicht schnell genug in den Kochtopf bekommen.

Maria erfuhr nie, ob Austin seine schnelle Genesung der Hühnersuppe verdankte oder ob die Krankheit auch von allein abgeklungen wäre, doch sie dankte Gott aus ganzem Herzen dafür, daß er sie haargenau zum richtigen Zeitpunkt mit dem Hahn beschenkt hatte. Die kräftige Suppe hatte der ganzen Familie geschmeckt.

Das alte Ich

Ben und Tim kamen in die Küche, als Maria ihnen die Tür öffnete. Es kam häufig vor, daß die beiden ihr einen Besuch abstatteten, um mit Maggie zu spielen, eine aufregende Neuigkeit loszuwerden oder sehnsüchtig nach ihrem Brotkasten zu blicken.

Heute schien irgend etwas nicht zu stimmen. Die beiden liefen nicht gleich auf Maggie zu. Sie redeten nicht gleichzeitig darauflos, wie sie es sonst immer taten, wenn sie irgendein Abenteuer zu berichten hatten. Nach dem Brotkasten drehten sie sich kein einziges Mal um. Statt dessen setzten sie sich schweigend an den Küchentisch, ließen die Füße herabbaumeln und schienen nicht zu wissen, was sie mit ihren Händen anfangen sollten.

Maria versuchte, sie aus der Reserve hervorzulocken, doch ihre Antworten waren einsilbig und teilnahmslos.

„Ist die Baseballzeit vorbei?"
„Ja."
„Macht die Schule Spaß?"
„Es geht."
„In welcher Klasse seid ihr denn jetzt?"
„In der fünften."
„In der vierten."
Die beiden hatten gleichzeitig geantwortet.
„Geht's eurer Mutter gut?"
„Mhm."

Die beiden rutschten unbehaglich auf ihren Stühlen umher, und sie wichen Marias Blick aus. Irgend etwas stimmte nicht mit ihnen.

„Eure Mutter ist doch nicht etwa krank, oder?" fragte sie besorgt.

„Nein."

Maria holte ein Brot und ein Glas von ihrer selbstgekochten Rhabarbermarmelade.

„Sagt mal, irgendeine Laus ist euch doch über die Leber gelaufen, nicht?" fragte sie, während sie das Brot in Scheiben schnitt. Dabei hob sie nicht einmal den Kopf, um sie anzusehen.

Keine Antwort. Nun sah Maria doch auf. „Na, wo drückt denn der Schuh?" fragte sie und sah Ben direkt an.

„Onkel Mac ist da", antwortete er, als sei damit alles erklärt.

„Wer ist denn Onkel Mac?" fragte Maria und verspürte dabei ein sonderbares Unbehagen.

„Papas Bruder", sagte Tim.

„Ist er zum Essen bei euch?" fragte Maria.

Zwei bange Augenpaare sahen zu ihr hoch. „Manchmal bleibt er länger", sagte Ben.

Maria ließ es vorerst dabei bewenden und reichte den beiden ihre Brotscheiben. Hier war eindeutig etwas faul.

Die beiden Brüder aßen ihr Marmeladenbrot und gingen dann wieder. Wenig später hörte Maria ihre Stimmen auf dem Spielplatz. Anscheinend hatten sie genug Kameraden aufgetrieben, um Fangen zu spielen.

„Ich möchte wirklich wissen, was da los ist", sagte Maria zu der kleinen Maggie. „Am besten machen wir beide einen Spaziergang." Entschlossen holte Maria sich ihre Haube und ihr Schultertuch und zog Maggie eine Mütze und eine Jacke an. Dann nahm sie die Kleine auf den Arm und machte sich auf den Weg zu Familie Cross.

Sie merkte gleich auf Anhieb, daß hier tatsächlich etwas nicht stimmte. Das hatte sie irgendwie im Gefühl. Das Haus sah anders aus als sonst, und es roch auch irgendwie anders.

Der kräftige Hund stellte kein Hindernis dar. Er kannte Maria und Maggie inzwischen so gut, daß er sie mit einem Wedeln seines Stummelschwanzes begrüßte. Maggie streckte die Arme nach ihm aus, um ihn zu streicheln, doch Maria ging geradewegs auf die Haustür zu.

Sie klopfte an, doch niemand öffnete ihr die Tür. Sie klopfte lauter und wartete. Noch immer regte sich nichts. Sie wollte sich gerade umdrehen und wieder gehen, als sie hinter sich eine Stimme hörte. Sie sprang erschrocken zur Seite und drehte sich blitzschnell um.

„Von den beiden macht Ihnen so bald keiner die Tür auf." Es war Mrs. Cross.

„Ach, du liebe Güte", sagte Maria erschrocken. „Aus dieser Richtung hatte ich Sie überhaupt nicht erwartet."

Mrs. Cross nickte nur.

„Stimmt etwas nicht bei Ihnen?" Zu dieser Frage mußte Maria ihren ganzen Mut zusammennehmen.

„Mac ist da", sagte Mrs. Cross.

Wieder diese rätselhafte Antwort. „Ja, das haben mir die Jungs schon erzählt, aber ..."

Mrs. Cross seufzte aus tiefstem Herzen und ließ sich auf den alten Schaukelstuhl auf der Veranda sinken. Sie sah müde und bekümmert aus. Maria konnte sich keinen Reim auf das Ganze machen.

„Gehen Sie ins Haus, und sehen Sie sich mit eigenen Augen an, was hier los ist", sagte die Frau und deutete mit einem Kopfnicken auf die Haustür.

Maria starrte die Frau an.

„Kommen Sie", fuhr die Frau fort und streckte die Arme nach Maggie aus, „lassen Sie die Kleine solange bei mir."

Maria reichte ihr das Kind und holte tief Luft, bevor sie die Tür öffnete.

In der Stube herrschte ein heilloses Durcheinander. Es war nicht zu erkennen, ob hier eine Feier oder eine Schlägerei stattgefunden hatte. Alle möglichen Gegenstände lagen am Boden verstreut, darunter auch Hemden, Schuhe, Strümpfe und dergleichen mehr.

Dann fiel Marias Blick auf die Flaschen. Daher also der sonderbare Geruch. Schnaps! Maria sah eine Gestalt in der Ecke liegen. Es war ein Mann. Bestimmt war das Mac ...

Doch zu Marias Entsetzen erkannte sie statt dessen Matt Cross.

Zuerst glaubte sie, er sei krank ... oder sogar tot. Sie ging auf ihn zu und stolperte dabei beinahe über eine zweite Gestalt. Der andere Mann auf dem Boden war hünenhaft groß, bärtig und aufgedunsen, und er hatte eine unverkennbare Ähnlichkeit mit Matt. War das etwa Mac? Er lag auf dem Boden, als hätte ihn jemand besinnungslos geprügelt. Hatte es demnach also doch eine Keilerei gegeben?

Ein Stöhnen aus der Ecke war das sichere Anzeichen dafür, daß Matt noch am Leben war. Maria hastete zu ihm.

„Ach, hätte ich doch bloß Austin Bescheid gesagt", sagte sie laut. „Ich habe ja keine Ahnung ..."

Doch als sie sich über den Mann beugte, war es nicht schwer, eine Diagnose zu stellen. Matt Cross war stockbetrunken.

Eine Welle der Enttäuschung schlug über Maria zusammen. Dieses Leben hätte er längst hinter sich lassen müssen. Er hatte um Vergebung für seinen sündigen Lebenswandel gebetet. Er war getauft worden. Er gehörte zur Kirchengemeinde am Ort. Wie konnte er sich da unterstehen, so etwas zu tun?

Sie wollte in Tränen ausbrechen, wollte protestieren. Und zu ihrem eigenen Erstaunen verspürte sie plötzlich ein heftiges Verlangen danach, dem Mann eine gehörige Ohrfeige zu verpassen, mitten in sein aufgedunsenes, bärtiges Gesicht hinein.

Doch sie tat nichts dergleichen. Sie senkte den Kopf und seufzte tief. „Ach, lieber Gott", betete sie, „was hat er da nur angerichtet? So etwas hätte nicht passieren dürfen. Nie und nimmer hätte das passieren dürfen. Was soll jetzt werden? Die ganze Stadt hat doch miterlebt, wie er Christ geworden ist. Und seine Frau? Die werden wir jetzt nie mehr von unserem Glauben überzeugen können. Ach, mein Gott, was tun wir jetzt nur?"

Maria schlug die Hände vor das Gesicht und fing an zu weinen. Der Ankläger beschoß ihre Seele mit spitzen Pfeilen.

„Das war alles deine Schuld!" kam ein heimtückisches Flüstern. „Du hast gedacht, er würde nie wieder in Versuchung geraten, nur weil er sich bekehrt hat. Du hast ihn im Stich gelassen. Du hast ihn nicht oft genug besucht, um ihm Hilfestellung in seinem Glauben zu geben. Die ganze Kirche hast du hängengelassen. Du hast den Ruf deines Mannes hier am Ort ruiniert. Seine Religion war bloß frommes Gerede, werden die Leute sagen. Den Beweis dafür haben wir ja jetzt. Es bringt einfach nichts, Christ zu werden. Der erste, den Austin bekehrt hat, hat kläglich versagt. Jetzt wird euch keiner mehr zuhören. Geradesogut könnt ihr's ein für alle Male aufgeben!"

Aufgeben. Aufgeben. Aufgeben. Das Wort hallte wie ein Echo in Marias Kopf nach. Plötzlich richtete sie sich auf, und in ihren Augen stand ein fester Entschluß.

„Wir geben auf keinen Fall auf", sagte sie, als befände sich ein Gesprächspartner in der Stube. „Ich habe zwar einen Patzer gemacht, aber so leicht gebe ich nicht auf." Damit streckte sie die Schultern und ging in die Küche. Starker Kaffee machte Leute in Matt Cross' Zustand angeblich wieder nüchtern.

Als der Kaffee fertig war, hörte sie ein Stöhnen und Ächzen aus der Stube. Sie wußte nicht, ob es Matt oder sein Bruder war, der da so stöhnte. Vielleicht waren es auch beide.

Maria war klar, daß sie Hilfe brauchte. Sie kannte sich so gut wie überhaupt nicht aus, was die Behandlung eines Vollrausches betraf.

Sie ging auf die vordere Veranda, wo Mrs. Cross noch immer mit Maggie auf dem Schoß saß. „Würden Sie bitte zur Kirche gehen und meinen Mann holen?" fragte sie und war selbst über den ruhigen Klang ihrer Stimme überrascht.

Wortlos stand die Frau auf und reichte ihr Maggie. Sie ging ein paar Schritte und drehte sich dann zu Maria um. „Die wachen erst in ein paar Stunden auf", sagte sie. Sie sprach aus Erfahrung. „Aber wenn's soweit ist, dann suchen Sie am besten das Weite."

Damit drehte sie sich wieder um und ging über den staubigen Gehweg zur Straße. Maria rätselte an dem Gesagten herum, während sie um das Haus und in die Küche zurückging.

*

Austin war ebenso entsetzt wie Maria vorhin. „Wie konnte er nur? Wie konnte er nur?" sagte er ein ums andere Mal, während er sich über die beiden reglosen Gestalten beugte.

„Tja, so ist das halt mit dem Schnaps", sagte Mrs. Cross resigniert. „Wen's einmal erwischt hat, der kommt so leicht nicht wieder davon los."

Maria wollte widersprechen, doch für eine Auseinandersetzung war dies nicht der geeignete Zeitpunkt. Die Hoffnung, Mrs. Cross davon zu überzeugen, daß ihr Mann ein völlig anderer Mensch geworden war, hatte sich kläglich zerschlagen. Jetzt würden sie ihr den christlichen Glauben nie schmackhaft machen können.

„Der Kaffee war eigentlich überflüssig", sagte die Frau. „Die beiden wachen schon irgendwann von selbst auf. Und dann geht's rund hier."

„Am besten gehst du schon mal nach Hause", sagte Austin zu Maria. „Ich bleibe solange hier bei Mrs. Cross."

Maria sah von ihrem Mann auf ihre kleine Tochter. Sie wollte Austin nicht im Stich lassen, aber wenn es tatsächlich so wüst hergehen würde, wie Mrs. Cross vermutete, dann könnte es womöglich gefährlich für die kleine Maggie werden. Sie nickte und schickte sich an, ihre Tochter auf den Arm zu nehmen.

Mrs. Cross ging an ihren Schrank. „Gehen Sie ruhig beide", sagte sie mit ausdrucksloser, aber fester Stimme. „Ich hab's schon oft genug erlebt. Ich weiß, was auf mich zukommt. Riskieren Sie lieber nicht, daß einer verletzt wird." Sie nahm drei Tassen aus dem Schrank und füllte sie nacheinander mit Kaffee.

„Lassen wir den guten Kaffee nicht umkommen", sagte sie und stellte die Tassen auf den Tisch. Sie nahm sich eine davon und ließ sich abgekämpft auf einen Küchenstuhl sinken.

*

Mit schweren Herzen gingen sie nach Hause. Niedergeschlagen. Enttäuscht. Traurig. Es fiel ihnen schwer, über ihre Gefühle, ihre Zweifel zu sprechen.

Maria tischte gerade das Essen auf, als sie eilige Schritte auf dem Gehweg hörte. Sie hatte die Tür schon geöffnet, bevor die Besucher auch nur anklopfen konnten. Sie hatte im stillen damit gerechnet, daß Ben und Tim kommen würden.

„Ma schickt uns. Sie sollen sofort kommen", sagte Tim atemlos.

„Papa is' wach", fügte Ben mit großen Augen hinzu.

„Ach, du lieber Gott", betete Maria und warf einen Blick in Austins Richtung. Er ließ Maggie gerade auf seinem Fuß wippen. Marias Blick wanderte von Maggie zum Tisch.

„Wir füttern sie schon", erbot Ben sich. „Wir passen auf sie auf."

„Habt ihr denn schon zu Abend gegessen?" fragte Maria, während sie sich die Schürze abband.

Die beiden Brüder schüttelten die Köpfe.

„Dann eßt doch einfach mit ihr", lud Maria sie ein. „Maggies Teller steht da drüben. Gebt ihr Gemüse. Aber zerdrückt es ihr gut, ja?"

Sie machte sich mit Austin auf den Weg. Es fiel ihnen schwer, nicht im Dauerlauf durch den Ort zu laufen, doch Austin begrenzte das Tempo auf ein zügiges Gehen.

Sie wußten nicht, was sie am Ortsrand erwartete. Als sie auf die Tür zugingen, nahm Austin Maria beim Arm.

„Warte hier, bis ich dich rufe", sagte er, und Maria gehorchte, obwohl sie lieber mit ihrem Mann ins Haus gegangen wäre. Alles war still. So sehr Maria sich auch anstrengte, sie konnte nichts hören. Was war passiert? Waren alle im Haus?

Der Hund drängte sich an ihre Röcke und leckte ihr die Hand. Maria strich ihm über das struppige Fell und streichelte eins seiner weichen Ohren.

Dann hörte sie es plötzlich: ein leises Stöhnen. Nein, ein Schluchzen. Jemand weinte. Was war nur passiert? Maria war unheimlich zumute. Sie wollte gerade auf das Haus zugehen, als Austin die Tür öffnete.

„Du kannst reinkommen", sagte er.

Die Stube sah noch verwüsteter als vorher aus. Diesmal mußte tatsächlich eine Schlägerei hier stattgefunden haben. Das Schluchzen kam aus der Küche. Maria folgte Austin. Der Hals war ihr wie zugeschnürt.

In sich zusammengesunken, das Gesicht in den Händen vergraben, saß Matt Cross auf einem Stuhl. Er weinte so heftig, daß er am ganzen Körper bebte. Maria hatte noch nie einen jämmerlicheren Anblick gesehen. Das Stöhnen schien vom Grunde seiner Seele zu kommen, um ihm mit jedem Atemzug zu zerreißen. Maria blieb fassungslos stehen.

Mrs. Cross hatte sich eine Schüssel mit Wasser und einen Lappen geholt und tupfte den Kopf des Mannes ab. Erst jetzt sah Maria das Blut. Eine Schnittwunde klaffte auf seinem Hinterkopf. Waren die Schmerzen so unerträglich, daß er so verzweifelt weinen mußte?

„Wo ist Mac?" hörte sie Austin fragen.

„Er hat ihn weggeschickt", antwortete Mrs. Cross, ohne aufzusehen.

„Ist er schlimm verletzt?" fragte Austin als nächstes.

„Kaum der Rede wert. Es hat ihn schon viel ärger erwischt."

„Was kann ich tun, um Ihnen zu helfen?" erbot Austin sich und ging näher auf die Frau zu.

„Im Moment gar nichts. Ich hätte Sie nicht holen lassen sollen. Ich hatte einfach nur Angst. Die beiden haben sich eine wüste Keilerei geliefert. Ich hatte Angst, daß es einen Schwerverletzten geben könnte. Entschuldigen Sie. Ich hätte Sie nicht bemühen ..." Doch da hatte Austin ihr auch schon das Tuch aus der Hand genommen und übernahm das Reinigen der Wunde.

„So hab' ich die beiden noch nie erlebt, wissen Sie. Sie sind noch nie aufeinander losgegangen", erklärte die Frau.

Maria machte ein paar Schritte nach vorn. Das Schluchzen des Mannes war so laut, daß sie seine Frau kaum verstehen konnte.

„Sie sind ungefähr zur gleichen Zeit aufgewacht", berichtete Mrs. Cross.

„Mac fing an zu fluchen und herumzubrüllen. Er wollte auf der Stelle einen Kaffee und etwas zu essen von mir gemacht haben. Ich habe angefangen zu kochen, aber das ging ihm anscheinend nicht schnell genug. Er hat mit einem Brennholzscheit nach mir geworfen. Er hat mich zwar nicht getroffen, aber Matt hat's ihm übelgenommen.

,Untersteh dich, grob zu meiner Frau zu werden!' sagt er, aber Mac läßt sich nichts gefallen.

,Du denkst wohl, das wär' dein Privatvergnügen, was?' sagt er zu Matt.

,Das Vergnügen hat hier keiner mehr', sagt Matt.

,Was ist denn auf einmal mit dir los? Bist du unter die Schwächlinge gegangen?' sagt Mac. ,Erst willst du keinen Schluck aus meiner Pulle, und dann machst du so 'n Aufhebens wegen deiner Alten. Bist du 'n richtiger Mann oder nicht?'

,Ich glaub', du gehst am besten jetzt', sagt Matt.

,Und 'ne Niete wie du will mich dazu zwingen?' sagt Mac und läßt einen Fluch los, daß die Wände wackeln.

,Ja, wenn's nicht anders geht.'

Da ist die Keilerei losgegangen. Ich hab' die Jungs weggeschickt. Ich wußte nicht, was ich tun sollte."

„Sie haben genau das Richtige getan", versicherte Austin ihr. Er war noch immer mit der Wunde beschäftigt.

„Vielleicht ist die Verletzung schlimmer, als ich gedacht habe", sagte Mrs. Cross besorgt. „So hab' ich ihn noch nie erlebt."

Austin kniete sich neben den Mann. „Matt. Matt! Was ist los? Tut es so weh? Was ist denn nur?"

Doch der Mann schluchzte nur noch heftiger.

„Vielleicht bringen wir ihn am besten ins Bett", meinte Mrs. Cross, und Austin nickte. Die Wunde hatte aufgehört zu bluten.

Maria sah ratlos zu, wie Austin und Mrs. Cross den weinenden Mann im Nebenzimmer ins Bett brachten. Weiter konnten sie wohl hier nichts ausrichten. Als Austin und sie nach Hause gingen, weinte Mr. Cross noch immer, wenn er sich auch etwas beruhigt zu haben schien.

„Weißt du", sagte Maria auf dem Heimweg, „das war die größte Enttäuschung meines Lebens. Ich dachte ... ich hatte wirklich das Gefühl, daß er sich geändert hat. Ich hatte gehofft, daß Mrs. Cross mit eigenen Augen sehen würde, wie grundlegend er sich geändert hat, und daß sie bald selbst ..."

„Ich auch", sagte Austin, und seine Stimme klang ebenso niedergeschlagen. „Er hatte so einen aufrichtigen Eindruck gemacht."

Eine Weile gingen sie schweigend nebeneinander her. Dann fragte Maria leise: „Was tun wir denn jetzt bloß? Die Gemeinde wird darauf bestehen, daß ihm die Mitgliedschaft entzogen wird." Sie langte nach Austins Hand.

„Wir werden wohl oder übel Gemeindezucht anwenden müssen", antwortete er.

In Marias Augen brannten Tränen. Es war ein Jammer. Ihr einziger Neubekehrter. Der Mann, der ihrer Gemeindearbeit hier am Ort einen neuen Sinn, einen neuen Zweck gegeben hatte. Und nun war alles verdorben. Der Mann war verloren.

Mein Gott, betete sie im stillen, vergib uns unser Versagen. Wir sind so unbedarft, so unerfahren. Wir haben alles falsch angefangen. Ich habe alles verpatzt. Es ist alles meine Schuld.

Zu spät

„Mr. Smith war gerade hier", sagte Ben, als sie zur Küchentür hereinkamen.

„Er muß dringend mit Ihnen reden", sagte Tim zu Austin.

Liebe Güte, dachte Maria, *hat sich der Vorfall etwa schon überall herumgesprochen?* Ihre Blicke begegneten sich.

„Eure Mutter läßt euch ausrichten, daß ihr jetzt nach Hause kommen sollt", sagte Austin zu den beiden Brüdern, und sie gingen auch gleich zur Tür.

„Vielen Dank fürs Abendessen", sagten sie noch wie aus einem Mund, und Maria nickte.

„Und ich bedanke mich bei euch dafür, daß ihr so prima auf Maggie aufgepaßt habt", sagte sie mit einem Lächeln.

Kaum hatten die Jungen die Tür hinter sich geschlossen, als Maggie anfing zu weinen. Maria hob sie auf den Arm und tröstete sie.

„Sie kommen doch wieder", sagte sie. „Wein doch nicht so. Du mußt sowieso gleich in dein Bettchen. Da ist's mit dem Spielen für heute aus. Die beiden kommen wieder. Vielleicht sogar schon morgen."

„Maria, ich gehe am besten gleich zu Mr. Smith", sagte Austin.

„Willst du denn nicht erst etwas essen?" fragte sie, obwohl sie sich ausrechnen konnte, daß von dem Abendessen nicht mehr viel übrig war.

„Nein, danke, ich mache mich lieber sofort auf den Weg. Mr. Smith gehört nicht zu denen, die nur eben auf einen Schwatz ins Pfarrhaus kommen."

Maria mußte schmunzeln, doch zugleich spürte sie auch ein nervöses Flattern in der Magengegend. Warum hatte Mr.

Smith Austin zu sich bestellt? Daß er wieder einmal bei einem kleinen Wunder nachhelfen wollte, war eigentlich kaum anzunehmen.

Austin ging los, und Maria zog Maggie für die Nacht um. Sie hatte die Kleine gerade in ihr Bettchen gebracht, als sie Austin zur Tür hereinkommen hörte. Sie gab Maggie einen Gutenachtkuß und ging in die Küche.

Dort ging Austin auf und ab und fuhr sich dabei wie so oft mit der Hand durch die Haare und über den Nacken.

„Was ist denn passiert?" fragte Maria bange.

„Mrs. Paxton ist tot", sagte Austin und drehte sich zu ihr um.

„Tot?" erschrak Maria.

„Man hat sie in ihrem Bett gefunden. Vermutlich ist sie schon vor zwei Tagen gestorben."

„Das darf doch nicht wahr sein!"

Austin nickte nur.

„Aber ich habe doch gerade vor kurzem mit ihr gesprochen ..."

„Das war am Montag. Seitdem hat sie niemand mehr gesehen. Als sie heute nicht in den Laden kam, um sich ihre Wochenzeitung abzuholen, hat Mr. Smith sich Sorgen gemacht. Er ist zu ihr gegangen, um nach dem Rechten zu sehen, und hat sie tot vorgefunden."

„Ach, das darf einfach nicht wahr sein!" rief Maria erschüttert. Sie hatte die mißmutige alte Frau längst ins Herz geschlossen. Sie ließ sich auf einen Küchenstuhl sinken. „Ach, Austin", sagte sie dann bestürzt, „sie hatte ja noch keinen Frieden mit Gott geschlossen!"

Austin fing wieder an, rastlos auf und ab zu gehen. Seine Kinnmuskeln waren sichtlich angespannt.

Maria brach in Tränen aus. Austin ging auf sie zu und zog sie an sich. Er hielt sie fest umarmt und ließ sie sich ausweinen.

„Es ist meine Schuld. Es ist alles meine Schuld", schluchzte Maria.

„Du hättest ihr auch nicht mehr helfen können", versuchte

Austin sie zu trösten. „Sie ist im Schlaf gestorben. Niemand hätte ..."

„Doch!" rief Maria. „Es ist meine Schuld, daß sie sich nicht mit Gott versöhnt hat. Ich hätte damit rechnen sollen, daß sie stirbt. Ich hätte ..."

„Maria. Maria, beruhige dich doch", sagte Austin sanft. „Du hast doch mit ihr gesprochen, weißt du denn nicht mehr? Sie hat dir mit dem Stock gedroht und dir verboten, das Thema je wieder anzuschneiden. Das hast du mir selbst erzählt."

„Aber ich habe ihr es nicht richtig auseinandergesetzt. Mrs. Angus hätte genau gewußt, was man in solchen Fällen sagen muß – und wie man's sagen muß. Jede andere Pastorsfrau hätte es richtig gemacht, aber ich ... ich habe herumgestottert und ... und ... Ach, Austin!"

Maria war am Ende. Sie vergrub ihren Kopf an Austins Schulter und weinte vor Kummer über ihre Nachbarin, die ihr unendlich fehlen würde.

✻

Am nächsten Tag fand die Beerdigung statt. Mr. Smith hatte alles in die Wege geleitet.

„Sie hatte mir schon vor Jahren diesen verschlossenen Umschlag zur Aufbewahrung gegeben, wissen Sie", erklärte er Austin und Maria. „Den sollte ich nur öffnen, wenn ihr etwas zustoßen sollte. In dem Brief steht, daß sie keine Trauerfeier wollte, nur eine einfache Beerdigung. Keine Predigt oder dergleichen. Vom Christentum hat sie nicht viel gehalten."

Austin nickte. Er würde sich wohl oder übel den Anweisungen fügen müssen.

Maria wollte protestieren. *Das hat sie früher geschrieben,* lag es ihr auf der Zunge. *Bevor wir kamen. Bevor sie auftaute. Bevor sie uns ihr Haus für die Gemeinde geschenkt hat. Bestimmt ...*

Doch auch Maria blieb nichts anderes übrig, als sich mit den Anweisungen abzufinden.

*

Nur ein paar Nachbarn standen am Grab, als die Sargträger den Holzsarg in die Erde versenkten. Maria empfand es als sonderbar und bedauerlich, daß kein einziges Wort über die Verstorbene gesprochen wurde. Daß niemand Gott um sein Erbarmen bat oder auch nur ein paar feierliche Worte sprach, während die Leiche der Verstorbenen zur letzten Ruhe gebettet wurde. Die wenigen Anwesenden standen nur schweigend da, während der Sarg in die Erde hinabgelassen wurde. Anschließend warfen sie ein paar Schaufeln staubige Erde in das Grab und gingen weg. Maria hatte Tierbegräbnisse erlebt, bei denen es feierlicher zugegangen war als hier.

Mit einem bleischweren Herzen ging sie durch die Nachmittagshitze nach Hause. Es war alles so traurig, so endgültig. Sie wußte kaum, wie sie ihren Kummer ertragen sollte. Mrs. Paxton war tot, und Maria hatte versagt. Sie hatte die schlimmste Unterlassungssünde ihres Lebens begangen.

*

Der Gemeindevorstand traf zu einer Besprechung zusammen. Matt Cross hatte um eine Anhörung gebeten. Maria wartete mit bangem Herzen auf Austins Rückkehr von der Besprechung.

Endlich hörte sie seine Schritte auf dem Gehweg vor dem Haus. Sie legte ihre Bibel beiseite und stand auf, um ihm entgegenzugehen. Sie hatte versucht, in der Bibel zu lesen und zu beten, doch es war ihr schwergefallen, sich darauf zu konzentrieren.

Austin machte einen erschöpften Eindruck. Maria wartete, bis er seinen Hut an den Haken gehängt hatte.

„Wie ist es ausgegangen?" fragte sie.

„Er hat Bewährung bekommen", gab Austin die Antwort, die sie sich erhofft hatte.

„Für wie lange?"

„Sechs Monate."

Maria drehte sich zum Herd um. „Möchtest du eine Tasse Tee?"

Er schüttelte den Kopf. „Ich möchte nur noch ins Bett", sagte er. „Diese Woche kam mir so lang wie ein ganzer Monat vor."

Maria nickte. Es war tatsächlich eine aufreibende, entmutigende, schwere Woche gewesen.

Als sie zu Bett gingen, berichtete Austin ihr mehr über die Vorstandssitzung.

„Matt war ausgesprochen reumütig. Keine Ausreden, sondern nur Tränen der Reue. Der Vorstand hat ihm die Mitgliedschaft nicht entzogen, sondern ihn nur dazu aufgefordert, einen christlichen Lebenswandel zu führen, bevor er die vollen Mitgliedsrechte zuerkannt bekommt."

Maria freute sich, das zu hören.

„Man bricht so leicht den Stab über einen wie Matt", fuhr Austin fort, „wenn man nicht weiß, welch eine Macht der Alkohol ausüben kann. Sein Bruder hatte schwarz gebrannten Schnaps mitgebracht. Zuerst hat Matt energisch abgelehnt, aber so leicht ließ Mac sich nicht abwimmeln. Hat Matt von dem Zeug vorgeschwärmt; es sei der beste Klare, den er je gebrannt habe, hat er behauptet und ihm zugesetzt, den müsse er unbedingt probieren. Den ersten Schluck hat Matt getrunken, um endlich seine Ruhe vor ihm zu haben – aber dann gab es kein Halten mehr."

Zum ersten Mal verspürte Maria etwas Mitleid.

„Es war ein großer Fehler", sagte Austin abgekämpft, „aber wer von uns kann schon behaupten, nie Fehler zu machen?"

Aber es war so ein folgenschwerer Fehler, klagte Maria in Gedanken. Laut sagte sie: „Er hätte ein solches Zeugnis für den Glauben im ganzen Ort sein können, aber er hat alles verpatzt. Er hätte seiner Frau vorleben können, welche Veränderungen Gott bewirken kann, aber die Chance hat er auch verdorben." Es würde Monate, vielleicht sogar Jahre dauern, bis dieser Verlust wieder aufgewogen war, falls das überhaupt ging. Es fiel Maria schwer, ihm zu verzeihen.

„Du hättest ihn sehen sollen. Er hat so heftig geschluchzt wie an dem Tag, als es passiert war."

Maria dachte an den Abend zurück. Das Weinen des Mannes hatte ihr regelrechte Alpträume verursacht. Sie hatte noch nie jemanden so heftig weinen sehen.

„Ich dachte, daß er sich vielleicht immer so aufführt, wenn er ... wenn er von seinem Schnapsrausch aufwacht", gestand Maria und schämte sich dabei ihrer ungeschickten Ausdrucksweise.

„Ich glaube, manche Männer weinen dann tatsächlich", sagte Austin, „aber bei ihm war das eigentlich nicht so. Meistens war er furchtbar gereizt und hat alles kurz und klein geschlagen, was ihm in die Quere kam. Geflucht und Gift und Galle gespuckt und andere grundlos angeherrscht hat er. Alle sind ihm tunlichst aus dem Weg gegangen, alle."

„Das ist schon irgendwie sonderbar", überlegte Maria. „Ach, wenn er doch nur seinem Entschluß treu geblieben wäre!"

„Was passiert ist, ist passiert. Wir können es nicht ungeschehen machen. Jetzt zählt nur noch, wie es in Zukunft mit ihm weitergeht. Wir haben gemeinsam gebetet. Gott ist dazu bereit, ihm zu vergeben und ihm einen neuen Anfang zu gewähren, und das ist die Hauptsache."

Einen neuen Anfang, dachte Maria. *Genau den will Gott mir auch schenken. Ich muß mehr für die ganze Familie beten. Ich muß ihnen zeigen, wie sehr mir an ihnen allen liegt.*

Und dann mußte Maria wieder an Mrs. Paxton denken. Für sie gab es keinen neuen Anfang mehr. Maria hatte alle Gelegenheiten ungenutzt verstreichen lassen, um der armen, verbitterten Frau zu helfen.

Oh, Gott, stöhnte sie innerlich, *kannst du mir das je vergeben?*

*

Maria setzte ihren Entschluß in die Tat um. Gleich am nächsten Tag stattete sie Familie Cross einen Besuch ab. Sie wußte zwar nicht, ob der Schaden je wieder wettzumachen war und ob Mrs. Cross sich nach dem Rückfall ihres Mannes je vom Christentum überzeugen lassen würde, doch mit Gottes Hilfe wollte sie alles tun, was in ihrer Macht stand.

Mrs. Cross begrüßte sie freundlich, und dafür allein war Maria schon dankbar. Die beiden Frauen setzten sich auf die Veranda und schauten zu, wie Maggie unermüdlich einen alten Lappen durch die Luft warf, den ihr der große Hund wiederbrachte. Maria hatte sich überlegt, daß Offenheit in einer solchen Situation das beste Mittel sein würde.

„Wir haben Ihren Mann im Stich gelassen", gab sie unumwunden zu. „Wir hätten ihm mehr helfen sollen. Wir haben nicht gewußt, daß bei ihm schon ein Tropfen Alkohol ausreicht, um alles aufs Spiel zu setzen. Wir dachten ... tja, wir dachten wohl, daß er nichts zu befürchten hätte, seitdem er seine Sünden bekannt hat und Jesus als seinen Retter angenommen hat – Jesus kann einen Menschen nämlich von Grund auf ändern, wissen Sie ... richtiggehend umkrempeln und einen völlig neuen Menschen aus ihm machen kann er. Wir hatten gedacht, daß Matt sich geändert hätte. Wir ..."

Doch die Frau sah Maria nur verständnislos an. „Er hat sich doch geändert", sagte sie mit Bestimmtheit.

„Ich meine sein früheres Leben ... daß er das alles hinter sich gelassen hätte."

„Das hat er", verteidigte die Frau ihn.

„Aber ..." fing Maria noch einmal an. Sie wußte selbst nicht, warum die Frau ihrer einfachen Erklärung nicht folgen konnte.

„Mrs. Barker", sagte Mrs. Cross und lehnte sich auf ihrem Stuhl nach vorn, „wenn Sie Matt gekannt hätten – wenn Sie ihn mal sternhagelvoll erlebt hätten, dann wüßten Sie, daß er ein anderer Mensch geworden ist."

„Aber er ... er hat sich doch ..."

„Betrunken, ich weiß", ergänzte die Frau. „Ja. Ja, das hat er. Aber sogar in seinem betrunkenen Zustand war er anders als früher. Verstehen Sie denn nicht? Er hat Schnaps getrunken, bis er die Besinnung verloren hat, aber als er dann wach wurde, da hat er nicht auf der Stelle angefangen zu fluchen und zu schimpfen und die Fetzen fliegen zu lassen. Ganz im Gegenteil. Er hat mich in Schutz genommen und vor Reue zum Herzzerreißen geweint. So hab' ich ihn noch nie erlebt. Noch nie."

Die Stimme versagte ihr. Sie wischte sich mit dem Saum ihrer karierten Schürze über die Augen. Dann holte sie tief Luft. „Mrs. Barker", sagte sie und sah Maria mit festem Blick an, „an dem Abend hab' ich mich vor sein Bett hingekniet und gesagt: ‚Gott, wenn du einen Mann so radikal verändern kannst, dann bist du genau der Gott, den ich suche. Mach aus mir auch 'nen neuen Menschen, Gott. Verändere mich auch.'"

Mit einem Freudenschrei sprang Maria auf und eilte zu Mrs. Cross. Die beiden umarmten sich, und über ihre strahlenden Gesichter rannen die Tränen. Vor Überraschung und Freude fand Maria keine Worte.

*

Trotz ihrer großen Freude über den Schritt, den Mrs. Cross gewagt hatte, litt Maria über die nächsten Tage und Wochen hinweg unter einer Niedergeschlagenheit, die sie nicht abschütteln konnte. Austin merkte ihr an, daß etwas nicht stimmte, und sprach sie darauf an, doch Maria wich seinen Fragen aus. Sie wußte selbst nicht, ob ihre Schwermut auf ihre zweite Schwangerschaft zurückzuführen war oder ob Mrs. Paxtons Tod ihr noch immer so zu schaffen machte. Sie hatte gar nicht gewußt, wie lieb sie die mürrische alte Frau gewonnen hatte.

Doch auf Maria lastete weitaus mehr als Kummer. Sie litt unter schweren Schuldgefühlen. Immer wieder ging sie mit sich selbst ins Gericht, was ihr christliches Zeugnis betraf. So sehr sie auch betete und kämpfte, so kam sie einfach nicht von ihrer Schwermut los.

Sie hatte versagt. Sie, die Frau eines Pastors. Sie hatte kein Recht, sich seine Mitstreiterin bei der Verkündigung von

Gottes Wort zu nennen. Sie taugte nicht zur Pastorenfrau. Das hätte sie längst einsehen sollen. Sie hätte Austins Heiratsantrag ablehnen sollen. Ihr fehlten sämtliche Fähigkeiten, die eine Pastorenfrau mitbringen sollte.

Je mehr sie darüber nachdachte, desto bedrückter wurde sie. Selbst das Beten fiel ihr immer schwerer. Tag für Tag kämpfte sie sich durchs Leben, und mit jedem Tag umspannte ihre Depression sie fester, bis sie manchmal das Gefühl hatte, ersticken zu müssen.

Ich habe versagt. Ich habe versagt, hämmerte es immer wieder in ihrem Kopf. Maria begann zu befürchten, daß sie niemals Vergebung dafür erlangen könnte.

Am sechsten September kam ihre zweite Tochter zur Welt. Maggie war von ihrer kleinen Schwester hellauf begeistert. Sie nannten sie Rachel Ruth. Die Kleine brachte zwar etwas Sonnenschein in Marias Herz, doch ein Grundgefühl der Schwermut blieb bestehen.

Maria machte sich auf einen harten Winter gefaßt. Wieder würde sie jeden Tag Wäsche waschen müssen. Sie würde den Frühlingsanfang mit Sehnsucht erwarten.

Als der Kreissprecher des Gemeindeverbands zu Besuch kam, brachte er eine Spendenkiste mit. Sie enthielt allerhand abgelegte Kleidung von Leuten, die sich neue Kleidung leisten konnten. Maria stieß einen Seufzer der Erleichterung aus. Sie hatte sich schon den Kopf darüber zerbrochen, wie sie nur an Kleidung für ihre beiden Töchter kommen sollte.

Voller Spannung durchsuchte sie die Kiste nach einem warmen Kleidungsstück, aus dem sie einen neuen Wintermantel für Maggie nähen konnte. Ihr alter war ihr längst zu klein geworden, und die Tage wurden jetzt schnell kühler.

Doch zu Marias Enttäuschung fand sich nur leichte

Sommerkleidung in der Kiste. Für Wintersachen eigneten sich die abgelegten Teile überhaupt nicht.

Was mache ich jetzt bloß? fragte Maria sich. *Aus diesen Sachen kann ich nichts Warmes nähen.*

Maria sah sich ihren eigenen Wintermantel an. Ihr selbst würde die Kälte nicht soviel ausmachen wie ihrer kleinen Tochter. Doch der Mantel war abgetragen und fadenscheinig. Eigentlich wünschte sie sich etwas Besseres für Maggie.

Erst als sie ihr Kissen vor dem Zubettgehen aufschüttelte, kam ihr ein rettender Gedanke: Federn! Federn hielten warm. Aus den dünnen Kleidungsstücken konnte sie Maggie einen Mantel nähen und ihn dann mit Federn füttern. Der Mantel würde zwar leicht, aber warm sein. Vor Eifer konnte Maria kaum einschlafen. Sobald sie am nächsten Morgen das Frühstücksgeschirr gespült und abgetrocknet hatte, trennte sie die Naht ihres Kissens auf. Den ganzen Tag über nutzte sie jede freie Minute zum Nähen. Bis zum Abendessen hatte der Kindermantel halbwegs Gestalt angenommen, und sie legte ihn beiseite. Bis zum Sonntag würde sie ihn bequem fertig haben. Sie hatte sogar noch Federn übrigbehalten. Daraus könnte sie ein kleines Kissen nähen, oder vielleicht verwahrte sie den Rest lieber für den Fall, daß Rachel etwas Warmes zum Anziehen brauchte.

Als sie an diesem Abend zu Bett gingen, sah Austin sie stirnrunzelnd an. „Wo ist denn dein Kissen?" fragte er.

„Ich habe ein Mantelfutter aus den Federn gemacht", gestand sie.

„Ein Mantelfutter?"

„Für Maggie. Es ist leicht, aber warm. Darin ist sie gut gegen die Winterkälte geschützt."

„Aber worauf schläfst du jetzt?"

Maria wehrte achselzuckend ab. „Es bekommt meinem Nacken bestimmt besser, flach zu schlafen", sagte sie leichthin. „Ich habe doch die schlechte Angewohnheit, mein Kissen im Schlaf zusammenzuknüllen."

Doch an diesem Abend fiel Maria das Einschlafen nicht leicht.

Karge Zeiten

Die nächste Gemeindekonferenz stand bevor. Maria sah ihr mit gemischten Gefühlen entgegen. Einerseits freute sie sich auf den Austausch mit den Kollegen – den Ehepaaren, die der gleichen Berufung wie sie und Austin gefolgt waren. Bestimmt würde es ihr guttun, sich einmal mit anderen Frauen zu unterhalten, die viel mit ihr gemeinsam hatten und von denen sie sich verstanden fühlte. Und die Mahlzeiten würden eine willkommene Abwechslung zu dem eintönigen Speisezettel zu Hause darstellen. Die spärliche Garderobe, die sie für die Teilnahme an der Konferenz vorbereitete, verursachte ihr dagegen die größten Bedenken.

Ihr bestes Kleid war nicht nur abgetragen, sondern auch hoffnungslos aus der Mode gekommen. Der Kragen und die Manschetten von Austins gutem Sonntagshemd hatten durchgescheuerte Kanten. Die beiden kleinen Mädchen besaßen ebenfalls nicht viel an vorzeigbarer Kleidung. Am Ende jedes Konferenztages würde sie ihre Sachen schnell auswaschen müssen. Maria sehnte sich eine Kiste mit Missionsspenden herbei, damit sie aus den Stoffen etwas nähen konnte.

Jeden Tag hielt sie Ausschau nach der Frachtkutsche, doch ihre Hoffnung, daß eine Kiste bei ihr abgeliefert würde, erwies sich als vergeblich. Nun blieb ihr nicht mehr viel Zeit. Sie mußte dringend irgend etwas unternehmen.

Als erstes holte sie sich Austins Oberhemd. Sorgfältig trennte sie die Rückenpartie aus dem Hemd heraus und ersetzte sie durch ein Stück gebleichtes Sackleinen. Aus der Rückenpartie des Hemdes nähte sie neue Manschetten und einen Kragen. Nachdem sie alles wieder zusammengefügt hatte, wusch sie das Hemd, stärkte es mit ihrer selbstgemachten Kartoffelstärke und ließ es in der milden Nachmittagsluft trocknen. Anschließend bügelte sie es, bis der neue Kragen und die Manschetten tadellos glatt waren. Maria begutachtete ihr Werk und war mit dem Ergebnis nicht unzufrieden.

Austin entdeckte das Hemd auf den ersten Blick, als er zum Essen nach Hause kam.

„Nanu, ein neues Oberhemd? Woher kommt das denn? Und gerade rechtzeitig zur Konferenz!" Er strahlte förmlich vor Freude.

Maria nahm es dankbar zur Kenntnis.

Austin ging geradewegs auf das Hemd zu und fuhr mit dem Zeigefinger über den gestärkten Kragen.

„Das hat Mama 'macht", meldete Maggie sich zu Wort.

Austin lachte und hob das kleine Mädchen auf den Arm. „Deine Mama ist zwar tüchtig", teilte er ihr mit, „aber ein Oberhemd nähen kann sie nicht."

„Doch", widersprach Maggie und nickte energisch. „Kann sie doch."

Maria spürte, wie ihr eine heiße Röte in die Wangen stieg. Sie kam sich beinahe wie eine Betrügerin vor. Das neue Oberhemd, über das Austin sich da so begeistert freute, hatte eine Rückenpartie aus Sackleinen. Was würde er nur sagen, wenn er das merkte? Würde er sich schämen, in so einem Lappen unters Volk zu gehen? Er würde der einzige Pastor sein, der derartig armselig gekleidet zur Konferenz kam. Die anderen Pastorsfrauen ...

„Das ... das ist gar kein neues Oberhemd", gestand Maria lieber schnell und hielt dabei den Blick auf das Besteck geheftet, das sie gerade auf dem Tisch verteilte. „Ich ... ich habe nur neue Manschetten und einen neuen Kragen genäht."

Da, bitteschön. Jetzt wußte er Bescheid.

Austin hob einen Ärmel hoch und betrachtete die Manschette aus der Nähe. „Das hast du fabelhaft gemacht", lobte er sie.

Marias Lunge füllte sich wieder mit Luft.

„Woher hattest du denn den Stoff?" fragte Austin ahnungslos, und Maria spürte, wie sie wieder errötete.

Sie drehte sich zum Herd um und fing an, das Essen aufzutischen. „Den ... den mußte ich aus ... aus der Rückenpartie nehmen", sagte sie mit gesenktem Kopf und brennenden Wangen.

„Aus der Rückenpartie?" wunderte Austin sich. Seine Stimme nahm einen besorgten Ton an. Er nahm das Hemd vom Haken und drehte es um.

„Aber es hat doch eine Rückenpartie", sagte er, und Maria glaubte, Erleichterung in seiner Stimme zu hören.

Wut? Trotz? Resignation? Beschämung? Maria wußte selbst nicht, was sie dazu trieb, ihm heftig entgegenzuschleudern: „Die Rückenpartie ist aus Sackleinen." Der Kartoffeltopf landete mit einem lauten Krachen auf der Herdplatte. Tränen brannten ihr in den Augen und drohten, ihr gleich über die Wangen zu rinnen. Sie kämpfte mit ganzer Kraft dagegen an.

Doch Austin schien nichts davon bemerkt zu haben. Er betrachtete noch immer das Hemd von allen Seiten. Was würde sie nur tun, wenn er sich weigerte, es zu tragen? Den Kragen und die Manschetten wieder abtrennen und an ihrem alten Platz einsetzen konnte sie jetzt nicht mehr.

„Unglaublich", hörte sie Austin murmeln. „Das ist ja wirklich das Werk eines Genies!"

Maria hob den Kopf. Austin hielt Maggie noch immer auf dem Arm, doch mit seiner freien Hand strich er sachte über die Rückenpartie seines Hemdes. Um seinen Mund spielte ein zufriedenes Lächeln.

„Da habe ich mir schon Kopfzerbrechen wegen dieses ausgefransten Kragens gemacht und um ein neues Hemd für die Konferenz gebetet, und dabei war es so einfach!"

Gegen diese Einschätzung der Dinge hatte Maria jedoch Einwände. Immerhin hatte sie den ganzen Tag mit dem Hemd zugebracht. Das Einsetzen des Kragens war eine knifflige Angelegenheit gewesen, und die eine Manschette hatte sie beinahe einen Tränenausbruch gekostet.

„Du hast wirklich eine tolle Mama", sagte Austin zu Maggie. „Wußtest du das schon?"

Maggie antwortete mit einem überzeugten Nicken.

„Die Anzugjacke wirst du aber nicht ausziehen können", ermahnte Maria ihn. Man mußte schließlich realistisch bleiben.

„Das macht nichts", versicherte er ihr.

„Wenn es aber ziemlich heiß wird?"

„Dann lasse ich die Weste an."

„Das geht nicht", sagte Maria. Schon allein der Gedanke trieb ihr die Schamröte ins Gesicht. „Unter der Weste sieht man die Ärmelnähte. Das Sackleinen würde herausschauen."

„Dann lasse ich die Jacke halt an", versprach Austin ungerührt.

„Und wenn die anderen Männer ihre Jacken alle ablegen?" forderte Maria ihn heraus.

Austin lachte. Ihm schien es leichter als Maria zu fallen, mit den Gegebenheiten umzugehen.

„Es besteht doch kein Uniformzwang", sagte er und zog Maria an sich. Auch Maggies Ärmchen streckte sich ihr entgegen, und sie umarmten sich zu dritt.

Nun war Maria machtlos gegen ihre Tränen. Sie war so unendlich dankbar dafür, daß ihr Mann ihre Arbeit lobte, anstatt sie zu kritisieren. Ach, wenn sie doch nur bessere Kleidung für die ganze Familie beschaffen könnte! Eine tüchtigere Ehefrau hätte sich bestimmt längst etwas einfallen lassen. Sie hatte Pastor Angus noch nie so schäbig gekleidet erlebt, wie Austin in letzter Zeit aussah. Die tüchtige Mrs. Angus hatte dafür gesorgt, daß es dazu nicht gekommen war.

Doch den Gedanken schob Maria jetzt beiseite. Sie wollte mit dem Essen fertig sein, wenn die kleine Rachel hungrig aufwachte und gestillt werden mußte.

Für die bevorstehende Konferenz war Austin nun einigermaßen mit Kleidung versorgt. Bei Maria selbst sah es dagegen schon kritischer aus. Sie hatte keinen Stoff für ein neues Kleid. Sie wußte sich einfach keinen Rat.

„Du, ich habe hin und her überlegt", sagte sie zaghaft, als die drei am Tisch saßen und aßen. „Vielleicht sollten die Mädchen und ich dieses Jahr zu Hause bleiben."

Maria spürte Austins Blick auf sich. „Ich dachte, du gehst gern zu den Konferenzen."

„Ja, das ... das stimmt auch", stotterte Maria und sah beinahe gegen ihren Willen auf.

„Warum willst du dann nicht mitfahren?" fragte er geradeheraus.

„Tja, ich ... ich dachte halt nur, daß das dieses Jahr schwierig werden könnte ... mit zwei Kleinkindern, weißt du, und ... und außerdem ..." Maria wußte, daß sie die Wahrheit sagen mußte. „Wir haben nichts Passendes zum Anziehen", überwand sie sich.

Austin senkte den Blick. Er machte ein verstörtes Gesicht. „Natürlich nicht", sagte er dann. „Für einen Familienvater verdiene ich ausgesprochen schlecht."

Maria stockte der Atem. So hatte sie es überhaupt nicht gemeint. „Aber das ist doch nicht deine Schuld", antwortete sie eilig und umfaßte Austins Hand auf dem Tisch.

„Du hast es schwer gehabt, Maria", redete Austin schon weiter. „Ich hoffe ständig, daß ... daß die Gemeinde größer wird, damit wir besser von der Kollekte leben können. Dann wäre alles viel leichter für dich. Aber bis jetzt habe ich vergeblich darauf gewartet."

Austin rückte seinen Stuhl ein Stück vom Tisch ab und fuhr sich mit der Hand durch die Haare. „Ein Neubekehrter. Ein einziger Neubekehrter, und der hat seine liebe Not", sagte Austin wie zu sich selbst. „So etwas kann man wohl kaum eine erfolgreiche Missionsarbeit nennen."

„Austin, der Zweck unserer Arbeit liegt doch nicht darin, die Kollekte zu vergrößern", sagte Maria leise, und Austin sah sie erschrocken an. Dann sank er in sich zusammen und nickte.

„So hat sich's gerade angehört, nicht?" gab er zu. Er fuhr sich mit der Hand über den Hinterkopf und rieb sich den Nacken. „So habe ich's aber nicht gemeint", sagte er abgekämpft. „Weißt du, ich komme mir manchmal wie ein Versager vor. Als Pastor. Als Familienvater."

Maria konnte kaum glauben, was sie da hörte. War sie etwa schuld daran? Hatte sie Austin das Gefühl gegeben, versagt zu haben, weil sie ständig so knapp bei Kasse waren?

„Und bei der Konferenz muß ich mich vor sämtliche Teilnehmer stellen und Bericht erstatten. Ein Neubekehrter. Nach vier Jahren Missionsarbeit ein einziger Neubekehrter."

Zwei, berichtete Maria im stillen. *Zwei Neubekehrte. Hast du etwa Mrs. Cross vergessen? Oder zählst du Matt noch nicht mit, bis er seine Bewährungszeit absolviert hat?*

Doch davon sagte Maria kein Wort. Sie war viel zu beschäftigt damit, über die Worte ihres Mannes nachzudenken. Sie hatte ihn noch nie so entmutigt, so verzweifelt erlebt. Auch wenn sie nicht wußte, was sie falsch gemacht hatte, bezweifelte sie keine Sekunde lang, daß sie die Schuld daran hatte. *Ich konnte nicht einmal Mrs. Paxton für den Glauben gewinnen,* fuhr es ihr durch den Kopf. *Ich konnte ihr einfach nicht begreiflich machen, wie man Christ wird. Kein Wunder, daß Austins Arbeit so erfolglos ist. Er hat sich die falsche Frau ausgesucht.*

Maria wußte nicht, was sie sagen sollte. Wenn sie zugab, ungeeignet für die Rolle als seine Mitstreiterin zu sein, warf sie ihm damit zugleich vor, einen Fehler bei der Wahl seiner Frau gemacht zu haben.

Sie widmete sich wieder ihrem Essen, doch es schmeckte fade und unappetitlich. Nach zwei Bissen schob sie ihren Teller von sich. Sie brachte einfach nichts mehr herunter.

Rachel schrie. Maria war dankbar für die Unterbrechung. Der kleine Körper, der sich warm an ihre Brust schmiegte, tröstete Maria ein wenig in ihrer Mutlosigkeit. Wenigstens die kleine Rachel war mit ihr zufrieden. Als ihre Mutter hatte sie nicht auf der ganzen Linie versagt. Doch dann fiel ihr Blick auf das einfache, an mehreren Stellen geflickte Kleidchen, das vom häufigen Waschen fadenscheinig geworden war, und trotz aller Vorsätze kamen ihr die Tränen. Auch Rachel kam zu kurz, weil sie eine so unfähige Mutter hatte.

Aus der Küche waren Maggies aufgekratzes Kinderstimmchen und Austins tiefe Männerstimme zu hören. Ihre ganze Familie hatte sich auf sie verlassen, aber sie ...

Als Maria ihren Tiefstpunkt erreicht hatte, hörte Rachel plötzlich auf zu trinken und sah zu ihrer Mutter hoch. Ein zufriedenes Lächeln erhellte ihre blauen Augen, und ein Grübchen senkte sich in jede ihrer pausbäckigen Wangen, als sie glücklich gluckste und gurrte, ohne die Augen von Maria zu wenden.

„Du merkst nichts von alledem, was? Du weißt nicht, daß ich euch alle zu kurz kommen lasse. Du bist ja schon zufrieden, wenn du satt und trocken bist – und Eltern hast, die dich liebhaben."

Die Kleine griff nach der schlichten Brosche an Marias Bluse. Aus dem Gurren wurde ein helles Jauchzen.

Maria sah sie durch einen Tränenschleier an. Sie hing an ihren kleinen Lieblingen. An ihrer ganzen Familie. Wenn sie ihre Sache als Ehefrau und Mutter doch nur besser machen könnte! Sie nahm Rachel hoch, um ihr ein Bäuerchen zu entlocken, und schmiegte die Kleine zärtlich an ihre Schulter. Sie brauchte die Wärme, den Trost. Sie brauchte das Gefühl, daß das Leben einen Sinn hatte, einen Zweck. Daß es trotz allem Wirrwarr irgendwie seine Ordnung hatte.

Rachels winzige Finger verhedderten sich in ihren Haaren, und es dauerte nicht lange, bis sich die ersten Haarklammern lösten und einzelne Haarsträhnen herabrutschten.

„Du ruinierst deiner Mama ja die ganze Frisur!" schimpfte Maria liebevoll und löste die Finger der Kleinen aus dem Gewirr, um sie zu einem Kuß an ihre Lippen zu führen. Rachel quittierte es mit einem vergnügten Quietschen.

„Mama!" rief Maggie aus der Küche. „Mama, wir sind fertig, Papa und ich."

„Hast du denn deinen Teller leergegessen?" fragte Maria automatisch, bevor ihr einfiel, daß ihr eigener Teller noch so gut wie unangetastet auf dem Tisch stand.

„Ja, hat ich", antwortete Maggie, und Maria hörte, wie Austin die Kleine sanft berichtigte: „Ja, habe ich."

„Papa auch", rief Maggie, die Austin mißverstanden hatte. Maria hörte Austin lachen. Es tat gut, ihn lachen zu hören. Maria hoffte, daß er seine Mutlosigkeit überwunden hatte; daß er sie besser abschütteln konnte als sie.

*

Die nächsten Tage verbrachte Maria mit Ausbessern, Waschen und Bügeln, doch ihre Kleidung war einfach hoffnungslos abgetragen. Zu guter Letzt brachte sie das Thema Austin gegenüber erneut zur Sprache.

„Ich meine, die Mädchen und ich sollten dieses Jahr zu Hause bleiben. Bis zur nächsten Konferenz habe ich Rachel vielleicht aus den Windeln, und dann wird alles viel leichter für mich."

Austin widersprach ihr nicht, sondern fragte nur leise: „Bist du dir ganz sicher?"

Maria nickte. Es tat ihr leid, die anderen Pastorenfrauen nicht wiedersehen zu können. Sie ließ sich nur ungern die Gelegenheit zu einer vertraulichen Unterhaltung mit Mrs. Angus entgehen. Auch um das gute Essen, das Gelächter und die Gemeinschaft tat es ihr leid. Doch sie wollte ihren Mann auf keinen Fall mit ihrer zerschlissenen Kleidung und ihren schäbig gekleideten Töchtern blamieren.

„Du wirst mir fehlen", sagte Austin nur, und damit war das Thema erledigt.

Am Abfahrtstag hing Austins Anzug ausgebürstet und gebügelt am Haken. An einigen Stellen war er zwar sichtlich verschlissen, aber er war tadellos sauber. Austins Schuhe hatte Maria auf Hochglanz poliert. Die vielen Kratzer auf der Zehenkappe hatte sie mit etwas Ofenschwärze eingerieben, bevor sie das Leder eingewichst hatte.

Maria verabschiedete sich guter Dinge von ihm, zog ihm die Krawatte zurecht und zupfte an seinen Kragenspitzen, bis sie richtig saßen.

„Ich werde dich furchtbar vermissen", sagte er und nahm sie in die Arme.

Maria brachte ein Lächeln zustande. „Bald bist du ja wieder zu Hause", sagte sie. „Und dann mußt du mir alles haarklein berichten. Mach dir am besten Notizen, damit du bloß nichts vergißt."

Er lächelte. Maria hatte mit einer schlagfertigen Antwort gerechnet, doch Austin nickte ihr nur zu. Dann gab er seinen beiden Töchtern einen Abschiedskuß und drehte sich noch einmal zu Maria um.

„Wenn du Hilfe brauchst, wende dich an Mr. Brady", ermahnte er sie, und sie nickte.

„Dann auf Wiedersehen."

„Auf Wiedersehen", antwortete Maria und strich ihm ein letztes Mal den Jackenaufschlag glatt.

„Und denk daran", flüsterte sie ihm zu, „daß du auf keinen Fall die Jacke ausziehen darfst."

Die Konferenz

„Wo is' Papa?" fragte Maggie wohl zum hundertsten Mal.

„Papa ist zur Konferenz gefahren", antwortete sie und bemühte sich, die Geduld zu wahren.

„Warum?"

„Weil er das mußte." Maria hatte einmal versucht, es ihr genauer zu erklären, doch die Kleine begriff die Zusammenhänge einfach noch nicht. Seitdem fielen ihre Antworten kürzer aus.

„Warum darf ich nicht mit?" schmollte Maggie.

„Vielleicht beim nächsten Mal", vertröstete Maria sie.

„Aber ich wollte diesmal mit", sagte Maggie mit hoch erhobenem Kinn. „Ich sag's Papa."

Maria nickte. Sie legte gerade die frisch gewaschenen Windeln zusammen, und sie war in Gedanken mehr mit dem zerschlissenen Windelstoff als mit Maggies Enttäuschung beschäftigt.

„Viel zu dünn", urteilte sie und hörte Maggie gleich darauf empört sagen: „Ich bin gar nicht zu dünn!" Die Kleine hatte sich zu ihrer vollen Größe aufgerichtet und die Brust herausgedrückt.

„Nein, du nicht", sagte Maria und mußte trotz ihrer Sorgen lachen. „Ich meine doch Rachels Windeln. Sie sind so dünn geworden, daß sich das Wickeln kaum noch lohnt."

Maggie streckte eine Hand aus, um eine der zusammengefalteten Windeln fachmännisch zu befühlen.

„Wenn ich doch nur mehr Stoff hätte!" seufzte Maria, obwohl sie bezweifelte, daß ihre kleine Tochter ihrem Gedankengang folgen konnte. „Dann könnte ich neue Windeln für Rachel nähen."

„Für Maggie auch?"

„Maggie braucht keine Windeln mehr. Maggie ist doch schon ein großes Mädchen." Maria war froh, nur ein Wickelkind zu haben.

Rachel machte sich durch ein Quietschen bemerkbar. Maggie kletterte von dem Stuhl herunter, von dem aus sie ihrer Mutter bei der Arbeit zugesehen hatte, und lief zu ihrer kleinen Schwester. Maria nahm das Gelächter und Plappern der beiden kaum wahr.

Die Indianermütter haben sich mit weichem Moos geholfen, fiel ihr ein. *Aber ich habe keine Ahnung, wo ich welches hernehmen sollte.*

Maria überlegte hin und her. *Was könnte sich denn noch dazu eignen? Federn vielleicht? Nein. Die bekäme ich nicht rechtzeitig wieder sauber und trocken. Irgend etwas muß ich doch im Haus haben, aus dem ich neue Windeln machen kann.*

Doch ihr wollte nichts einfallen. Austin und sie mußten sich ohnehin schon mit einem einzigen Bettlaken begnügen, und von ihren Geschirrtüchern konnte sie keins entbehren. Die wenigen Handtücher, die sie besaßen, brauchten sie unbedingt. Alles, was an wiederverwertbaren Stoffen in der letzten Spendenkiste gewesen war, hatte sie längst verarbeitet. Sie hatte nichts, woraus sie Windeln nähen konnte. Gar nichts.

Wolle! kam es ihr plötzlich in den Sinn. *Wolle würde sich vielleicht dazu eignen.* Doch sie kannte keinen Farmer in der Umgebung, der Schafe züchtete.

Dann fiel ihr die Steppdecke auf ihrem Bett ein.

„Die Füllung ist doch aus Wolle", überlegte sie laut. „Ich könnte etwas davon aus den Rändern nehmen."

Maria ging ins Schlafzimmer und hob eine Ecke der Steppdecke hoch. Ob sie wohl etwas von der Füllung zweckentfremden konnte, ohne allzu großen Schaden anzurichten? Ja, das ließ sich wohl machen. Maria zog die Decke vom Bett und breitete sie auf dem Küchentisch aus. Sie zupfte etwas von der Füllung aus den Ecken und von dem Rand an ihrer Seite und nähte die Öffnungen anschließend wieder zu.

Dann machte sie sich ans Werk. Sie formte die kleinen

Wollbäusche, die vor ihr auf dem Tisch lagen, mit den Fingern zu Windeleinlagen. Die verschlissenen Windeln faltete sie auseinander und füllte sie jeweils mit einem Stück der kostbaren Wolle. Nun sahen die Windeln schon erheblich flauschiger und saugfähiger aus. Bestimmt bekamen sie Rachels Haut so viel besser. Sie wünschte sich, mehr Wolle zu haben, doch dann fiel ihr ein, daß sie ohnehin keine Windeln mehr hatte. Von Maggies Windelgarnitur waren nur noch zehn Stück übrig. Maria mußte täglich Windeln waschen und dafür sorgen, daß sie möglichst schnell wieder trockneten, was an kühlen und nassen Tagen schwierig war. Doch bisher war sie immer irgendwie zurechtgekommen, und Rachel schien unter dem Mangel an Windeln keinen Schaden zu leiden.

„Nicht beißen!" hörte Maria ihre Älteste plötzlich protestieren. Dem erschrockenen Ausruf folgte ein lautstarkes Geheul.

Maria wandte sich vom Tisch ab und lief zu ihrer Tochter. „Was ist denn passiert?" fragte sie die weinende Maggie.

„Rachel hat mich 'bissen!" rief das kleine Mädchen zwischen zwei Schluchzern.

„Aber sie hat doch noch gar keine Zähne", widersprach Maria und hob Maggie auf ihren Schoß. Als sie sich aber dann den Finger genauer ansah, den Maggie ihr entgegenstreckte, entdeckte sie tatsächlich eine kleine Druckstelle.

„Nanu?" wunderte sie sich, doch Maggie fuhr anklagend fort: „Sie hat mich 'bissen, und dabei hab' ich sie überhaupt nicht zuerst 'bissen!"

Rachel, die das Gezeter verwirrt mit angehört hatte, brach nun ebenfalls in Tränen aus. Maria wußte nicht, welche ihrer Töchter sie zuerst trösten sollte.

„Du, Rachel hat's nicht mit Absicht getan", wollte sie Maggie erklären, doch diese war nicht zu langen Erklärungen aufgelegt.

„Hat sie doch!" widersprach sie. „Sie hat ihren Mund aufemacht – guck mal, so –, und dann hat sie meinen Finger 'bissen, ganz fest." Sie machte es Maria vor.

„Ja, ich weiß", sagte Maria. „Ich weiß, daß sie deinen Finger gebissen hat, aber sie wollte dir nicht wehtun."

„Warum hat sie dann so fest 'bissen?" heulte Maggie.

Maria setzte sich auf den Fußboden und hievte sich beide Töchter auf den Schoß.

„Laß mal sehen", sagte Maria, und Maggie streckte ihr den Finger noch einmal entgegen. Tatsächlich. Die Druckstelle sah aus wie ein Zahnabdruck.

„Ich dachte, Rachel hätte noch gar keine Zähne ..." begann sie, doch Maggie unterbrach sie schluchzend.

„Nee, nicht Zähne. Nadeln hat sie", behauptete sie.

Maria wandte sich der kleinen Rachael zu, die inzwischen ihr Geschrei eingestellt hatte, um ihre ältere Schwester aus großen, forschenden Augen zu betrachten. Ein paar letzte Tränen glitzerten auf ihren runden Wangen und den langen Wimpern, doch sie wirkte jetzt eher belustigt als verstört.

„So, nun laß uns mal nachsehen", sagte Maria mit einer Spur von Neugier in der Stimme. „Weißt du noch, wie Mama dir gesagt hat, daß kleine Babys keine Zähne haben? Vielleicht hat Rachel ja inzwischen einen. Dann wäre sie jetzt kein kleines Baby mehr."

Maggie schaute skeptisch drein und schluckte gegen einen Schluchzer an.

„Laß uns mal nachsehen, ja?" sagte Maria noch einmal und rückte Maggie auf ihrem Schoß zurecht, um beide Hände für Rachel frei zu haben. Sie faßte sie beim Kinn und griff mit einem Finger in ihren Mund. Maria wußte genau, wie ungern Rachel eine solche Prozedur über sich ergehen ließ. Bestimmt würde sie gleich ein Protestgeschrei erheben.

Doch es war Maggie, die losschrie. „Laß das!" rief sie entsetzt und schubste Marias Finger aus der Gefahrenzone. „Sie beißt dich sonst!"

„Ich passe schon auf", versprach Maria und fing von vorn an.

Tatsächlich, Rachel hatte einen winzigen Zahn, und Maggie hatte recht gehabt: Er war nadelspitz. Als die Kleine den

Zeigefinger zwischen ihre Kiefer klemmte, hätte Maria beinahe vor Schmerz aufgeschrien.

„Was is'?" wollte Maggie wissen. „Hat sie nun 'nen Zahn oder nicht?"

Maria nickte. „Und ob sie einen hat!" sagte sie. Ihr Finger schmerzte heftig.

„Freut Papa sich wohl?" fragte Maggie und wischte sich die Tränen ab.

„Ganz bestimmt", antwortete Maria.

„Dann soll er ganz, ganz bald nach Hause kommen", sagte Maggie, „damit wir's ihm erzählen können. Sonst weiß er ja gar nicht, daß Rachel 'n Zahn hat." Dabei hob sie vielsagend die Hand in die Luft und zuckte mit den Achseln.

„Papa kommt ja morgen wieder", erinnerte Maria sie.

„Morgen dauert immer so lange", beklagte Maggie sich.

„So schlimm ist es gar nicht. Nur noch einmal schlafen", antwortete Maria, doch sie mußte sich eingestehen, daß auch ihr die vier Tage ohne Austin wie eine Ewigkeit erschienen waren. Maria hob die beiden Mädchen von ihrem Schoß und stand auf.

„Wollen wir ihm von dem Zahn erzählen, oder wollen wir ihn überraschen?" fragte Maggie, deren Tränen nun endgültig versiegt waren.

„Überraschen? Wie denn?" fragte Maria zurück.

Maggie zuckte wieder mit den Achseln, doch aus ihren Augen sprühte die Abenteuerlust. „Er soll seinen Daumen mal in Rachels Mund stecken", schlug sie vor. „Dann merkt er's gleich."

Maria nickte. Wenn Rachel mit der gleichen Kraft wie vorhin zubiß, würde er in der Tat auf schmerzhafte Weise erfahren, daß sie ihren ersten Zahn bekommen hatte.

„Ich meine, wir sollten es ihm lieber sagen", bestimmte sie, und Maggie machte ein enttäuschtes Gesicht.

∗

Die ganze Familie freute sich, als Austin am nächsten Tag nach Hause kam. Maggie begrüßte ihn mit einem Freudentanz und überfiel ihn gleich mit lauter Fragen und lebhaften Berichten von allem, was sich in seiner Abwesenheit ereignet hatte. Rachel quietschte vor Vergnügen und wedelte mit ihren pummeligen Ärmchen durch die Luft. Maria war die stillste von allen, doch sie empfand die Wiedersehensfreude am tiefsten. Ohne Austin war ihr das Haus furchtbar leer vorgekommen. Es war ihre erste Trennung seit ihrer Fahrt zu ihren Eltern gewesen. Sie hatte nicht geahnt, was für ein großer Teil ihrer selbst fehlen würde, während er unterwegs war.

Den ganzen Nachmittag über hatte Austin allerhand Neuigkeiten zu berichten. „Alle haben dich vermißt", sagte er zu Maria. „Sie lassen dich herzlich grüßen, besonders Mrs. Angus."

„Wie geht es ihr?" erkundigte Maria sich. Es tat ihr ausgesprochen leid, das Wiedersehen mit der freundlichen alten Dame verpaßt zu haben.

„Ich meine, sie sieht etwas besser aus als letztes Jahr. Der Ruhestand scheint ihr gut zu bekommen."

Darüber freute Maria sich. Außerdem erfuhr Maria, daß Milton Smith wegen einer akuten Blinddarmentzündung operiert worden war, daß Mrs. Buttle das nächste Kind erwartete, daß Pastor Willis ernste Schwierigkeiten mit seinen Augen hatte und daß seine Frau ihm deshalb neuerdings seine Unterlagen vorlesen mußte, wenn er eine Predigt vorzubereiten hatte. Mrs. Giles' Ergehen hatte sich seit ihrer Operation erheblich gebessert. Der kleine Sohn von Mr. und Mrs. Thomas hatte sich bei einem Sturz von der Schaukel das Bein gebrochen, und Miss Small, die Dekanin, wollte nach vierzig Jahren Jungfernstand demnächst heiraten.

„Ich habe mich auch mit Mrs. Whiting unterhalten", fuhr Austin fort. „Sie hat gerade die Leitung der Frauenhilfe übernommen und wollte wissen, ob wir jemanden in unserer Gemeinde hätten, dem man mit einer Spendenkiste helfen könnte."

Maria hielt gespannt die Luft an. „Und was hast du

gesagt?" fragte sie dann, als Austin sich nicht weiter zu dem Gespräch äußerte.

„Ich habe ihr gesagt, daß du großes Geschick dazu hättest, die Spenden zu verwerten, und daß du viel für unsere beiden Töchter nähst. Daraufhin hat sie mir zugesagt, das bei der nächsten Kiste, die sie packt, zu berücksichtigen."

Maria schickte ein Dankgebet zum Himmel. „Hat sie dir gesagt, wann das ungefähr sein wird?" fragte sie leise und hoffte, daß es nicht allzu ungeduldig geklungen hatte.

„Sie hat nur gesagt, sie wolle bei dem nächsten Treffen mit dem Packen anfangen", antwortete Austin leichthin.

Bei dem nächsten Treffen. Maria fing an zu rechnen. Wenn alles glatt ging, könnten die Spenden noch vor dem nächsten Winter eintreffen.

Austin hatte es eilig. „Ich muß unbedingt mit meinen Predigtvorbereitungen anfangen", sagte er zu Maria und fügte hinzu: „Wenigstens habe ich jetzt endlich wieder etwas, über das ich predigen kann."

Maria verstand nicht, was er mit dieser Bemerkung gemeint hatte, doch weil Maggie gerade lautstark ihre Aufmerksamkeit verlangte und Rachel ihren Hunger bekundete, blieb ihr keine Zeit für Fragen.

※

Erst als die beiden Mädchen im Bett lagen, konnten Austin und Maria sich endlich in Ruhe unterhalten.

„Es ist wirklich schade, daß du nicht mitkommen konntest", sagte er zu ihr. „Ich finde, es war die beste Konferenz, die wir je hatten."

„Die beste? Wie meinst du das?" fragte Maria.

„Ich bin noch nie so ... so aufgemöbelt von einer Konferenz nach Hause gekommen. So erfrischt. So voller neuer Perspektiven."

Maria betrachtete ihren Mann. Er sah tatsächlich erfrischt aus. Es tat ihr aufs neue leid, nicht mitgefahren zu sein. Auch ihr hätte ein Auftanken gutgetan, ein Erfrischtwerden.

„Ich muß zugeben", fuhr Austin fort, „daß ich ziemlich entmutigt losgefahren war. Ich fühlte mich ausgelaugt. Ich hatte mich sogar schon gefragt, ob Gott mich wirklich in die Mission berufen hat oder ob ich mir das nur eingebildet hatte. Ich hatte ernsthaft erwogen, die ganze Gemeindearbeit an den Nagel zu hängen."

Marias Augen weiteten sich.

„Du weißt doch", erklärte Austin ihr, was er meinte, „daß meine ganze Familie in irgendeiner Form in der Gemeinde- und Missionsarbeit tätig ist. Vielleicht ... vielleicht hatte ich ja geglaubt, das deshalb auch tun zu müssen. Meine Arbeit erschien mir irgendwie so ... so fruchtlos." Austin hielt inne und fuhr sich mit der Hand durch den dichten Haarschopf, um dann seine Finger um seinen Nacken zu spannen.

Maria wagte kaum zu atmen. Es war bestimmt alles ihre Schuld. Gleich würde Austin den Vorwurf aussprechen, daß er mit ihr die falsche Frau geheiratet hatte.

„Pastor Morris, der Evangelist, hat einige Vorträge gehalten, die es in sich hatten", fuhr Austin jedoch fort, „und bei den Gruppengesprächen habe ich einige höchst erstaunliche Dinge zu hören bekommen."

Maria wartete schweigend darauf, daß er weitersprach. Austin löste seine Hand von seinem Nacken und umfaßte Marias schmale Hand. „Stell dir nur vor: mindestens sechs andere Männer haben das gleiche gedacht wie ich."

„Sechs Männer waren der Meinung, daß du mit der Gemeindearbeit aufhören sollst?" fragte Maria mit unsicherer Stimme.

Austin schüttelte heftig den Kopf. „Nein! Nein, nicht ich. Sie dachten alle, sie selbst sollten aufhören. Sie hielten ihre Arbeit für schlecht. Sie waren zu dem Schluß gelangt, nicht zum Missionsdienst zu taugen."

Maria konnte ihren Ohren kaum trauen. Sie mochte zwar in Austins Fall das Hindernis sein, aber an dem Versagen der anderen Pastoren traf sie keine Schuld. Oder etwa doch?

„Und dann ist Pastor Angus aufgestanden, und mit tränenüberströmtem Gesicht hat er sich an uns alle gewandt.

‚Kinder', hat er gesagt. Ein sonderbares Gefühl, mit ‚Kinder' angeredet zu werden. ‚Kinder, laßt nicht zu, daß der Teufel eure Arbeit mit dieser Lüge lahmlegt', hat er gesagt. ‚Der Teufel will euch einreden, daß ihr versagt hättet. Daß ihr eine Enttäuschung für Gott, für die Kirche, für eure Familie, für euch selbst wärt. In all meinen Jahren als Pastor hat er mir das auch oft vorgegaukelt. Und ich muß zu meiner Schande gestehen, daß ich ihm mehr als einmal geglaubt habe.'"

„Das hat er tatsächlich gesagt?" flüsterte Maria und sah Austin aus großen Augen an. Er nickte. Er hob Marias Hand und umfaßte sie mit beiden Händen.

„‚Gott hat euch berufen. Nur vor ihm allein habt ihr euch zu verantworten', hat Pastor Angus gesagt. ‚Ich glaube nicht, daß Gott die gleichen Strichlisten führt, die wir oft für so unentbehrlich halten: Wie viele Hausbesuche? Wie viele Bekehrungen? Wie viele Taufen? Über diese Zahlen führen wir fein säuberlich Buch, weil wir das wichtig finden. Aber Gottes Buchführung sieht ganz anders aus: Wie treu folgst du deiner Berufung? Wie sehr liegt dir an verlorenen Seelen? Wie gehorsam willst du mir sein? Wie bereitwillig folgst du mir nach? Gott mißt unseren Zahlen keine große Bedeutung bei. Ihm ist unsere Treue viel wichtiger. Unsere Hingabe, unser Gehorsam, unsere Opferbereitschaft. Darauf kommt es ihm an. Auf persönliches Wachstum im Glauben.'"

Austin hielt inne und kämpfte mit den Tränen. Maria wußte kaum, was sie sagen sollte.

„Ich war auf dem Holzweg, Maria", brach es dann aus Austin hervor. „Erfolg war mir wichtiger als ... als Gehorsam." Maria hätte ihm am liebsten widersprochen, doch sie schwieg. „Gott liegt mehr an mir selbst – an meiner Liebe zu ihm und meiner Opferbereitschaft – als an meinem Dienst", fuhr Austin fort. „Und das habe ich ihm bisher verwehrt. Ich war viel zu sehr damit beschäftigt, andere bekehren zu wollen."

„Aber Bekehrungen ..." wollte Maria protestieren.

„Ja, natürlich", räumte Austin schnell ein, „Bekehrungen sind wichtig. Diese Leute sind ohne Jesus verloren, aber gerade weil sie verloren sind, gilt ihnen Gottes Liebe. Für sie ist Jesus doch gestorben. Um seinetwillen – und um ihretwillen – muß ich ihnen die Botschaft der Hoffnung bringen, nicht um meinetwillen, Maria. Nicht um meinetwillen. Es geht nicht um irgendwelche Zahlen in einem Buch oder ... oder um Tabellen für das Bezirksgemeindeamt." Austin zitterte sichtlich. Maria legte ihm ihre freie Hand auf den Arm.

„Und dann ist mir noch etwas klargeworden", sprach Austin weiter. „Auch wenn ich in meiner ganzen Amtszeit als Pastor keinen einzigen Menschen bekehren sollte, kann ich Gott treu sein. Ich kann ihm gehorsam sein. Weißt du, ich bekehre doch ohnehin niemanden. Das kann ich gar nicht. Ich kann nur das Evangelium weitersagen. Das Erretten, das Bekehren muß der Heilige Geist bewirken. Austin Barker kann keine einzige Menschenseele erretten. Das habe ich natürlich von Anfang an gewußt, aber ich habe mich nicht entsprechend verhalten. Ich habe versucht, alles allein zu machen. Ich habe gedacht, alles hinge von mir ab. Davon, wie überzeugend ich predige. Davon, wieviel ich bete. Davon, wie gut ich meine Sache mache.

Aber das stimmt überhaupt nicht, Maria. Alles hängt von Gott allein ab. So war es von Anfang an. Meine Unzulänglichkeit, mein Mangel an Fähigkeiten und Weisheit: das spielt alles keine Rolle vor Gott. In der Bibel steht, daß er die Schwachen, die Kleinen, die Unbedarften in seine Dienste nehmen will. Leute wie mich."

„Ich habe nicht gewußt, daß du ... daß du das gedacht hast", murmelte Maria und hielt Austins Hand fest umfaßt. Sie unterließ es, hinzuzufügen: *Und ich dachte immer, daß nur mir solche Gedanken kommen.*

„Ich bin halt ein Mann", sagte Austin, den Tränen nahe. „Ich habe versucht, mir nichts davon anmerken zu lassen. Wir leben manchmal hinter Fassaden. Wer zugibt, Zweifel zu haben, der gibt gleichzeitig zu, versagt zu haben."

„Aber du hast doch gar nicht versagt", widersprach Maria. „Immerhin haben wir jetzt ein eigenes Gemeindehaus und brauchen unsere Gottesdienste nicht mehr in der Schule zu halten. Mr. und Mrs. Cross haben sich bekehrt. Eine Reihe von neuen Leuten kommen zum Gottesdienst – und zwar regelmäßig. Die Jungen aus der Nachbarschaft sind nicht mehr zerstörungswütig und feindselig. Du hast nicht versagt, Austin."

Er strich ihr über die Hand. Dann schluckte er und lachte leise. „Ist dir eigentlich klar, daß du diejenige warst, die diese Dinge allesamt ins Rollen gebracht hat?" fragte er sie geradeheraus.

Maria starrte ihn verständnislos an. „Das stimmt aber nicht", wehrte sie dann energisch ab. „Du hast doch die Reparaturarbeiten an dem Gemeindehaus eigenhändig ausgeführt."

„Und wer hat mich dazu überredet, das morsche, alte Haus überhaupt anzunehmen?"

„Aber du ..." wollte Maria protestieren, doch Austin schüttelte nur den Kopf.

„Du hast mit Matt gesprochen ..." wollte Maria ins Feld führen.

„Wer hat die ersten Kontakte geknüpft?"

„Aber ..." stotterte Maria.

Austin zog sie an sich und küßte sie. Anstatt weiterzuargumentieren, hob er ihr Kinn und sah ihr tief in die Augen.

„Ich liebe dich, Maria", sagte er einfach nur. „Wenn du nicht gewesen wärst, hätte ich längst das Handtuch geworfen. Gott hat schon gewußt, warum er mich mit dir beschenkt hat." Er gab ihr einen Kuß auf die Nase.

Maria war, als ertränke sie in einem See der Verwirrung. Ihr starker, tüchtiger Austin hatte unter Mutlosigkeit und Selbstzweifeln gelitten. Austin mit all seinen Fähigkeiten und Begabungen, seiner Intelligenz, seinem glänzenden Seminarabschluß. Und dieser Austin stützte sich auf sie. Die Frau, die nur die achte Schulklasse vollendet hatte. Die Frau, die keinerlei Vorbildung für die Missionsarbeit besaß und nicht wußte, wie man verlorenen Seelen das Evangelium brachte. Die Frau, die über keinerlei Organisationstalent verfügte. Was Austin gerade gesagt hatte, ergab überhaupt keinen Sinn.

Irgend etwas stimmte hier nicht. Austins unerwartetes, quälendes Geständnis lastete als zusätzliche Verantwortung zentnerschwer auf ihr.

Unverhoffter Besuch

Täglich hielt Maria Ausschau nach der angekündigten Spendenkiste, und täglich wurde sie enttäuscht. Es war nicht leicht, angesichts des schnell herannahenden Herbstes und einer so dürftigen Garderobe für die beiden kleinen Mädchen die Geduld zu wahren. Maria tat ihr Bestes, sich ihre Sorgen nicht anmerken zu lassen. Dennoch fraß sich die Unruhe tief in ihre Magengegend.

Das ist kein Gottvertrauen, schalt sie sich selbst. *Ich weiß doch genau, daß Gott uns rechtzeitig alles geben wird, was wir brauchen. Vielleicht wird dieser Herbst ja besonders mild, so daß wir die Winterkleidung erst in ein paar Monaten brauchen.*

Maria nahm sich vor, sich keine grauen Haare wachsen zu lassen, sondern auf Gottes Hilfe zu vertrauen, ganz gleich, wann und wie sie eintreffen sollte.

Doch selbst die kleinen Wollbäusche, die sie aus der Bettdecke genommen hatte, reichten nicht aus, um die kleine Rachel trocken zu halten. Zudem war das tägliche Windelwaschen furchtbar lästig. *Es läßt mir so wenig Zeit für wichtigere Dinge,* klagte Maria oft im stillen.

Eine weitere Schwierigkeit bestand darin, die Wäsche trocken zu bekommen. Maria hängte die Wäsche am liebsten draußen im hellen Sonnenlicht zum Trocknen auf, doch mehr als einmal hätte ihr der Wind beinahe die kostbaren Windeleinlagen gestohlen. An einem besonders windigen Tag hatte sie zwei Straßen weit hinter den Wollbäuschchen herlaufen müssen. So peinlich es ihr auch gewesen war, atemlos hinter den Wollflocken herzujagen, so hatte sie es nicht riskieren können, sie zu verlieren. Rachels zarte Haut stand auf dem

Spiel. Maria war nichts anderes übriggeblieben, als ihre Röcke zu raffen und loszurennen. Seitdem ließ sie die Wolleinlagen im Haus trocknen, wo der Wind sie ihr nicht entreißen konnte.

Doch selbst für die kleinen Wollflocken fand sich nur schwer ein Platz zum Trocknen. Maggie hatte inzwischen begriffen, daß sie nicht mit den Wollstücken spielen sollte, doch Rachel, die zwar schon krabbeln, aber noch nicht immer gehorchen konnte, wurde oft mit Wollflusen in den Händen und im Mund ertappt. Maria mußte ständig auf der Hut sein.

Maria war sich darüber im klaren, daß sie ihre Jüngste selbst mit den Wolleinlagen nicht durch den Winter bekommen würde. Fest stand aber auch, daß sie auf keinen Fall mehr Wolle aus der Bettdecke nehmen durfte. Die Decke war ohnehin schon an manchen Stellen zu dünn. Maria hatte sich einzureden versucht, daß es gesünder sei, kühl zu schlafen, aber dann stellte sie fest, daß sie sich im Schlaf wärmesuchend an Austin drängte.

Maria stand gerade vor ihrem Waschfaß, als sie ein Pochen auf dem Bürgersteig draußen hörte. Unwillkürlich mußte sie an Mrs. Paxton denken, doch genauso schnell verwarf sie den Gedanken wieder. Mrs. Paxton war tot. Es konnte nicht ihr Gehstock sein, der da draußen auf dem Gehsteig klapperte.

Jetzt hörte Maria auch Schritte. Jemand kam auf die Haustür zu. Maria trocknete sich hastig die Hände an ihrer Schürze und ging an die Tür.

Sie traute ihren Augen kaum. Vor ihr standen Pastor Angus und seine Frau.

„Das ist ja zu schön, um wahr zu sein!" rief sie. „Kommen Sie doch herein!" Maria wußte nicht, wann sie sich je so über Besuch gefreut hatte.

„Die Frauenhilfe hat einen Berg an Kleidung für euch", erklärte Pastor Angus. „Eigentlich war vorgesehen, die Sachen als Frachtpaket zu schicken, aber meine Frau wollte dich unbedingt besuchen, und da haben wir die Sachen gleich mitgebracht."

Maria fühlte sich doppelt beschenkt. Mit einem frohen

Lächeln bat sie die beiden Gäste in die Küche. Mrs. Angus folgte der Aufforderung und setzte sich auf den Stuhl, den Maria ihr anbot.

„Ich lade erst einmal die Kisten aus", sagte Pastor Angus, „und dann würde ich mich gern mit deinem Mann unterhalten. Ist er in der Kirche?"

Maria nickte. „Ja, in seinem Arbeitszimmer", antwortete sie. „Er bereitet seine Predigt vor."

„Seine Predigten sollen glänzend sein, habe ich gehört", sagte Pastor Angus voller Anerkennung, doch Maria wußte, daß Austin sich eigentlich mehr Erfolg erhofft hatte – auch wenn er diesen Aspekt seiner Arbeit von jetzt an Gott überlassen wollte.

„Ich lerne immer viel aus ihnen", sagte sie nur.

Pastor Angus trug vier Kisten mit abgelegter Kleidung ins Haus und stapelte sie in einer Ecke der Küche. Selbst in ihrer Wiedersehensfreude war Maria sich ihrer Gegenwart deutlich bewußt. Sie brannte darauf, die Kisten zu öffnen und den Inhalt zu begutachten, doch das konnte warten.

Die beiden Frauen sprachen über vieles: Haushalt, Kinder, die Gemeinde, aktuelle Ereignisse. Maria blühte regelrecht auf.

„Ich war so enttäuscht, als du nicht zur Konferenz kamst", sagte Mrs. Angus. „Deshalb habe ich die nächste Gelegenheit beim Schopf gepackt, euch zu besuchen und selbst nachzusehen, wie es euch geht."

Maria drehte ihre Teetasse in den Händen hin und her. Wie ging es ihnen eigentlich? Auf diese Frage hatte sie keine Antwort parat. Rein äußerlich gesehen schien alles seinen geregelten Gang zu gehen. Austin war sehr beschäftigt. Seine Predigten waren gut durchdacht und gekonnt vorgetragen. Doch die Arbeit war mühsam und ziemlich fruchtlos. Nun gut, Matt Cross hatte sich geändert und schien Fortschritte zu machen. Mrs. Cross hatte darum gebeten, getauft zu werden. Das war immerhin ein Grund zur Dankbarkeit.

Aber war das genug? Müßten sie nach all der Zeit in dieser kleinen Ortschaft eigentlich nicht mehr Erfolge vorweisen können? War ein Glaubenswachstum zu verzeichnen? Waren Kontakte zu den richtigen Leuten geknüpft worden? Waren sie dabei richtig vorgegangen? Fest stand, daß Austin sein Bestes tat. Er war ein treuer, gehorsamer Diener Gottes. Konnte man überhaupt mehr von ihm erwarten? Zweifel quälten Maria. Wenn Fehler gemacht worden waren, wenn jemand versagt hatte – und sie befürchtete, daß das der Fall war –, dann lag es an ihr, an ihren mangelnden Fähigkeiten und Kenntnissen. Maria spürte die Schuld bleischwer auf sich lasten.

Mrs. Angus schien ihr die Verstörung anzumerken. „Was war eigentlich der wahre Grund, weshalb du nicht zur Konferenz mitgefahren bist?" fragte sie sanft, aber eindringlich. „Warst du ... warst du verbittert und zornig auf Gott?"

„Nein!" rief Maria entschieden. Keine Sekunde lang war sie verbittert oder zornig auf Gott gewesen. Sie selbst war das Problem, und das wußte sie.

„Das freut mich zu hören", sagte Mrs. Angus. „Ich hatte mir nämlich schon Sorgen gemacht. Weißt du, vielen jungen Pastorenfrauen geht es nämlich so. Mir früher auch."

Marias Augen weiteten sich vor Überraschung. Sie konnte sich überhaupt nicht vorstellen, daß Mrs. Angus je solche unheiligen Gedanken und Gefühle gehabt hatte.

„Manchmal setzen einem die harten Zeiten arg zu. Besonders, wenn man nicht weiß, woher man das Essen und die Kleidung für die Familie nehmen soll. Das ist nicht leicht. Vor allem, wenn man das Gefühl hat, daß es anderen viel besser geht."

Maria senkte den Blick. Sie hatte gedacht, die einzige zu sein, die so zu kämpfen hatte.

„Viele der jungen Frauen kommen nicht zur Konferenz, weil sie sich darüber ärgern, keine neuen Schuhe zu haben, oder weil das Geld nicht für ein neues Kleid langt."

„Ich war nicht verärgert", antwortete Maria zögernd. „Ich wollte Austin nur nicht blamieren."

Mrs. Angus nickte verständnisvoll.

„Und die Mädchen hatten nichts Vorzeigbares anzuziehen",

gestand Maria. „Ich hätte die ganze Zeit mit Wäschewaschen verbringen müssen."

Erneut nickte Mrs. Angus. „Und wie sieht es inzwischen in der Beziehung aus?" erkundigte sie sich.

„Ich habe jeden Tag darauf gewartet, daß die Kisten endlich ankommen", antwortete Maria in aller Offenheit, und ihr Blick wanderte in die Ecke, wo sie aufgestapelt lagen. „Hoffentlich reicht der Stoff für neue Winterkleidung. Maggies Sachen sind ihr zu klein, und Rachel wird sie kaum tragen können, weil sie schon zu verschlissen sind. Meine eigene Kleidung ist auch furchtbar abgetragen. Austin schämt sich bestimmt, weil ich meine Sache so schlecht mache."

„Austin ist unbeschreiblich stolz auf dich", widersprach Mrs. Angus mit Bestimmtheit.

Maria brachte ein Lächeln zustande. Es war alles furchtbar widersinnig. „Wenn ... wenn er das wirklich wäre", sagte sie zögernd, „dann hätte ich es auf keinen Fall verdient."

Mrs. Angus wartete darauf, daß sie weitersprach. Maria spielte mit ihrem Ehering. Sie wußte nicht, was sie sagen sollte, doch mit irgend jemand mußte sie reden. Sie hatte ihren Kummer, ihre Selbstzweifel viel zu lange mit sich herumgetragen.

„Ich ... ich tauge nicht zur Pastorenfrau", brach es aus ihr hervor, bevor sie sich eines anderen besinnen konnte. „Austin hat einen furchtbaren Fehler gemacht, als er mich heiratete. Ich bin ja nur ein Bremsklotz für ihn gewesen. Ich kann nichts von allem, was eine Pastorenfrau können muß."

„Was muß eine Pastorenfrau denn können?" fragte Mrs. Angus behutsam.

„Eine Frauengruppe leiten. Kinder unterrichten. Und ... und Orgel spielen", stotterte Maria.

Mrs. Angus ließ Maria einen Moment Zeit, um sich zu fassen. „So gesehen", sagte sie dann, „war ich auch keine gute Pastorenfrau."

„Aber natürlich waren Sie das", verteidigte Maria sie und starrte sie aus großen Augen an. Mrs. Angus war ihr immer ein Vorbild gewesen.

„Um ehrlich zu sein, hatte ich überhaupt kein Geschick darin, Frauengruppen zu leiten. Ich habe es nur getan, weil niemand anders zur Verfügung stand. Zu Anfang habe ich immer vor lauter Nervosität gezittert, weil ich mir so etwas im Grunde genommen gar nicht zutraute."

Maria konnte kaum glauben, was sie da gehört hatte. Sie hätte nie für möglich gehalten, daß Mrs. Angus je Unzulänglichkeitsgefühle gehabt hatte.

„Und mit Kindern konnte ich auch nicht gut umgehen. Mein Mann hat immer mit mir geschimpft. ‚Sei doch nicht so streng und ungeduldig mit ihnen', hat er gesagt. Ich habe von den Kindern verlangt, daß sie stillsaßen und aufpaßten, anstatt herumzuzappeln."

Auch dieses Geständnis kam überraschend für Maria. Sie hatte Mrs. Angus als ihre Sonntagsschullehrerin fast abgöttisch verehrt, obwohl diese damals keinerlei Unfug geduldet hatte.

„Und hast du mich je ein Instrument spielen gehört?"

Maria schüttelte den Kopf.

„Ich habe versucht, es zu lernen. Furchtbar angestrengt habe ich mich sogar, als wir jung verheiratet waren, aber ich hatte keine Spur von Talent. Zu guter Letzt habe ich es aufgegeben, unter Tränen. Singen konnte ich auch nicht. Ich habe ziemlich bald begriffen, daß es am besten war, wenn ich nur ganz leise mitsang oder sogar nur die Lippen bewegte. Ich hatte Angst, alle anderen sonst aus dem Konzept zu bringen."

„Aber ... aber –"

„Und jetzt reden wir einmal von dir", fuhr Mrs. Angus fort. „Die Frauen loben deinen Einsatz sehr. Schau doch nicht so verdutzt drein! So etwas spricht sich auf der Konferenz herum, weißt du. Wir haben viel Gutes über dich gehört."

„Aber ... aber ich leide jedesmal unbeschreibliche Qualen, wenn ich ..."

„Ein bißchen Beklemmung hält uns bescheiden", entgegnete Mrs. Angus ungerührt. „So vergessen wir wenigstens nicht, daß wir auf Gottes Hilfe angewiesen sind. Es hat sich aber auch herumgesprochen, daß du sehr viel Geschick im Umgang mit Kindern hast. Daß es dir und deinem Mann gelungen ist, eine Horde Straßenjungs zur Vernunft zu bringen, und daß ein paar davon inzwischen sogar zum Gottesdienst kommen. Daß diese kleinen Lausebengels regelmäßig bei dir aufkreuzen und sich mit Brot und Marmelade verwöhnen lassen. Stimmt's?"

„Ja, aber ..."

„Außerdem haben wir gehört, daß du gleich beim ersten Anlauf eine Weihnachtsfeier auf die Beine gestellt hast, die sich als voller Erfolg erwiesen hat, und daß die Kirche seitdem bei jeder Weihnachtsfeier bis auf den letzten Platz besetzt ist."

„Aber das kommt doch nur daher, daß die Leute ihre Kinder gern auf der Bühne sehen, und bis jetzt hat sich noch niemand gefunden, der –"

„Haargenau. Aus demselben Grund habe ich auch angefangen, leitende Aufgaben zu übernehmen. Als mein Mann seine erste Stelle antrat, war mir angst und bange. Ich war felsenfest davon überzeugt, nicht das Zeug zu einer Pastorenfrau zu haben. Ich war drauf und dran, mich von Satan einschüchtern zu lassen und mich in ein Mauseloch zu verkriechen, wenn ein älterer Mann aus unserer Gemeinde mir nicht die Leviten gelesen hätte. ‚Gott verlangt nicht von uns, daß wir perfekt sind', hat er mir gesagt, ‚sondern nur, daß wir bereitwillig sind. Gehorsam. Treu in allem, was uns anvertraut wurde.' Nach viel Gebet und Zittern", und Mrs. Angus lachte leise, „ist mir klargeworden, daß er recht hatte, und ich habe Gott alles, was ich hatte – mich selbst – dargeboten. Ich wußte zwar nicht, warum er überhaupt daran interessiert war und was er damit vorhatte, aber ich habe ihm einfach alles gegeben."

Maria spürte, wie sie am ganzen Leib zitterte, als sie an die vielen Aufgaben dachte, die Mrs. Angus damals in der Gemeinde und in der Ortschaft wahrgenommen hatte. Überall war sie beliebt gewesen. Überall hatte man nichts als Hochachtung vor ihr gehabt. Das, was sie Gott geschenkt hatte, war tatsächlich zum reichen Segen für viele geworden. Doch sie, Maria, hatte nichts, was sie Gott schenken könnte. Sie hatte keinerlei Talente oder Fähigkeiten zu den Aufgaben, von denen gerade die Rede gewesen war. Sie verrichtete sie nur, weil niemand anders dazu zur Verfügung stand. Sie leistete stümperhafte Arbeit; jemand mit den entsprechenden Fähigkeiten könnte weitaus mehr erreichen.

Doch Mrs. Angus schien sie einfach nicht zu verstehen. Resigniert ließ sie es dabei bewenden. Im Grunde genommen war die eigentliche Ursache ihrer Selbstzweifel ja noch gar nicht zur Sprache gekommen. Konnte sie es wagen, die Dinge beim Namen zu nennen? Konnte sie es wagen, ihr Versagen zuzugeben? Würde ihr die ältere Dame, die ihr da gegenübersaß, diese schwerwiegende Sünde verzeihen? Maria hatte das Gefühl, unter ihrer Last zusammenzubrechen. Sie senkte den Blick und legte ihr Geständnis ab.

„Ich weiß ja nicht einmal, wie ... wie man jemanden zum Glauben führt."

Tränen rannen ihr über das Gesicht. Mrs. Angus umfaßte ihre zitternde Hand.

„Wir hatten eine Nachbarin – Mrs. Paxton hieß sie", brach es jetzt aus Maria hervor. „Sie hatte viel Kummer hinter sich und war vollkommen verbittert. Sie hat uns das Haus für die Gemeinde geschenkt. Aber ... aber ich habe es einfach nicht geschafft, ihr den Glauben richtig zu erklären. Ich als Pastorenfrau war dazu nicht imstande. Ich war die einzige, mit der sie überhaupt geredet hat – und ich habe es nicht geschafft, ihr überzeugend von Jesus zu erzählen."

Maria ließ den Kopf auf ihre verschränkten Arme sinken und fing an zu schluchzen. Mrs. Angus konnte nur ratlos zusehen und Maria weinen lassen, während sie ihr liebevoll auf die Schulter klopfte.

„Maria. Maria, jetzt hör mir mal zu", sagte sie, als Maria ruhiger geworden war. „Denkst du etwa, du wärst die einzige, die je einen solchen Fehlschlag erlebt hat? Denkst du etwa, daß sich jeder, der von Jesus hört, auf der Stelle bekehrt? Die Missionsarbeit wäre ja dann ein Kinderspiel. Wir brauchten nur das Evangelium zu verkündigen, und fertig. Aber so ist das nicht. Wir leben im Krieg. Wir haben einen Feind. Die Schlacht ist lang und erbittert, und es gibt Opfer. Satan läßt sich diejenigen, die er verblendet hat, nicht widerstandslos entreißen. Und der Wille des Betreffenden spielt ebenfalls eine große Rolle. Der Heilige Geist zwingt niemanden dazu, Christ zu werden. Er lädt nur ein. Die Entscheidung liegt bei dem Menschen selbst. Deine Nachbarin hatte eine Entscheidung zu treffen, die du nicht für sie treffen konntest. Du konntest sie lediglich vor die Tatsachen stellen. So schwer es auch war, sie unbekehrt in die Ewigkeit zu entlassen, so darfst du nie vergessen, daß die Entscheidung bei ihr selbst lag, Maria. Bei ihr allein."

„Aber ich habe es ihr nicht klar genug gesagt", weinte Maria.

„Wie hat Mrs. Paxton reagiert, als du sie auf den christlichen Glauben ansprechen wolltest?" fragte Mrs. Angus.

„Sie hat gesagt, daß sie einmal an Gott geglaubt habe, aber daß Gott sie bodenlos enttäuscht habe. Sie wollte nichts mehr von ihm hören. Sie hat gemeint, wenn er sie in diesem Leben so sehr im Stich gelassen habe, dann wolle sie im nächsten Leben auch nichts mit ihm zu tun haben", antwortete Maria unter Tränen.

„Dann wußte sie also, um was es geht", sagte Mrs. Angus. „Sie hatte die Wahl, und sie hat eine Entscheidung getroffen."

Maria dachte über diese Bemerkung nach. Ja, wahrscheinlich hatte Mrs. Angus recht. Mrs. Paxton hatte sehr wohl begriffen, um was es ging. Jedenfalls genug, um der Vergebung und der Liebe eines heiligen Gottes den Rücken zu kehren.

„Das ist ja ... das ist ja grauenhaft", sagte Maria, und erneut kamen ihr die Tränen. „Wie kann man bloß ... bewußt nein zu Gottes Gnade sagen?"

„So etwas kommt leider tagtäglich vor", antwortete Mrs. Angus.

Maria weinte noch einen Moment lang. Dann hob sie den Kopf und putzte sich die Nase. Sie wischte sich die Augen und schluckte gegen das Schluchzen an. Wenn sie sich nicht beherrschte, würde sie am Ende noch ihre beiden Töchter mit ihrem Geheule wecken.

„Das ist einfach furchtbar traurig", sagte sie. „Ich wünschte, wir könnten diese Menschen einfach in Gottes Reich hineinbeten ... oder hineinschieben."

„Das entspräche aber nicht Gottes Willen", entgegnete Mrs. Angus sanft. „Er gesteht jedem von uns volle Entscheidungsfreiheit zu. Selbst Gott drängt sich niemandem auf, so sehr er sich auch in seiner Liebe und Gnade wünscht, daß alle Menschen errettet werden."

Schon allein der Gedanke daran brach Maria nahezu das Herz. Wenn sie schon so bekümmert war, wie mußte Gott dann erst zumute sein?

Rachel wachte auf. Maria trocknete sich die letzten Tränen und stand auf, um ihre Jüngste aus ihrem Bettchen zu holen.

Die weitere Unterhaltung nahm einen fröhlicheren Verlauf. Mrs. Angus beschäftigte sich mit den beiden Mädchen. Maria sah voller Stolz zu.

„Ach, wenn meine Eltern sie doch nur sehen könnten", klagte sie. „Mama hätte ihre helle Freude an ihnen. Austin meint, daß wir vor dem Winter vielleicht einen kurzen Besuch zu Hause machen können." Maria dachte wieder an die Kleiderkisten. Jetzt würde sie ihre Töchter für die Reise einkleiden können. „Und Austins Eltern haben vor, uns zu Weihnachten zu besuchen", erzählte sie Mrs. Angus voller Vorfreude.

„Ja, Oma kommt", bestätigte auch Maggie heftig nickend und hüpfte auf und ab. „Wenn's das nächste Mal Weihnachten wird."

Rachel quietschte begeistert, weil Maggie einen solchen Freudentanz aufführte.

„Das ist ja schön", antwortete Mrs. Angus und zog Maggie an sich. „Da werden sie aber staunen, wie groß du schon bist."

„Und Rachel auch", betonte Maggie. „Rachel wird auch groß."

„Da hast du vollkommen recht", meinte auch Mrs. Angus

und beobachtete, wie Rachel sich an einem Küchenstuhl hochzog. „Bald kann sie schon laufen."

„Ja", sagte Maggie und streckte Rachel ihre Hand entgegen. „Komm, Rachel", lockte sie, „ich helfe dir."

Maria mußte eingreifen. „Nein, Maggie. Du bist noch nicht groß genug, um Rachel beim Laufenlernen zu helfen. Am Ende fallt ihr beide hin. Spiel lieber auf dem Boden mit ihr." Sie setzte Rachel wieder hin und gab ihr ein paar Löffel zum Spielen. Maggie ließ sich neben ihre kleine Schwester auf den Boden plumpsen.

„Guck, Rachel", sagte sie, „ich zeige dir mal, wie man ganz laute Musik macht." Und genau das tat sie dann auch.

Als Pastor Angus und seine Frau sich verabschiedeten, nahm die ältere Frau Maria beiseite und flüsterte ihr zu: „Vergiß nicht, meine Liebe: Deine größte und wichtigste Aufgabe ist es, du selbst zu sein. Austin hat sich dich ausgesucht. Er wünschte sich deine Liebe und Unterstützung, und du hast ihn noch nie enttäuscht. Du hast einen hellen Verstand und ein Herz aus Gold. Das ist genug. Denke nicht, du müßtest ein anderer Mensch werden. Bleibe einfach nur Maria. Schenke dich Gott so, wie du bist, Maria. Ohne Vorbehalte."

Marias Augen füllten sich mit Tränen.

Lange nachdem sie den Besuchern nachgewinkt und die Tür geschlossen hatte, hallte es noch in ihr nach: „Bleibe einfach nur Maria. Schenke dich Gott so, wie du bist, Maria. Ohne Vorbehalte."

Zum Leben befreit

In den nächsten Tagen verbrachte Maria viele Stunden mit Beten. Selbst während sie Säume auftrennte und neue Kleidungsstücke zuschnitt, dachte sie unentwegt darüber nach, wie sie eigentlich vor Gott dastand. Durch das Gespräch mit Mrs. Angus hatte sie endlich eingesehen, daß sie sich keine Vorwürfe wegen Mrs. Paxton zu machen brauchte. Letztendlich war es Mrs. Paxton selbst gewesen, die sich für oder gegen Jesus zu entscheiden gehabt hatte. Dies bestätigten auch die vielen Bibelstellen, die ihr jetzt eine nach der anderen in den Sinn kamen. So bekümmert Maria auch über die Einstellung der alten Frau war, so war ihr jetzt klar, daß sie, Maria, keine Bekehrung hätte herbeizwingen können.

Doch es machte Maria nach wie vor zu schaffen, daß sie so ungeeignet für die Gemeindearbeit war. Als Austins Ehefrau hätte sie doch eigentlich viel mehr an Kenntnissen und Fähigkeiten vorweisen können müssen. Immer wieder ging ihr das Gespräch mit Mrs. Angus durch den Kopf. Es hatte sie maßlos erstaunt, daß die ältere Frau einmal unter den gleichen Ängsten und Minderwertigkeitsgefühlen gelitten hatte wie sie. Sie hatte immer gedacht, die selbstsichere Mrs. Angus sei von Natur aus die geborene Pastorenfrau gewesen. Sie hatte gedacht, Gott habe Mrs. Angus für diese Rolle ausersehen und befähigt.

Ach, es war alles ein solches Durcheinander. Maria bemühte sich verzweifelt, Ordnung in ihre wirren Gedanken zu bringen. Zuerst dachte sie über Austin nach. Er hatte ihr gestanden, sich als Versager vorgekommen zu sein. Was hatte er gesagt? Bei der Konferenz hatte Pastor Angus etwas über den Teufel gesagt ... Man müsse ganz klar sehen, daß der Teufel jedem Gläubigen weismachen wolle, wertlos zu sein. Ein Versager. *Ja*, dachte Maria, *Satan versucht tatsächlich, uns einzureden, wir seien zu nichts nütze. Unbrauchbar. Wenn ihm das gelingt, geben wir auf. Wir lassen unsere Botengänge, die Gott uns aufträgt, einfach unerledigt.*

So war es doch schon bei Mose, fiel Maria ein. *"Nein, das kann ich nicht", hat er versucht, sich zu drücken. Oder Saul mit seinen Ausreden. Und Jona. Weil er felsenfest davon überzeugt war, daß sowieso niemand auf ihn hören würde und daß Gott einen großen Fehler machte, lief er einfach weg.*

Plötzlich sah Maria die Dinge in einem viel klareren Licht. Nachdem sie begriffen hatte, mit welcher Strategie Satan vorging, leuchtete ihr auch ein, was Austin vor ein paar Wochen zu ihr gesagt hatte.

Mit neuen Erkenntnissen war Austin von der Konferenz zurückgekehrt. Seitdem hatte sich seine ganze Arbeit geändert. Nein, vielleicht nicht so sehr seine Arbeit. Nach wie vor saß er lange Stunden an seinen Predigtvorbereitungen und machte Hausbesuche. Nach wie vor knüpfte und pflegte er die Kontakte zu neuen Familien in der Umgebung. Doch er hatte eine neue Einstellung zu seinem Auftrag gefunden. Er arbeitete so hart wie zuvor. Er war noch immer mit Leib und Seele bei der Sache. Doch von der bleischweren Last, die er mit sich herumgetragen hatte, schien er irgendwie befreit worden zu sein.

„Den Erfolg überlasse ich von jetzt an Gott", hatte er zu Maria gesagt. „Ich habe eingesehen, daß ich aus eigener Kraft niemanden ändern kann. Das kann nur Gott durch seinen Heiligen Geist. Ich brauche nur treu meinen Auftrag zu erfüllen. Alles übrige ist Gottes Sache. Schließlich ist es seine Gemeinde. Seine Mission. Seine Macht."

Auch das leuchtete Maria jetzt ein. Sie wußte, daß auch sie von sich aus nicht in der Lage war, etwas von ewigem Wert zu schaffen. Doch sie rang noch immer mit der Frage danach, wer sie eigentlich war und was sie Gott zu bieten hatte.

※

Eigentlich sollte ich die Stille im Haus dazu nutzen, Austins Predigtentwurf zu lesen, sagte Maria sich.

Die beiden Mädchen hielten gerade ihren Mittagsschlaf. Maria hatte an ihrer Nähmaschine gesessen und Winterkleidung für ihre Töchter und sich selbst genäht. Die letzte Spendenkiste hatte mehr an verwertbarem Material enthalten, als sie zu hoffen gewagt hatte. Oft schickte sie beim Nähen ein Stoßgebet des Dankes zum Himmel. Nun waren sie alle für den Winter mit warmer Kleidung versorgt. In der Kiste war sogar ein Anzug für Austin gewesen, den sie nur etwas zu ändern brauchte. Und völlig unerwarteterweise hatte die Kiste obendrein zwei Sonntagshemden für Austin enthalten, von denen das eine so gut wie neu war. Maria war beinahe schwindelig vor Glück geworden.

Doch jetzt legte sie die Näharbeiten vorerst beiseite, um sich mit Austins Predigtentwurf zu befassen, solange alles ruhig war. Austin würde sie nach ihrer Meinung zu seinem Entwurf fragen, vielleicht gleich heute beim Abendessen.

Mit dem Predigtentwurf in der Hand setzte Maria sich an den Küchentisch. Die Predigt trug den Titel „Die kleinen Dinge", ein Titel, der Maria sofort ins Auge fiel.

„,Was hast du da in der Hand, Mose?'" Mit dieser Frage eröffnete Austin seinen Vortrag.

„,Nur einen Stab. Einen Hirtenstab. Ein einfaches Werkzeug.'"

Marias Blick flog über die Sätze. Gott, der allmächtige Schöpfer von Himmel und Erde, bat sich einen einfachen Hirtenstab aus. Und kaum zu fassen, was er damit alles bewirkte!

Maria spürte, wie ihr das Herz beim Weiterlesen schneller schlug. Mit viel Geschick und Sorgfalt konstruierte Austin seinen Gedankengang.

„,Was können wir der Menschenmenge zu essen geben?' fragte Jesus seine Jünger." Mit dieser zweiten Frage leitete Austin zu seinem nächsten Punkt über.

„,Wir haben nur den Proviant eines kleinen Jungen.'"

Doch von diesem Proviant wurde eine riesige Menschenmenge satt.

„Angenommen, der Junge hätte sich geweigert, seinen Proviant herzugeben, weil er doch für so viele Leute viel zu wenig war. Was wäre dann geworden?" fragte Austin. Maria sah die hungrige Menge vor sich, die weinenden Kleinkinder, die hageren Erwachsenen, wie sie schwach und am Ende ihrer Kräfte durch die Sonnenglut der kahlen Hügel nach Hause stolperten.

Austin ging zu seinem dritten Punkt über.

„,Wer ist dazu bereit, den Philistern Paroli zu bieten?'" lautete seine nächste Frage.

„Ein junger Mann mit einer Schleuder und fünf kleinen Steinen hat sich gemeldet", hieß es.

„Hat man ihn ausgelacht? Der Feind war jedenfalls höchst belustigt", fuhr Austin mit seiner Predigt fort. „Aber nicht lange. ‚Ich komme im Namen des Herrn', rief David. War das genug?"

Wieder spürte Maria ihr Herz rasen. Sie kannte die Geschichte gut. In Gedanken sah sie die hohnverzerrten Lippen des hünenhaften Goliath vor sich.

„Ein junger Mann, fast noch ein Kind, mit seiner kleinen Schleuder und seinen winzigen Steinchen. Angenommen, er hätte sich geweigert, sie für Gott einzusetzen. Was wäre dann geworden?" fragte Austin. „Was hätten die Feinde Gottes Volk antun können?" Maria konnte es sich lebhaft vorstellen.

„Was haben wir Gott zu bieten?" fragte Austin in seinem Predigtentwurf. „Große Dinge? Große Talente? Große Fähigkeiten? Große Charakterstärken? Wenn das bei Ihnen so ist, dann sind Sie die Ausnahme. Vielleicht braucht Gott Sie dann nicht. Vielleicht kann er Sie dann überhaupt nicht benutzen – bis Sie einsehen, daß selbst Ihre größten Fähigkeiten verschwindend klein im Vergleich zu allem ist, was Gott kann und will. Gott verlangt keine menschliche Größe oder Stärke, nicht einmal einen untadeligen Lebenswandel. Die menschliche Größe, zu der wir aus eigener Kraft fähig sind, betrachtet Gott aus seiner Sicht als schmutzige Lumpen. Unsere Talente und Fähigkeiten sind kaum nennenswert. ‚Es soll nicht durch Heer oder Kraft, sondern durch meinen Geist geschehen', heißt es in Sacharja 4,6. Und in 2. Korinther 12,9 schreibt der Apostel Paulus: ‚Und er hat zu mir gesagt: Laß dir an meiner Gnade genügen; denn meine Kraft ist in den Schwachen mächtig.'

Es kommt nicht darauf an, wer wir sind oder was wir haben, sondern einzig und allein auf unsere Hingabe. Gott möchte, daß wir ihm alles, was wir sind und haben, zur Verfügung stellen. Das ist der springende Punkt. Ob wir nun zehn Talente, fünf Talente oder nur ein einziges haben, spielt keine Rolle – Hauptsache, wir sind dazu bereit, das, was wir an Talenten haben, für Gottes Zwecke einzusetzen und es ihm zu überlassen, mit diesen ‚Kleinigkeiten' etwas Großes zu erreichen. Er möchte uns so, wie er uns erschaffen hat, in seine Dienste nehmen. Er allein entscheidet, wer wir sind, was wir haben, mit welchen Fähigkeiten und Begabungen wir ausgestattet sind. Wir dagegen müssen entscheiden, ob wir ihm bereitwillig das zurückgeben, was wir sind und was wir haben.

Im Grunde genommen ist alles ganz einfach", schlossen die Predigtnotizen. „Gott hat uns erschaffen. Er liebt uns. Er bietet uns die Möglichkeit an, uns erretten zu lassen. Er möchte unsere Liebe und Hingabe. Er weiß genau, was mit dem Kleinen, das wir ihm zu bieten haben, an großen Dingen erreicht werden kann. Es kommt einzig und allein darauf an, ob wir bereit sind, ihm alles zu überlassen. Ob wir bereit sind zu sagen: ‚Hier hast du mein Weniges, Herr. Wirf es zu Boden, brich es und verteile es, verwende es so, wie du es willst.' Erst dann kann uns der Herr einsetzen. Erst dann werden wir Erfüllung und Zufriedenheit im Leben finden. Erst dann werden wir Freiheit erlangen – Freiheit zum Leben."

Marias Augen waren so tränenverhangen, daß sie Austins Handschrift nur mit Mühe lesen konnte. „Freiheit zum Leben." Genau das fehlte ihr. Genau das wünschte sie sich für sich selbst. Viel zu lange hatte sie nur an ihre Schwächen und mangelnden Fähigkeiten gedacht. Viel zu lange hatte sie sich aus eigener Kraft vorangekämpft und dabei in ihrer Unzulänglichkeit unter Schuldgefühlen gelitten. Gott hatte sie doch erschaffen. Er kannte ihre Fehler und Schwächen. Nur er allein konnte ihr „Weniges" nehmen und etwas Brauchbares daraus machen. Warum verlangte sie sich ständig mehr ab, als sie hatte? Sie wußte doch, daß sie auf seine Kraft, auf seine Weisheit und Macht angewiesen war. Doch zum ersten Mal wurde ihr jetzt klar, daß sie alles, was sie war und hatte, in die Hände Gottes abgeben mußte, um sich dem zu fügen, was er mit ihr vorhatte. Es war so einfach. Sie begriff selbst nicht, warum sie das nicht viel früher eingesehen hatte.

Sie ließ ihren Kopf auf ihre Arme sinken und trat unter Tränen im Gebet vor ihren himmlischen Vater.

„Oh Gott, ich bin nur ein unbedeutender Mensch. Ich habe so ... so wenig an Fähigkeiten und Begabungen. Hilf mir doch, mich so zu akzeptieren, wie du mich erschaffen hast – als Maria. Wenn ich ... wenn ich in deinen Augen mit dem, was du mir gegeben hast, genug bin, dann hilf mir doch, das auch zu akzeptieren. Und was ich bin, will ich dir zurückschenken, Herr. Mache mit mir, was du willst. Befreie mich ... zum Leben, zum Dienen, zur Liebe."

Ein sanfter und stiller Frieden breitete sich in ihr aus. Sie spürte deutlich, daß Gott ihr Gebet gehört hatte. Aus ihren Tränen wurden bald Freudentränen, als sie sich von Wärme und Frieden erfüllt fühlte. Ihre Bitte hatte das Wohlgefallen Gottes gefunden.